용마검전

FANTASY FRONTIER SPIRIT

김재한 판타지 장편 소설

용마검전 6

김재한 판타지 장편 소설

초판 1쇄 찍은 날 § 2015년 1월 5일
초판 1쇄 펴낸 날 § 2015년 1월 12일

지은이 § 김재한
펴낸이 § 서경석

편집부장 § 권태완
편집책임 § 박은정
디자인 § 신현아

펴낸곳 § 도서출판 청어람
등록번호 § 제387-1999-000006호
등록일자 § 1999. 5. 31
어람번호 § 제1-2020호

주소 § 경기도 부천시 원미구 부일로 483번길 40 서경B/D 3F (우) 420-822
전화 § 032-656-4452 팩스 § 032-656-4453
http://www.chungeoram.com
E-mail § chungeorambook@daum.net

ISBN 979-11-04-90050-1 04810
ISBN 979-11-316-9234-9 (세트)

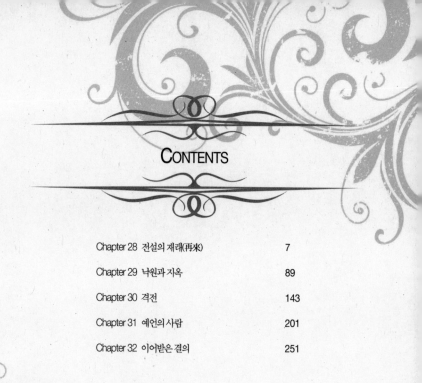

CONTENTS

CHAPTER **28**
전설의 재래(再來)

魔展
龍劍

1

비명과 굉음이 가득하던 전장에 급속도로 정적이 퍼져 갔다. 순간 다들 자기가 뭘 잘못 들었나 싶어서 레이거스를 바라보았다.

"…아젤이라고? 설마 그 아젤 본인?"

용마왕 숭배자들은 믿을 수 없다는 시선을 보냈다.

위대한 왕을 죽인 대죄인, 그들에게 있어서는 신화 속의 절대악과도 같은 인간 아젤 카르자크.

그는 왕을 죽였으나 그 대가로 영겁의 저주를 받아 지옥으로 떨어졌다고 알려져 있었다.

경악하는 것은 용마왕 숭배자들만이 아니다. 동료들도, 수호그림자들도 경악으로 얼어붙어 있었다.

레이거스는 그들의 시선이 향하든 말든 아젤만을 바라보았다. 해골만 남은 불사체에게는 표정이 없다. 하지만 아젤은 그가 악동처럼 웃고 있다고 느꼈다. 강적을 만나면 증오라고는 한 점도 없이 철부지처럼 즐거워하던 생전처럼.

그 시절을 생각하니 절로 한숨이 나온다. 아젤이 어이없다는 듯 말했다.

"무슨 말도 안 되는 소리를 하는 거지, 덩치 큰 불사체? 영웅 아젤은 220년도 더 전에 죽었어."

〈나도 그런 줄 알았는데 왠지 내 눈앞에 내가 아는 그 애송이가 팔팔하게 살아서 서 있는데?〉

"인간은 후손이 선대와 깜짝 놀랄 정도로 닮기도 하는 법이지. 죽었다 살아나서 뇌가 없어지니 그런 상식도 잊어먹었나?"

〈오, 내가 되살아나서 들은 것 중 가장 재미없는 농담이었어. 내가 아는 애송이 아젤은 좀 더 당당했던 것 같은데. 하긴 220년이나 지났으니 비겁자가 되기에는 충분한 시간인가?〉

"아, 열 받네. 좋아. 내가 아주 어처구니없는 사실 하나 말해줄까?"

〈뭐지?〉

"멧돼지 레이거스. 너를 보니까 반가워. 이게 말이 돼?"

〈크하하하하!〉

그 말에 레이거스가 광소했다. 천둥소리 같은 웃음이 전장을 쩌렁쩌렁 울렸다.

웃음을 그친 레이거스가 말했다.

〈하늘을 가르는 검만이었으면 후손일 수도 있겠다고 생각했을 거야. 하지만 니베리스 양과 싸울 때 너무 노골적으로 자신을 어필했더군. 그래놓고 이제 와서 발뺌하려고?〉

"고백하지. 여태까지는 진짜라고 말해도 아무도 믿어주지 않더라고. 그래서 내가 좀 소심해졌지."

〈그거 안됐군. 어쨌든 나도 마찬가지 심정이다, 아젤. 생전에는 어떡하면 잘 씹어 먹을 수 있을까만 고민했는데 지금은 네놈이 멧돼지라고 부르는 것조차 정감 있게 들리는데? 눈물이 날 것 같은 기분이야. 물론 난 이제 눈물을 흘릴 수 없는 몸이긴 하지만.〉

"그거 다행이네. 못 보는 새에 아주 잘생겨졌는데? 예전 얼굴은 워낙 못생겨서 볼 때마다 토하고 싶었는데 말이지."

〈후후. 말하는 싸가지는 220년이 지나도 똑같구나.〉

그때 뒤에서 카이렌의 목소리가 들렸다.

"…그때 그 이야기가 진짜였나?"

카이렌의 목소리는 떨리고 있었다. 처음 아젤이 자신의 진실을 이야기했을 때, 그는 곧바로 허황된 소리라고 잘라 버렸다. 하지만 같이 여행하는 동안 점점 그 말도 안 되는 소리가 사실은 진실이 아닌가, 스스로도 우습다고 생각하면서도 종종 그런 생각을 떠올렸던 게 사실이다.

아젤이 말했다.

"그 화제로 이야기꽃을 피우기에는 상황이 안 좋군요."

"…하하하. 나중에 두고 보지. 각오해야 할 거야."

"진실을 이야기해도 안 믿어주셨던 분이 하실 말씀은 아닙니다만?"

아젤은 코웃음을 치면서 레이거스를 바라보았다. 더 말은 필요 없었다. 아젤이 만들어준 여유를 어떻게 활용하면 될지, 카이렌도 레티시아도 아주 잘 알고 있을 테니까.

물론 레이거스도 알고 있을 것이다. 그럼에도 그는 곧바로 공격해 오지 않았다. 그러기에는 아젤과 다시 만나서 느끼는 감회가 너무 컸다.

〈너도 나름 고충이 많았던 것 같군그래.〉

"원래 남들이 현실로 받아들이기 어려운 사정을 가진 사람은 그런 법이야. 현실과 동떨어져 살던 1세대 용마족께서는 실감 못하겠지만."

〈그렇군. 그런데 여기서 뭘 하고 있었지?〉

"알려줄 것 같냐?"

〈아니. 뭐 당연히 우리 엿 먹일 궁리겠지. 하지만 정말 놀랍군. 칼로스 그 애송이는 도대체 무슨 방법으로 너를 여태까지 살려놓은 거지? 내 친구들을 사자의 세계에 묻어놓은 것으로도 모자라서…….〉

"그러고 보니 네가 칼로스가 어디 있냐고 물어봤다더군. 왜 그런 질문을 하고 다니지? 뇌가 없어져서 논리적 사고가 불가능해졌나? 아, 물론 넌 뇌가 있을 때도 별로 논리적인 놈은 아니었지만."

〈하하하. 참으로 구차하구나. 아젤, 네놈이 이렇게 멀쩡하게 살아 있는데 그놈이 죽었다는 말을 믿을 것 같으냐? 쥐새끼처럼 정체를 감추고 돌아다녔지만…….〉

"아, 그건 정정해야겠는데. 난 딱히 정체를 감춘 적이 없어. 네가 말했잖아. 니베리스랑 싸울 때 티를 많이 냈다고. 내가 정체를 감출 생각이었으면 그랬을 것 같아? 그냥 너희 쪽 요즘 애들이 공부가 부족한지 나를 못 알아보더라고."

〈반응을 보니 네 동료들도 못 알아본 모양인데?〉

"슬프게도 그렇지. 솔직담백하게 사실을 말해도 안 믿어주는 각박한 세상이야."

아젤이 실소했다. 하지만 아젤의 진실된 정체는 너무나도 비현실적이다. 같은 시대를 살아온 이가 직접 대면하지 않고서야 확신할 수 있을 리가 없었다.

아젤은 언젠가는 그때가 올 거라고 생각했다. 어둠의 설원에는 용마전쟁의 생존자들이 있었고 그들이 직접 나서는 날이 올 테니까.

하지만 설마… 레이거스가 불사체가 되어 나타날 것이라고는 상상도 못했다.

"불사체가 되었다고는 해도 일선에서 직접 뛰기에는 너무 높으신 몸 아닌가? 애들 놔두고 직접 나오다니 별로 좋은 대접을 못 받는 모양이군?"

〈그럴 리가. 다들 뒷방 늙은이로 있어줬으면 하는데… 뭐 내 성격이 죽는다고 어디 가겠나?〉

"별로 그런 것 같지 않은데? 그랬다면 높은 자리에 앉은 녀석들도 몇 명 정도는 같이 나왔을 텐데……."

〈용마족도, 용마인도 세월 앞에서는 장사 없지. 인간 주제에 그 긴 시간이 지나서도 그대로라서 실감이 안 가는 모양이다만… 아, 이런 거 주절주절 떠들면 안 되는데. 거 참.〉

"호오."

아젤이 눈을 빛냈다.

하긴 생각해 보면 당연한 일이다. 용마전쟁 종결 후 223년이라는 시간이 흐른 지금, 그때의 생존자들은 모두 늙고 쇠약해졌을 것이다. 직접 전투를 치를 만큼 팔팔한 자들은 얼마 없으리라.

게다가 조직의 구조도 문제다. 용마전쟁 때, 용마왕군은 높은 자리에 있는 자들일수록 전장에서 강자의 의무를 수행했다. 용마왕 아테인과 4명의 용마장군이 앞장서서 활약하는 상황에 좀 지위가 높다고 뒤로 빠져 있는 행위가 용서되었을 리 없다.

그에 비해 어둠의 설원은 세상의 이면에서 암약하는 비밀

조직이다. 신격화한 용마왕을 향한 광신으로 뭉친 그들은 철저한 계급사회를 이루고 있었다. 인간을 하층민 취급하는 것은 물론이고 용마족, 용마인 사이에서도 혈통으로 우열이 나뉜다.

이런 조직에서 권력을 쥔 자들은 당연히 명령을 내리는 입장이지 그것을 수행하는 입장이 아니다. 즉, 전투원들을 육성하고 투입하는 시스템을 정비하고 운영하기는 해도 자기들이 직접 전투에서 활약할 일이 없다.

그렇게 200년을 지낸 자들이 과연 용마전쟁 시절의 전투능력을 유지하고 있을까?

'아주 중요한 정보를 얻었군.'

라우라의 말만 들어봐도 어둠의 설원의 상층부가 직접 움직이는 일은 없었다. 생각해 보면 상층부가 그 시절 이상의 전투능력을 갖추고 있다면 굳이 후계자들을 세우고 그들에게 용마장군들의 용마기를 계승해 주지는 않았으리라.

레이거스가 말했다.

〈머리 굴러가는 소리가 들린다. 이런 젠장. 내가 말실수를 했군.〉

"그 점도 예나 지금이나 달라지지 않았군. 뭐 지금은 그런다고 발끈할 발타자크나 아운소르가 없으니 다행스러운가?"

레이거스는 용마전쟁 시절에도 별로 생각 없이 감정적으로 행동하던 타입이었다. 강적을 발견하면 아군의 작전이고 뭐고 다 무시하고 눈을 반짝반짝 빛내며 뛰어들고, 완전히 다 이긴 상황에서도 적이 뭔가 비장의 수를 숨기고 있다 싶으면 한번 꺼내보라고 여유를 부리는 등…….

'예나 지금이나 진짜 뼛속까지 바보네, 이놈.'

천 년도 넘게 살아온 주제에 뭐 이리 철부지 같은지 모르겠다. 어떤 의미에서는 정말 순수한 무인이라고 할 수 있으리라.

그 말에 레이거스가 웃었다.

〈크크큭. 애송이 주제에 어르신을 애 취급하다니. 뭐 좋아. 그럼 어디…….〉

레이거스가 유쾌한 목소리로 말하면서 혼쇄의 인을 들어 올렸다.

〈정겨운 대화는 이쯤 해두고… 간만에 실력 좀 볼까?〉

아젤이 자세를 취하기도 전에 레이거스가 돌격했다. 카이렌이 옆에서 보면서도 눈으로 따라가기 어려운 속도였다.

뒤늦게 잔상을 좇아 시선을 옮긴 카이렌의 눈에 놀라운 광경이 들어왔다. 레이거스에게 급습당한 아젤이 어느새 그의 뒤로 돌아가서 일격을 먹이고 있었다.

〈크억!〉

아젤의 일검은 레이거스에게도 충분한 타격을 주었다. 넘어질 뻔한 그가 자세를 바로잡고 혼쇄의 인을 휘두른다. 아젤은 피하지 않고 정면으로 그것을 받아쳤다.

…고 레이거스는 착각했다.

검과 망치가 접촉하는 순간, 검이 약간의 반발력만을 남기고 빛의 입자가 되어 스러진다. 그리고 그 뒤쪽에서 아젤이 뇌격으로 화한 용마검을 날렸다.

꽈광!

레이거스의 거구가 하늘로 치솟는다. 흩어지던 뇌격이 한 지점에서 집결, 푸른 용마검이 되고 아젤이 그것을 붙잡는다. 그의 모습이 여섯으로 늘어나면서 찰나의 시간 차를 두고 레이거스를 덮쳐 갔다.

〈카아악!〉

레이거스가 비명을 질렀다.

첫 공격을 가까스로 막고 튕겨나간 직후, 기다렸다는 듯이 나타난 또 다른 아젤이 그를 쳐올린다. 그리고 방어를 굳히기도 전에 또 다른 아젤이 나타나서 추가타를, 튕겨나간 곳에서 또 다른 아젤이…….

연이어 일곱 번의 강타를 맞고 솟구친 하늘에서 마지막으로 기다리던 아젤이 뇌격을 두른 용마검을 내려쳤다.

'천둥용의 뿔!'

벼락이 쳤다.

일순간 대낮의 하늘을 갈가리 찢는 듯한 섬광이 폭발한다. 무시무시한 용마력의 파동이 달려나가면서 지축이 뒤흔들리고, 한 박자 늦게 장대한 흙먼지가 피어올랐다.

너무나도 일순간에 이루어진 일이었지만 모두들 레이거스가 죽었을 것이라고 생각했다. 그만큼 아젤의 공격이 무시무시한 인상을 각인시켰다.

〈빌… 어… 먹을! 으아아아!〉

그러나 흙먼지 속에서 분노에 찬 외침이 울려 퍼졌다. 굉음이 울리면서 흙먼지가 흩어진다.

직후 아젤과 레이거스가 격돌했다.

파지지지직!

뇌격의 마력과 분쇄의 마력이 격렬하게 다투면서 공기가 끓어올랐다. 레이거스가 이를 갈았다.

〈이 자식! 하늘을 가르는 검에 이런 능력이 있었나?〉

"도대체 몇 년 전 이야기를 하는 거지? 넌 죽어서도 발전이 없군? 아니, 오히려 약해졌어. 용마력을 잃었으니 그럴 만하지만!"

아젤이 코웃음을 쳤다.

레이거스는 용뿔의 성채에서 이루어진 최종 결전을 보지 못하고 죽었다. 그렇기에 아젤의 능력이 최고조일 때를 모르는 것이다.

지금 이 순간, 전신의 영맥을 다 채우고도 넘쳐흐르는 마력이 무시무시한 기세로 소용돌이치고 있었다.

아직도 그릇은 완성되지 않았다. 그러나 아젤이 일순간에 발생시킬 수 있는 마력의 총량만큼은 전성기와 대등한 수준에 도달해 있었다.

두근! 두근! 두근!

심장이 맥동할 때마다 해일 같은 마력이 일어난다.

현재 아젤의 심장을 감싼 생명의 고리는 일곱 개. 일반적인 기준으로 보면 쳅터플 마스터의 경지다. 그러나 그중 여섯 개는 듀얼 밴딩 처리가 되어 있었다. 그것들이 연동하면서 발생하는 마력은 상식을 초월하는 수준이었다.

'새로운 답을 시험해 보기에는 적절한 상대다!'

이전에 라우라에게 아테인이 죽었던 당시 그대로 부활한다는 사실을 들었을 때, 아젤은 도저히 당해낼 수 없다는 결론을 내렸다.

하지만 그는 예나 지금이나 아무리 현실이 절망적이더라도 포기하고 주저앉지 않았다. 어떻게든 문제를 해결할 답을 찾아내고자 궁리했다.

듀얼 밴딩은 지금의 그가 가진 몇 안 되는 과거를 능가하는 요소다. 아직은 미완성이지만 일곱 번째 생명의 고리까지 듀얼 밴딩을 완료하기만 해도 그의 마력은 전성기를 확연히 능가하는 출력을 자랑하게 된다!

"자, 레이거스! 과거의 망령답게 진보한 기술의 제물이 되어라!"

아젤의 외침과 함께 섬광이 작렬하면서 레이거스가 튕겨 나갔다. 힘겨루기를 하는 아젤의 옆에서 아젤의 분신이 나타나 일격을 먹인 것이다. 성채처럼 튼튼하던 그의 갑옷이 부서지면서 그 안에 가득 차 있던 어둠이 흘러나오기 시작했다.

〈크윽! 애들이 준 정보 좀 읽어보고 올 걸 그랬나? 예습을 싫어하니 이런 꼴을 당하는군!〉

"세상을 다 아는 것처럼 오만해하다가 험한 꼴 당하는 것은 예나 지금이나 똑같군! 늙은 꼰대는 추하다고 전에도 말했을 텐데?"

사방에서 아젤의 목소리가 울린다. 사방팔방으로 뻗어 나가는 뇌격의 가지들, 그 사이사이에 수십의 아젤이 나타나서 실체 같은 존재감을 발하면서 감각을 어지럽혔다.

〈제기랄! 울어라! 혼쇄의 인……!〉

"그런 큰 기술을 쓰게 놔두겠냐!"

혼쇄의 인의 힘을 발동시키기 전, 아젤의 분신이 불규칙한 궤도를 그리는 벼락의 가지를 따라서 레이거스 앞에 나타났다. 일순간이지만 본체와 대등한 힘을 자랑하는 분신이 혼쇄의 인을 쳐서 기술의 발동을 막는다.

하지만 그 순간 레이거스의 움직임이 멎었다. 다급하게 혼쇄의 인을 내려치려는 동작이 거짓말이었던 것처럼 멈춰서 공격을 버텨내는 것은 너무나도 비상식적이라 아젤조차도 허를 찔렸다.

〈죽은 몸이 되니 이런 것도 할 수 있더군!〉

산 자의 몸으로는 불가능한 묘기다. 강한 힘을 실어서 내지

르다가 급제동하면 아무리 마력으로 강화한다 해도 뼈와 근육, 혈관과 신경에 이르기까지 손상을 안 입는 부위가 없다.

하지만 불사체라면 저런 비상식적인 움직임도 가능하다. 살아 있을 때의 관절기동 범위를 무시했듯이, 강화의 마력으로 버텨내기만 하면 관성을 무시하는 움직임도 가능해진다!

아젤이 회심의 기회를 노리고 뛰어들었던 것이 오히려 함정에 뛰어든 꼴이 되었다. 일순간의 급제동으로 엇박자를 탄 레이거스가 폭발하듯 급가속하면서 아젤을 후려쳤다.

〈울부짖어라!〉

콰아아아앙!

아젤은 용마검으로 그 공격을 막아냈지만 레이거스는 그것까지도 계산하고 있었다. 혼쇄의 인에 내재된 힘이 발동하면서 충격파가 대지를 뒤집었다. 주변을 질주하던 아젤의 분신들이 일거에 쓸려 버리고 아젤의 본체도 날아가 버렸다.

〈끝이다!〉

이것으로 아젤을 끝낼 수 있을 것이라고는 생각하지 않는다. 혼쇄의 인이 발생시키는 막강한 충격파로 움직임을 묶고곧바로 결정타를 넣는다! 레이거스는 지체없이 충격파의 뒤를 따라 뛰어들면서 산도 부술 일격을 날렸다.

그러나……

'어?'

충격파에 날아갔다고 생각한 아젤이 거짓말처럼 멈췄다.

분명히 충격파와 대량의 토사가 무시무시한 속도로 쏟아지고 있거늘 전혀 영향을 안 받는 모습에 레이거스는 섬뜩해졌다.

동시에 그의 뇌리에 이 현상의 정체가 떠올랐다.

'무한의 광야!'

아운소르가 비탄의 잔을 초래했을 때 즐겨 쓰던 방어기술이다. 비탄의 미궁의 응용으로 주변 공간을 왜곡시킴으로써 공격이 자신에게 닿지 못하게 하는 비상식적인 수법.

그 앞에 레이거스가 내려친 망치가 도달하는 순간, 말도 안 되는 일이 벌어졌다. 갑자기 아젤과 그 사이의 거리가 까마득하게 벌어지면서 아젤의 모습이 보이지 않게 되어버렸다. 레이거스가 공간왜곡장 속으로 뛰어 들어오면서 벌어진 현상이었다.

그리고 순백의 뇌광이 거침없이 질주했다.

〈카아아아악!〉

빛으로 화한 용마검이 인식을 초월한 속도로 레이거스를 쳤다.

이것은 아젤이 파둔 함정이었다. 공간왜곡으로 인해서 상대거리가 까마득하게 멀어진 상황이라도 하늘을 가르는 검은 빛을 지배하고 매개로 삼는 힘을 지닌 용마검이다. 예전에 라우라가 비탄의 미궁을 펼쳤을 때 추적해 들어갔듯이 혼쇄의 인의 충격파가 닿지 않는 거리에서도 미리 깔아둔 빛을 좌표로 삼아서 레이거스를 유린할 수 있었다!

레이거스의 갑옷이 부서지면서 그 속에 담긴 어둠이 하얗게 불타올랐다. 어느새 뇌격이 불사체의 천적이라고 할 수 있는 정화의 불꽃으로 변해 있었다.

모든 빛을 지배하는 하늘을 가르는 검은, 빛을 발하는 에너지라면 그 어떤 상태로도 변환이 가능하다. 견고한 성채 같던 레이거스의 육체가 치명상을 입었다.

"이미 한번 끝낸 악연이다! 재탕은 길게 끌지 말자, 레이거스!"

그리고 펼쳐졌던 무한의 광야가 스러지면서 거짓말처럼 상대거리가 정상으로 돌아왔다. 만신창이가 된 채 솟구친 레이거스를 노려보던 아젤은, 그러나 마지막 일격을 가할 수가 없었다.

두근!

눈앞에 뭔가가 일렁거렸다.

마치 어린 소녀처럼 보이는 투명한 허상이 아젤의 시야에 나타났다 사라졌다. 그리고 불꽃이 폭발했다.

화아아아악!

아젤은 즉시 화염의 마력을 둘러서 방어하면서 빠져나왔다. 그사이 레이거스가 자세를 바로잡고 착지했다.

〈끄응. 도와줄 거면 진즉 도와줄 것이지. 하여튼 여자란.〉

레이거스가 투덜거렸다.

아젤은 경계심을 높이면서 주변을 살폈다. 하지만 아무것도 잡히지 않는다. 아무런 조짐도 없이 그와 레이거스 사이에 끼어들 정도로 강력한 마법사라면 마력의 잔향이라도 남았을 텐데…….

'뭐지?'

경계하는 아젤 앞에서 레이거스가 말했다.

〈뭐, 더 끼어들진 않겠다니까 신경 안 써도 될 거다. 어쨌거나 본전도 못 건졌군. 하마터면 제대로 싸워보지도 못하고 사라질 뻔했네.〉

"아직 진짜 힘은 발휘하지도 않았다, 뭐 그런 구차한 변명이라도 늘어놓을 생각인가?"

〈정답!〉

유쾌한 목소리로 말한 레이거스의 모습이 급격하게 변하기 시작했다.

2

수호그림자의 중추라 할 수 있는 예언지킴이들은 심각하게 마모된 존재들이었다.

그들은 살아 있지만 살아 있는 존재가 아니다. 생전의 기억을 잃고, 노화하지 않는 채로 오로지 증오하는 용마왕 숭배자들을 말살시키는 것만을 위해 살았다.

수십 년이 지나도 증오는 식을 줄 몰랐지만 그들은 지쳐 있었다. 아무리 싸워도 끝이 없다는 사실에, 그리고 어떻게 해야 증오의 끝을 볼 수 있는지도 모른다는 사실에……

수호그림자의 힘은 강하다. 하지만 어둠의 설원을 중심으로 삼은 용마왕 숭배자들을 압도할 수는 없었다. 그저 인간 사회에서 그들이 움직임을 조심하게 만드는 것에 그친다. 그들은 강력한 감시자이며 방어자였지만 악의 원흉을 공격해서 근절할 수 있는 수단을 갖지 못했다.

그런 상황에서 그들이 지닌 유일한 희망은 예언뿐이었다. 그것은 마치 신앙과도 같았다. 신이 내려줄 구원을 믿고 시련을 달게 받아들이는 신앙인들처럼, 그들은 언젠가 이 싸움을 끝내줄 예언의 사람이 나타날 것을 믿으면서 수십 년 동안 끝이 보이지 않는 싸움을 계속해 왔다.

우습게도 수호그림자와 용마왕 숭배자들은 동전의 양면처럼 닮아 있었다.

한쪽은 언제, 어디서 나타날지 모르는 예언의 사람이 구원해 줄 것이라 믿었고 다른 한쪽은 죽은 용마왕이 되살아나서 지상낙원을 선물할 것이라 믿었다. 그 태도는 모두 신앙과도 같았다.

발세르 역시 마찬가지였다.

예언지킴이 알파의 코드네임을 계승하는 그 순간부터 그는 사람으로서 마땅히 누릴 수 있는 것들을 버렸다.

시각은 그 상징이었다. 그 눈에 깃든 힘 때문에 항상 눈을 닫고 세상이 어떤 모습인지 보는 것을 포기했다. 눈에 비장된 특수한 힘 때문에 눈을 감아도 보이는 것이나 다름없이 행동할 수 있었지만, 그래도 직접 두 눈으로 세상을 보았을 때의 감동은 오랫동안 잃고 말았다.

그의 눈은 오로지 용마왕 숭배자들과 싸울 때만 열렸으며 그때마다 보이는 세상의 모습은 낯설게 다가왔다. 형형색색으로 가득한 세상이 낯설었고 그 속에서 살아 움직이는 것들은 더욱 낯설었다.

그리고 지금, 발세르는 세상에서 가장 낯선 존재를 보고 있었다.

'아젤 카르자크.'

220년 전, 용마왕 아테인을 쓰러뜨리고 용마전쟁을 끝낸 전설의 영웅.

용마전쟁이 끝난 지 2년이 지났을 때 홀연히 실종되어서 그 후에 어떻게 되었는지 알 수 없는 남자. 친우였던 대마법사 칼로스조차도 행적을 모른다고 했기에 그의 말년에 대해서는 수많은 억측과 전설만이 남아 있었다.

아젤 제스트링어라는 이름을 가진 청년이 예언의 사람인지도 모른다고 여긴 예언지킴이는 그를 면밀하게 주시했다. 때로는 시험하고, 때로는 도움을 줘가면서 정말로 그가 자신들이 기다리던 존재인지 확인하고자 노력해 왔다.

그들은 아젤 제스트링어가 아젤 카르자크의 초상화와 무

척이나 닮았다고 생각했다. 어쩌면 그가 정말로 아젤 카르자크의 계승자로서 용마왕 숭배자들에게 종말을 선사할 수 있는 존재일지도 모르겠다는 의견을 내는 이도 있었다.

하지만 설마… 아젤이 그 아젤 본인일 거라고는 상상도 해 보지 못했다.

"하하하……."

발세르는 깜짝 놀랐다. 자기 입에서 굉장히 낯선 소리가 흘러나왔기 때문이다. 그러면서도 그는 계속 그 소리를 내고 있었다.

"하하하하하!"

곧 발세르는 자기가 웃고 있다는 사실을 깨달았다.

마지막으로 웃어본 것이 언제 적 일이었는지 기억나지 않는다. 그래서인지 자신의 성대가 울리면서 내는 웃음소리가 너무나도 낯설고 이질적으로 들렸다.

〈발세르?〉

잠들지 못하는 수호자들이 발세르를 보며 의아해한다. 그들은 수십 년 동안 발세르와 함께했지만 그가 웃는 것을 한 번도 보지 못했다. 일순간 발세르가 결국 미쳐 버린 게 아닌가 의심이 들었다.

하지만 발세르의 정신은 멀쩡했다. 그 어느 때보다도 명료해서… 생전의 기억을 잃어버린 이래로 짙은 안개로 뒤덮인 것처럼 접근을 불허했던 진실이 의식의 표면으로 떠올랐다.

마치 이 순간에 드러나도록 준비되어 있었던 것처럼.

실성한 사람처럼 웃던 발세르가 갑자기 웃음을 뚝 그쳤다.

"…그랬군."

그의 입에서 희열에 찬 목소리가 흘러나왔다.

"그랬던 거였어……!"

발세르는 마침내 예언지킴이의 진정한 존재 의미를 깨달았다.

홍수처럼 쏟아지는 기억의 격류가 좀 잠잠해지자, 그는 아젤에게 말을 걸었다.

3

우우우우우……!

아젤 앞에서 레이거스가 검은 안개 같은 기운을 폭발적으로 뿌려댔다. 동시에 레이거스의 마력이 한도 끝도 없이 상승해 갔다.

'이 정도면 마력의 총량만으로는 생전을 능가하는데?'

아젤이 놀랐다.

지금의 레이거스는 아젤이 기억하는 생전보다 확연히 약해져 있었다. 운동 능력과 마력의 크기는 거의 비슷한 수준이지만 용마력이 없기 때문이다.

용령기 사용자들은 용마력을 가졌기에 할 수 있는 일이 많았다. 다른 요소들을, 심지어 용마기까지 채워준다고 하더라도 용마력을 잃으면 쓸 수 있는 패가 현격하게 줄어드는 것은 어쩔 수 없는 일이다.

지금 레이거스는 마력이 급속도로 부풀어 오르고 있었다. 조금 전까지도 어마어마했는데 지금은 그 두 배를 능가한다.

모든 능력이 마력에 좌우되는 불사체에게 있어서 마력의 증가는 곧 전투능력의 증가를 뜻한다. 아젤은 긴장한 채로 공격을 가했다.

'오래 끌어서 좋을 게 없지!'

지금 아젤의 마력이 전성기에 필적하기는 하지만 이 상태를 유지할 수 있는 시간은 길지 않다. 아직 완성되지 않은 그릇을 다 채우고도 넘치는 마력을 무리해서 제어하고 있는 것이라 부담이 크니 빠르게 승부를 내야 했다.

그의 용마검이 섬광으로 화해서 허공을 질주한다. 인지를 초월한 광속의 일격이 레이거스를 후려쳤다.

〈이 자식! 진짜 힘을 발휘하기 위해 변신할 때는 기다려 주는 게 예의라는 것도 모르나?〉

"그건 용마왕군에서도 너만의 예의였던 걸로 기억하는데?"

아젤은 레이거스를 비웃으면서 공격을 가했다. 하지만 레이거스의 대응은 기민했다. 마력은 처음의 두 배가 넘은 후에도 계속 증가하고 있었고 그만큼 레이거스는 빠르고 강해졌다.

〈이제 조금 전처럼 호락호락하진 않을 거다!〉

레이거스가 아젤의 맹공을 놀라운 반응속도로 방어해 낸다. 근육의 부하와 호흡에 구애받지 않는 그의 속도가 올라가자 아젤조차도 상대하기 까다로움을 느꼈다.

쩡!

그런데 어느 순간 레이거스의 옆구리에서 불꽃이 튀었다. 아젤이 그의 방어를 뚫고 정타를 먹인 것이다.

〈이런?〉

"기술이 예전만 못한데? 불사체 된 지 얼마나 됐는지 모르겠지만 아직 완전히 익숙해지진 못한 모양이군!"

그것을 시작으로 레이거스의 몸 곳곳에서 불꽃이 튀었다. 용령기 수련자가 용마력을 잃었으니 기술의 구사에 문제가 생기는 것은 지극히 당연하다. 아젤은 그렇게 생기는 빈틈을 파악한 뒤 정신파를 이용, 레이거스의 감각을 현혹하고 있었다.

〈크! 젠장!〉

어느 순간 레이거스가 호쾌하게 혼쇄의 인을 들어 올렸다. 아젤이 기다렸다는 듯 일격을 날린다. 레이거스의 텅 빈 몸통에 용마검이 꽂히면서 폭음이 울렸다.

쾅!

하지만 다음 순간 아젤도 피를 뿌리며 날아가 버렸다. 레이거스가 아젤이 정타를 넣든 말든 상관하지 않고 받아쳤기 때문이다.

산 자였다면 결사의 맞찌르기라고 할 만한 행동이다. 하지만 이미 죽은 자인 레이거스는 아무렇지도 않게 그런 행동을 선택했다.

〈가끔은 죽은 몸도 좋기는 하군! 하하하!〉

"이 뇌까지 썩어버린 자식이!"

아젤이 이를 갈았다. 레이거스가 이렇게 나올 것을 예상치 못한 것은 아니다. 하지만 용마검으로 정타를 넣는다면 충분히 행동을 저지할 수 있으리라고 판단했다.

하지만 레이거스는 갑옷 한쪽이 부서지고 갈비뼈가 와장창 날아가는 것으로 끝났다. 원래부터 성채처럼 튼튼했지만 마력이 급속도로 증가하면서 방어력이 엄청나게 강해진 것이다.

그때 아젤에게 위스퍼링으로 말을 걸어오는 이가 있었다.

─아젤 경, 아니… 영웅 아젤 카르자크여.

발세르였다. 아젤이 대꾸한다.

─왜? 지금 바쁜데 나중에 이야기해 주면 안 될까?

─지금 말씀드려야 할 사항입니다만.

─왜지?

─상대를 바꾸길 원합니다.

─뭐?

예상치 못한 제안에 아젤이 눈살을 찌푸렸다. 발세르가 말을 이었다.

―저희가 레이거스를 상대하겠습니다.

―아까 전에 상대해서 별로 재미 못 보지 않았나?

―그렇기는 합니다만 지지도 않았지요.

―흠.

―이기지는 못하더라도 최소한 발목은 묶을 수 있을 테니 그동안 다른 자들을 상대하시는 게 낫지 않겠습니까? 적들의 중원군이 오기 전에 이탈해야 합니다. 그러자면 일단 레이거스를 제외한 전력을 처리하고 동료의 안전을 확보하는 편이 나을 겁니다.

―그 자신감이 어디서 나오는지는 모르겠지만⋯ 좋아. 신경 쓰이는 것도 있고, 그 판단이 옳다는 것도 인정하니 일단은 맡겨보지. 셋을 세고 나서 간다.

―알겠습니다.

셋을 센 뒤, 아젤이 분신을 만들어 레이거스를 덮쳤다. 부서진 몸과 갑옷을 복원하고 있던 레이거스가 호쾌하게 혼쇄의 인을 후려쳐서 받아친다. 그 순간 분신의 손에 들려 있던 용마검이 뇌격으로 화해서 작렬했다.

콰과광!

그 틈을 타서 아젤이 발세르 일당과 자리를 바꿨다.

뒤늦게 그 사실을 알아차린 레이거스가 격분했다.

〈아젤! 사나이의 일대일 승부에서 도망치는 거냐! 못 보는 새에 겁쟁이가 됐구나!)

"합리적이라고 해주시지 그래? 나랑 일대일로 정정당당하게 면담하고 싶으면 앞으로는 이렇게 애들 잔뜩 끌고 오지 말고 혼자 와라."

〈이놈! 이따위 놈들이 나를 막을 수 있을 것 같으냐?〉

레이거스가 발세르와 두 불사체를 덮쳐 갔다. 하지만 그때였다.

〈음?〉

달려가는 기세가 눈에 띄게 줄었다. 여전히 빠르지만 조금 전까지에 비해서 확연히 느려졌다.

쩌엉!

불사체 로오의 도끼가 혼쇄의 인을 막아냈다. 마력이 급격하게 증가한 그는 아까 전과는 차원이 다른 힘과 속도를 자랑한다. 하지만 발세르의 눈이 발하는 힘 때문에 로오가 막아낼 수 있을 정도가 되어버린 것이다.

〈큭! 아까 그건가?〉

레이거스가 짜증을 냈다. 그의 마력이 외부의 힘에 의해 억제되고 있었다. 단순히 마법사의 술수라면 코웃음을 치며 풀어내겠는데 도대체 무슨 수를 쓰고 있는 것인지 모르겠다.

분명한 것은 이 현상이 발세르의 눈으로부터 비롯된다는 점이다. 수호그림자들 사이에서 발세르가 그를 노려보고 있었다. 보는 것만으로도 섬뜩한 기분이 드는 눈이었다.

〈아무래도 네놈부터 박살 내지 않으면 답이 안 나오겠군!〉

레이거스가 포효하면서 발세르에게 뛰어들었다. 그 앞을 로오가 막아섰지만 소용없다. 그가 도끼를 휘두르는 그 순간 레이거스가 한 박자 더 빠르게 가속하면서 몸으로 그를 들이받았다.

〈크악!〉

로오가 마치 폭주하는 전차에 치인 것처럼 날아가 버렸다. 옆에서 공격할 기회를 노리고 있던 불사 마법사 파이가 당황했다. 로오가 돌진을 저지하는 그 순간 마법을 때려 박을 생각이었는데 이런 결과가 나오다니!

〈임기응변이 부족하구나! 애송이들!〉

레이거스는 그 기세로 발세르 앞을 지키는 수호그림자들까지 쳐 날리면서 발세르 앞으로 쇄도했다. 너무 빨라서 발세르는 미처 대응하지도 못하고 엉거주춤하게 서 있었다.

하지만 레이거스는 망치를 내려치는 순간 그 판단이 틀렸음을 깨달았다.

〈죽고 싶어 환장했나?〉

발세르가 마주 달려들면서 검을 휘두르고 있었다. 혼쇄의 인을 저 얄팍한 검으로 받아치겠다고? 박살 나고 싶어서 안달이 난 행동이다.

그런데 다음 순간 순백의 섬광이 뻗어 나갔다.

〈으헉?〉

레이거스는 경악했다.

격돌의 순간, 갑자기 그의 움직임이 느려지면서 그만큼 발세르의 움직임이 가속했다. 서로의 시간이 어긋난 것처럼 레이거스가 미처 혼쇄의 인을 다 휘두르기 전에 공격이 파고드는 바람에 기겁해서 피할 수밖에 없었다.

주춤거리며 뒤로 물러난 레이거스가 이를 갈았다.

〈젠장! 눈깔로 노려보는 거 말고도 한 수 재간이 있었나?〉

동시에 발세르가 순동법으로 돌격해 온다. 벼락처럼 내리꽂히는 검에 혼쇄의 인이 막혔다.

따아아아앙!

대기가 격렬하게 진동하면서 믿을 수 없는 일이 벌어졌다. 레이거스가 뒤로 밀려난 것이다.

"크윽."

발세르가 신음했다. 이 격돌로 그도 충격을 받은 것이다.

그의 눈은 불사체를 상대로 절대적인 힘을 발휘한다. 그저 바라보는 것만으로도 불사체를, 아니, 정확히는 죽음을 갖고 노는 사령술의 근본을 억압한다. 코드네임 알파에게 주어지는 이 권능과 맞서게 되면 불사체는 제대로 반항조차 하지 못하고 파멸을 맞이할 수밖에 없다.

그런데 레이거스는 힘이 좀 줄어들기는 해도 여전히 막강한 전투력을 과시하고 있었다. 그런 탓에 지금까지 한 번도 신경 써본 적 없는 문제에 직면했다.

평소 눈을 감고 있을 때, 눈 속에 충전해 두었던 마력을 다 써버렸던 것이다. 그래서 일단 다시 눈을 감고 마력 충전 시간을 가질 수밖에 없었다.

'어딘가 닮았어.'

레이거스는 수호그림자의 예언지킴이들을 지키는 불사체 '잠들지 못하는 수호자들' 과 닮아 있었다. 그저 뛰어난 불사체라는 점만이 아니라 풍기는 기운이 놀랍도록 흡사하다.

분명 둘은 뭔가 연관이 있으리라. 하지만 지금은 그 의문에 집착하지 않는다. 자신이 부여받은 운명의 참뜻을 깨달은 지금, 전력을 다해 눈앞의 적과 맞설 뿐이다.

'얼마나 버틸 수 있느냐겠군.'

이길 수 있다는 생각은 하지 않는다. 그저 아젤을 위해 조금이라도 레이거스의 발목을 붙잡을 궁리를 할 뿐.

"…용마장군 레이거스라."

눈에서 기이한 빛을 내뿜는 발세르가 미소 짓는다. 마치 웃어본 적이 없는 것처럼 어색하기 짝이 없는, 그래서 끔찍하게 뒤틀려 보이는 미소였다.

"감사하고 있습니다."

〈뭐라고?〉

"당신 덕분에 나는, 아니, 우리는 스스로의 기원과 운명을 알게 되었습니다. 용마왕 숭배자에게 감사를 표하는 날이 올 줄은 상상도 못했군요."

발세르의 입에서 광기 어린 웃음소리가 흘러나왔다.

4

아젤 일행은 수호그림자와 연계해서 잘 싸우고 있었다. 하지만 한 사람만은 전장에서 격리되어 위기에 빠졌다.

"하아, 하아……."

라우라였다.

그녀는 흐트러진 모습으로 숨을 고르고 있었다. 일대일 대결에서 그녀는 디칼을 압도했다. 하지만 일단 그림자 검대가 가세하자 속절없이 밀렸다.

아무리 라우라가 강력한 마법사라지만 적들은 전원이 한때 그녀와 아운소르의 후계자 자리를 두고 다퉜던 존재들이다. 마법의 성취 면에서 뒤떨어져 있다고 하더라도 서른 명이 넘는 자의 용마력이 하나로 연계되고, 그것을 디칼의 통제에 따라서 효율적으로 사용하는 것만으로도 그녀가 밀릴 수밖에 없었다.

사방팔방에서 쉬지도 않고 날아드는 마법을 정신없이 막아내다 보니 어느새 다른 동료들이 있는 전장에서 2킬로미터 가까이 멀어져 버렸다.

이래서야 동료의 도움도 기대할 수 없다. 아마도 디칼이 이런 상황을 의도했으리라.

"그 대단한 라우라 양께서도 이제 슬슬 바닥이 드러나셨군?"

디칼은 비열하게 웃고 있었다.

일대일로는 도저히 그녀를 당해낼 수 없었다. 하지만 자신이 이끄는 탈락자들의 힘으로 그녀를 궁지로 몰아넣자 추악한 희열이 느껴졌다.

라우라는 대답할 여유가 없었다. 그녀가 조금이라도 쉽게 두지 않겠다는 듯 그림자 검대가 자잘한 마법을 날렸기 때문이다.

'사로잡을 생각이야.'

디칼의 의도는 분명했다. 이들이 적극적으로 라우라의 숨통을 끊고자 했다면 벌써 승부가 났을 것이다. 하지만 그들은 어떻게든 라우라를 산 채로 사로잡고자 했다.

라우라가 아군과 대화하는 것을 막고, 조금씩 전장에서 격리시켜 두고, 차근차근 체력과 마력을 깎아낸다. 그 과정에서 디칼은 가학적인 즐거움을 누리고 있었다.

"네 운명은 정해졌어, 라우라."

"……."

"장로들이 배신자의 얼굴을 보고 싶어 해. 그다음은 뭐, 대충 알겠지? 배신하기는 했어도 우수한 소재였으니까 다음 세대의 아이를 낳을 씨받이가 될 수도 있겠고 적당히 실험체 노릇을 하게 될 수도 있겠지. 어느 쪽이든 배신자에게는 적절한 지옥이 될 거야."

소름 끼치는 악의였다. 어둠의 설원은 그들의 손에 떨어지느니 차라리 죽고 싶다고 생각할 정도의 지옥을 겪게 해줄 능력이 있었다. 디칼은 아운소르 일족을 만족시키기 위해서 기꺼이 라우라를 그런 지옥으로 던져 넣으려고 하는 것이다.

"어디……."

포위망의 뒤쪽에 물러나 있던 디칼이 앞으로 나섰다. 동시에 촘촘하게 라우라를 에워싸고 있던 마법의 화망(火網)에 구멍이 뚫렸다.

퍼엉!

"꺄악!"

라우라가 비명을 지르며 밀려났다. 그 구멍은 디칼이 의도적으로 만든 것이다. 라우라가 그 점을 잘 알고 있었지만, 이 상황에서는 실낱같은 가능성에 현혹되지 않을 수 없었다.

디칼은 기다렸다는 듯 라우라의 마법을 받아쳤다. 그리고 라우라를 압도했다.

"하하하하! 여기까진가? 어차피 이렇게 될 거였으면서 애먹이기는."

"……."

라우라는 그를 노려보았다. 디칼이 이죽거리며 말했다.

"흥. 그래. 라우라, 네 말이 맞아. 난 너무 일찍 왔지."

고집을 내세워서 그림자 검대를 대기시킨 채 혼자 나왔지만 라우라의 상대가 되지 못했다. 그 사실이 디칼의 자존심에 큰 상처를 입혔다.

"하지만 그뿐이다. 내가 네게 뒤지는 것은 마법을 연마한 시간뿐이야! 늙은이들이 쓸데없이 까다롭게 굴지 말고 내게 비전을 아낌없이 전수하고, 조금만 더 시간을 줬다면 너 따위에게 밀렸을 리가 없어!"

"디칼, 나는……."

문득 라우라가 손을 들어 자신의 목에다 가져갔다. 그녀가 쓸쓸하게 웃으며 말했다.

"…처음으로 누군가가 불쌍하다고 생각했어."

"뭐?"

"넌 불쌍한 사람이구나. 예전의 나보다도 더……."

예전의 라우라는 아운소르 일족이 원하는 결과를 내기 위한 인형이었다.

그 점은 디칼도 마찬가지다. 하지만 그녀와 디칼 사이에는 한 가지 큰 차이점이 있었다.

디칼은 자신의 가치가 그들에 의해 평가되는 것을 당연시하고 있었다.

그들에게 저주에 가까운 처사를 당했다가 풀려난 지금까지도 그들의 인정을 갈구한다. 입으로는 욕하지만 그들이 자신을 쓸모 있는 존재라고 칭찬해 준다면 무슨 짓이든 할 것이다. 그것 말고는 스스로의 가치를 믿을 방법을 모르니까.

"왜 네가 나를 미워하는지 알 것 같아."

처음 마주했을 때는 그가 자신을 미워하는 것을 당연하다고 여겼다. 라우라 때문에 삶을 박탈당한 자들이 그녀를 증오하는 것은 당연한 일 아닌가?

하지만 디칼의 말을 들으면 들을수록 그것만이 아니었음을 알았다. 디칼이 라우라를 미워하는 진짜 이유는…….

"네가 매달리는 것을 쓰레기처럼 버렸으니까겠지."

"무슨 헛소리를……!"

"그 마음 알 것 같아. 하지만 난 지금도 단언할 수 있어."

스스로의 목에다 댄 라우라의 손끝에서 붉은 기류가 피어오르기 시작했다.

"그들은 쓰레기야. 먼 옛날에 사라졌어야 할 쓰레기들이 멋대로 우리를 만들고 우리의 삶을 짓밟았어."

"닥쳐!"

"그들의 손에 떨어지느니 차라리 죽겠어."

디칼이 흠칫했다. 라우라의 말에 신경 쓰느라 눈치채는 게 늦었다.

"이런 젠장! 막아!"

라우라는 자살하려고 하고 있었다.

그들에게 사로잡히느니 차라리 여기서 죽겠다. 그저 목숨을 끊는 것만으로는 안 된다. 그들은 죽은 자의 영혼까지 유린하는 힘을 가졌으니까. 그렇기에 그럴 여지를 남기지 않고 철저하게 스스로를 소멸시킬 생각이었다.

'살고 싶었는데.'

좀 더 살아서 많은 것을 보고 싶었다.

'이제야 당신이 누구인지 알았는데.'

문득 아젤의 얼굴이 떠올랐다. 설마설마 했는데 정말 영웅 아젤 카르자크였을 줄이야.

그 사실을 아는 순간, 라우라는 위기 속에서도 역시 그럴 줄 알았다며 웃어버리고 말았다. 놀람은 없었다. 그저 가슴에 얹혀 있던 답답함이 시원하게 뚫렸을 뿐이다.

'내가 죽으면 당신은 슬퍼해 줄까?'

이제까지는 죽어도 슬퍼하며 눈물 흘려줄 사람 하나 없고, 거기에 집착하지도 않는 인생이었다. 하지만 포로라는 명목 으로 아젤 일행과 함께 여행하면서 그들에게 미련이 생겨 버 렸다.

'최소한 당신들은 내가 죽은 게 아니라 도구가 망가졌다고 화를 내진 않겠지.'

라우라는 어처구니가 없어서 웃어버렸다. 디칼과 그림자 검대의 마법이 미친 듯이 그녀가 펼친 방어마법을 때려대는 가운데 스스로를 소멸시키는 저주의 힘이 완성되어 간다.

─포기가 너무 빨라.

그때 그녀의 의식으로 흘러들어오는 목소리가 있었다.

─조금은 동료를 믿어보지그래?

그 말과 함께 라우라에게 쏟아지던 마법이 급속도로 스러졌다. 그리고…….

우우우우우!

주변을 뇌전 같기도 하고 불꽃같기도 한 순백의 섬광이 질주하기 시작했다.

하늘을 가르는 검이다. 라우라에게 정신이 팔렸던 그림자 검대 중 셋이 허를 찔려서 당해 버렸다.

동시에 온갖 마법의 섬광으로 불타오르던 주변 공간이 봄날 아지랑이처럼 일그러졌다.

'비탄의 미궁!'

라우라는 곧바로 그 현상의 정체를 깨달았다.

곧 그녀는 급한 불을 끄듯 허둥지둥 저주의 힘을 해제했다.

"아윽……."

직전에 해제하기는 했는데 적들에게 시체조차 넘기지 않기 위해 쓴 마법이라서 여파가 꽤 컸다. 전신에서 검은 연기가 피어오르면서 속이 울렁거렸다.

문득 그녀가 뾰로통한 기색으로 말했다.

"…난 포로잖아."

"이제까지는 그랬지."

불쑥 옆에서 나타난 아젤이 피식 웃으면서 대답했다. 아젤이 손가락으로 그녀를 한 번 툭 치면서 말했다.

"그거 이제 그만두기로 하자고."

그것으로 라우라의 영맥에 박혀 있던 아젤의 마력 쐐기가 사라졌다. 라우라가 토라진 눈으로 아젤을 쏘아보았다.

"당신은 제멋대로야."

"220년쯤 전에도 다들 그렇게 말하더군. 시대가 변해도 사람은 별로 변하지 않았어."

"늙은이."

"내 나이는 육체적으로나 정신적으로나 스물여덟 살입니다만? 나보다 나이 많은 용마족 아가씨한테 그런 말 들을 이유가 없습니다요."

"뻔뻔해."

"그 말도 자주 들었는데."

능글맞게 대꾸한 아젤이 말했다.

"일단 이 안에서 몸을 추스르도록 해. 저놈들은 내가 처리하지."

적들에게 비탄의 미궁을 공략할 기술이 있는지 없는지는 모른다. 하지만 그런 기술이 있다고 해도 아젤과 싸우게 되면 쓸 여유가 없을 것이다.

하지만 라우라는 비탄의 미궁에서 나가려는 아젤을 붙잡았다.

"디칼은 내가 맡을래."

"그 몸으로? 뭔가 인연이 있다는 것은 알겠지만, 그 상태로는……."

"할 수 있어."

"……."

라우라의 태도가 워낙 단호해서 아젤은 잠시 동안 그녀를 바라보았다. 그리고 쓴웃음을 지으며 고개를 돌렸다.

"예나 지금이나 난 목숨 걸고 뭐 하겠다는 사람을 말리질 못했지. 그래서 욕도 많이 먹었는데……."

그가 비탄의 미궁을 해제하면서 말을 이었다.

"이번에는 내가 욕하는 쪽이 되겠군. 객기 부리다 죽지 마. 그럼 욕해줄 테니까."

"…처음이야."

"뭐가?"

"그런 말 듣는 거."

"넌 처음인 게 너무 많아."

그렇게 말하는 아젤의 검이 불타는 섬광이 되어 허공을 질주했다.

5

"이건 말도 안 돼."

디칼은 공황 상태에 빠졌다.

아젤의 정체가 아젤 카르자크라는 것을 알았을 때, 그는 잠시 동요했을 뿐이다. 그에게는 라우라를 사로잡는 게 더 중요했으니까.

그리고 집요하게 몰아붙인 결과, 목적 달성을 눈앞에 두었다. 그런데 이런 일이 벌어지다니.

섬광이 종횡무진 질주한다.

본래 공중전은 마법사의 특기다. 용령기 수련자도, 스피릿 오더 수련자도 허공에 머무를 수 있는 시간은 한정되어 있고, 설령 그 문제를 해결한다고 해도 기동성을 제대로 발휘할 수 없기 때문에 일단 마법사가 하늘을 날기 시작하면 싸우기 어렵다.

아젤은 그런 상식을 무참하게 깨부줬다.

파지지지직!

종횡무진 질주하는 섬광이 그림자 검대 하나를 가르고 지나갔다. 그 자리에 잠시 나타났던 아젤을 향해 다른 그림자 검대가 불꽃을 날린다.

하지만 소용없다. 그 앞에 출현한 공간왜곡장으로 인해서 불꽃이 고스란히 되돌아간다.

그것을 막느라 주춤한 순간, 그 뒤쪽에 나타난 또 다른 아젤의 검격에 몸이 수직으로 쪼개진다.

"으으으……!"

디칼이 공포에 질렸다.

하늘을 가르는 검과 비탄의 잔이 자아내는 상승효과는 그들의 상상을 아득히 초월하고 있었다. 공간에 구애받지 않는

검과 공간을 조작하는 힘이 더해지자 그야말로 손쓸 도리가
없는 재앙이었다.

　게다가 그림자 검대는 아젤에 대한 대응책을 숙지하지 않
았다. 초반에 당황해서 아무 생각 없이 가장 즉시성 높은 섬
광이나 뇌전 마법을 사용한 것이 재앙을 불렀다. 하늘을 가르
는 검이 그 모든 힘을 흡수해서 일거에 여섯 명을 불태워 버
린 것이다.

　"디칼."

　섬광과 굉음으로 가득한 전장에서, 나직한 목소리가 천둥
소리처럼 또렷하게 귀에 와 닿았다. 디칼은 깜짝 놀라서 목소
리의 주인을 바라보았다.

　만신창이가 된 라우라가 그를 노려보고 있었다.

　"결판을 내자. 우리 둘이서."

　"하……."

　디칼이 어처구니없다는 듯 웃었다.

　"제정신인가? 아젤 카르자크를 등에 업으니 뵈는 게 없어
졌나 보군. 그 꼴로 나와 일대일로 싸우겠다고?"

　"그래."

　"흥. 그런 함정에 걸릴 줄 알고? 나와 싸우는 척하면서 아
젤 카르자크에게 등을 치게 할 생각이겠지?"

　그 말에 라우라가 고개를 갸웃했다.

　"네게 그럴 가치가 있다고 생각해?"

"…뭐라고?"

"내가 아젤에게 부탁하지 않았으면 넌 벌써 죽었을 수도 있어. 약속할게. 일대일로 나를 이긴다면, 적어도 이 전장에서는 아젤은 너를 살려 보내줄 거야."

그것은 라우라의 고집이었다. 그녀가 진심임을 안 디칼이 이를 빠드득 갈았다.

"라우라, 도대체 얼마나 나를 무시해야 직성이 풀리는 거냐!"

"내가 하고 싶은 말이야."

라우라가 먼저 공격을 시작했다. 디칼이 그것을 받아내는 순간, 이해할 수 없는 일이 벌어졌다.

파지지직!

"커억?"

그를 지키는 여섯 자루의 마검, 그중 하나의 저주가 역류했다. 눈앞이 캄캄해지면서 마법 구성에 틈이 생겼다.

쫘광!

직후 방어막 안쪽에서 폭발이 일어나면서 그를 날려 버렸다. 추락하던 디칼이 가까스로 몸을 바로잡으며 닥치는 대로 마법을 뿌려댔다.

"크아아아악!"

다 죽어가는 라우라와 달리 그는 아직 마력에 여유가 있었다. 마법 운용은 라우라가 위일지라도 이렇게 마법을 폭풍처럼 뿌려대면 뚫고 들어올 수 없으리라.

하지만 그런 디칼의 예상을 깨듯이 라우라의 싸늘한 목소리가 들려왔다.

"자기가 왜 당하는지도 모르고 있다니⋯⋯."

안타까워하는 목소리였다. 디칼이 울컥해서 마검을 날려 보내려고 했다.

"으, 아아아아악!"

마치 그러기만을 기다렸다는 듯 마검의 저주가 역류했다. 신경을 태우는 듯한 격통이 전신을 타고 달렸다.

디칼은 그제야 라우라가 무슨 수를 썼는지 깨달았다.

'마검의 제어권을 뺏겼어!'

아니, 정확히는 제어권 그 자체를 빼앗긴 것은 아니다. 하지만 마검의 움직임을 통제하는 마법 구성 중 일부가 라우라에게 좌지우지되고 있다.

후우우우우⋯⋯.

그리고 가까스로 저주를 해제하는 디칼의 앞에서 라우라의 상태가 급속도로 회복되어 갔다.

육체 상태가 나아지는 게 아니다. 저주를 받은 디칼이 헛되이 방출한 마력 중 일부를 정제해서 흡수함으로써 마력을 회복하고 있는 것이다. 소름 끼치도록 세련된 마력 제어기술이었다.

"끝이야, 디칼."

"웃기지 마! 도구 사용에 좀 혼선을 줬다고 다 이긴 양 굴다니! 쥐꼬리만큼 마력을 회복해 봤자 어림없어!"

디칼이 격노해서 마법을 퍼부었다.

'이렇게 된 이상 마검은 마력 증폭과 방어, 두 가지 용도로만 사용하고 압도적인 마력의 차로 승부를 낸다. 아무리 운용 기술에서 우위에 선다고 해도 마력 차이가 절대적이라면 화력차로 눌러 버릴 수 있어!'

그 판단은 옳았다. 라우라의 마력은 거의 바닥을 드러냈다. 이쪽은 한 번에 열 수를 두는데 저쪽은 한 수밖에 둘 수 없다면 결과는 뻔하지 않은가?

결국 라우라의 마법 운용을 우격다짐으로 밀고 들어간 디칼의 마법이 한꺼번에 구현되었다. 대기가 소용돌이치고 뇌전이 휘몰아치고 화염이 폭발한다.

"끝나는 것은 너야, 라우라!"

그가 희열에 차 외치는 순간이었다.

"이미 말했지, 끝이라고."

라우라가 나직한 목소리로 대답했다. 폭음을 뚫고 들려오는, 즉 일부러 소리를 전하기 위해 마법으로 제어한 그 소리를 듣는 순간 디칼의 전신에 소름이 돋았다.

그리고 라우라에게 작렬하던 마법이 모조리 디칼에게 되돌아왔다.

콰과과과광!

"카아아아……!"

디칼의 비명조차도 폭음에 묻혀 버렸다. 불꽃과 연기에 휩싸인 채 추락해 가는 그를 라우라가 추격해 갔다.

곧 라우라는 지상에 추락한 채 반쯤 날아간 몸으로 헐떡이고 있는 그의 앞에 섰다. 숨이 붙어 있는 게 기적으로 보이는 디칼이 믿을 수 없다는 듯 물었다.

"도대체, 어떻, 게……?"

"비탄의 잔."

라우라가 대답했다.

"죽 연구해 왔어."

"……."

디칼에게는 그것만으로도 충분한 대답이 되었다.

어둠의 설원을 통틀어도 공간을 다루는 마법을 터득한 자는 거의 없었다. 하지만 죽 비탄의 잔을 다뤄온 라우라는 아운소르의 기록을 토대로 연구한 끝에 그 기능 일부를 마법으로 재현할 수 있게 된 것이다.

디칼이 어처구니없다는 듯 웃었다.

"정말, 난… 너무 빨리 왔어… 군……."

"그들도 사라질 거야. 그러니까 이제 그만 쉬어."

"하하하. 하여튼… 넌, 정말로 기분 나쁜… 여자, 야……."

디칼은 그것을 끝으로 숨이 끊어졌다. 라우라는 불꽃을 일으켜 그의 시체를 태워 버리면서, 허공을 수놓는 현란한 죽음의 섬광을 올려다보았다.

"그런 말은… 많이 들었어."

허공을 올려다보는 그녀의 눈에서 투명한 눈물이 흘러내렸다.

6

아젤이 레이거스에게서 벗어나서 날뛰기 시작하자 전황이 급변했다.

라우라를 구하러 가기 전, 아젤은 이미 동료들이 있는 곳을 한바탕 쓸고 지나가면서 적에게 막대한 타격을 입혔다. 카이렌, 레티시아, 유렌은 물론이고 수호그림자와 팽팽하게 맞서고 있는 상황에서 아젤이 급습을 가해 오니 용마왕 숭배자들은 썩은 짚단처럼 쓰러져 갔다.

하지만 그것도 잠시였다.

고오오오오오……!

순간 전장의 모든 이의 이목이 한곳으로 집중되었다.

그들 모두의 상식을 초월한 일이 벌어지고 있었다.

흙투성이가 된 채로 레이거스를 막고 있던 발세르가 경악했다.

"마력이 용마력으로 변하다니……!"

그 말대로였다. 레이거스의 마력이 용마력으로 변하고 있었다.

있을 수 없는 일이다. 용마력은 산 자의 힘이다. 1세대 용마족인 레이거스조차도 불사체가 된 시점에서 용마력을 잃지 않았는가?

경악하는 발세르의 눈앞에서 레이거스의 갑옷이 변화하기 시작했다. 불길한 검은 갑옷이 혼쇄의 인과 마찬가지로 새하얗게 탈색되어 간다. 앞이 열려서 해골이 드러나 있던 투구는 마스크가 닫히면서 마치 용의 머리처럼 변화했다.

〈후우우우우……!〉

레이거스가 투구 안쪽에서 긴 숨을 토해냈다. 이미 죽은 자라 소리뿐이지만 마치 거기에 호응하듯 검은 기류가 흘러나온다.

〈이렇게 되기 전에 나를 쓰러뜨렸다면 칭찬해 줬겠지만 턱도 없었지? 자, 이제 어떡할 텐가?〉

레이거스의 마력이 어마어마하게 부풀어 오른 것은 이 상태로 변신하기 위한 준비 과정이었다. 마력이 최고치에 달하고, 변신을 완료하기까지는 시간이 필요했던 것이다.

그동안 불사체의 천적이라고 할 수 있는 발세르 때문에 좀 애먹었지만 그것도 여기까지다. 발세르가 식은땀을 흘렸다.

"…이런 어처구니없는 일이."

변신한 레이거스에게는 놀랍게도 발세르의 눈이 지닌 힘이 통용되지 않았다. 쪼그라들었던 힘이 거세게 부풀어 오르면서 숨 막히는 압박감이 밀려들었다. 지금 이 순간, 레이거스의 용마력은 생전의 그를 능가하고 있었다.

〈자, 이제 정리할 시간이다!〉

용마력을 발하면서 레이거스가 뛰어들었다. 그리고 그 궤도를 따라서 돌풍이 일어났다.

쾅!

그 앞을 로오가 가로막았지만 헛된 행동이었다. 레이거스는 그가 반응하는 것보다 훨씬 빠르고 몸통으로 쳐 날린 다음 혼쇄의 인을 내려찍었다.

〈카아악……!〉

로오가 비명을 질렀다.

불사체인 그는 어지간해서는 고통을 느끼지 않는다. 하지만 레이거스의 무기는 용마기 혼쇄의 인, 그 이름대로 영혼까지 분쇄하는 힘을 가졌다. 몸통에 맞은 거야 물리적 타격밖에 없었지만 혼쇄의 인에 정통으로 맞자 그야말로 영혼이 갈가리 찢어지는 듯한 충격과 격통이 몰려왔다.

투두두두둥!

그런 레이거스에게 불사마법사 파이가 쏘아낸 뇌격이 작렬했다. 미처 로오를 내려찍은 망치를 회수하기도 전이라 어쩔 수 없이 몸으로 받아내면서 밀려났다.

그러나 그것도 잠시, 곧 레이거스의 몸에서 푸른 불꽃이 일어났다. 물리적인 열기라고는 조금도 없는 푸른 불꽃이 마법의 뇌격을 밀어낸다. 원래부터 강력한 보호의 마력을 두른 그였지만 이 창염에는 마법을 상쇄시키는 힘이 있었다.

쾅!

다음 순간, 폭음이 울리며 파이의 몸이 반쯤 부서져 날아갔다. 레이거스가 뛰어드는 순간, 그는 방어마법을 집중시키면서 물러났다. 하지만 레이거스가 푸른 불꽃의 힘으로 그것을 상쇄시키면서 밀고 들어온 것이다.

〈크악……!〉

그 역시 불사체가 된 이후로 한 번도 느껴본 적 없는 격통에 휩싸였다. 하지만 그러면서도 부서지지 않은 팔로 레이거스를 가리켰다.

퍼엉!

레이거스의 머리통에서 뇌격이 폭발, 그를 날려 버렸다. 땅에 거세게 튕긴 레이거스가 곧바로 몸을 바로잡으며 웃었다.

〈크하하하! 이거 제법 근성이 있는 놈이로군! 불사체가 되면 고통이 뭔지도 까먹어서 조금만 아파도 정신줄을 놓던데!〉

〈이 멧돼지 같은 자식이……!〉

파이가 이를 갈았다. 그저 물리적 타격뿐이었다면 이 정도로 심하게 부서져도 금세 복원된다. 하지만 혼쇄의 인이 지닌 힘 때문에 영체가 손상을 입어서 몸의 복원이 더뎠다.

레이거스가 유쾌하게 웃었다.

〈자주 들었던 소리지. 자, 무덤으로 돌아갈 시간이다. 애송이들.〉

〈불사체로서는 우리가 선배일 텐데? 이 천둥벌거숭이 같으니.〉

로오가 가까스로 몸을 일으키며 쏘아붙였다.

그런 그들의 뒤에서 발세르가 말했다.

"파이, 로오."

〈말해라.〉

불사마법사 로오가 돌아보지 않고 대꾸했다.

"미안합니다. 죽어주세요."

〈이미 죽은 몸인데 죽어주세요는 무슨.〉

〈이래 끝나나 저래 끝나나 마찬가지지. 마음대로 해라.〉

파이도 구시렁거리며 일어났다.

그런 그들을 레이거스는 흥미로운 듯 바라보고 있었다. 발세르는 왜 그러냐고 묻지 않았다. 그는 정말로 자신의 말대로 행동하고 있었다.

상대방이 뭔가 비장의 수를 끄집어내려고 한다면, 설령 그로 인해 자기가 위험해지더라도 기꺼이 기다려준다.

발세르의 눈이 빛을 발했다. 그리고 그 빛이 파이와 로오에게 옮겨갔다.

〈으아아아아!〉

파이와 로오가 절규했다. 그들의 몸이 급속도로 복원되면서 마력이 폭발적으로 불어났다.

레이거스가 눈을 빛냈다.

〈호오! 결사의 각오로만 쓸 수 있는 비장의 카드인가?〉

그 말대로였다. 파이와 로오의 마력이 두 배 이상으로 폭증했지만, 거기까지다. 이 힘을 쓴 반동으로 그들은 소멸할 것이다.

그리고 그렇게까지 한 그들도 지금의 레이거스를 상대로는 얼마 버틸 수 없었다.

7

—동료들을 죽으라고 내던져놓고 혼자 도망치는 건가?

전력으로 질주하던 발세르는 노기 어린 아젤의 목소리를 듣고는 쓴웃음을 지었다.

그 말대로였다. 그는 파이와 로오를 폭주시켜서 레이거스에게 제물로 던져놓고 혼자 도망치고 있었다. 그가 전장에서 빠져나가는 동안 파이와 로오는 이미 파멸을 목전에 두었다.

발세르가 대답했다.

"저도 곧 뒤따라갈 겁니다. 하지만 지금은 죽어서는 안 되지요. 지금은… 만에 하나라도 제가 죽을 가능성을 배제하기 위해서 몸을 피하는 겁니다."

—무슨 헛소리를 하는 거냐?

"곧 알게 될 겁니다. 영웅 아젤 카르자크."

그 말을 끝으로 발세르의 기척이 사라졌다. 마치 유령처럼 자취를 감춘 그를 보며 아젤이 이를 갈았다.

그런 그의 앞에서 육중한 발소리가 울려 퍼졌다.

쿵!

대지가 뒤흔들린다. 피어오르던 흙먼지가 흩어지면서 레이거스의 새하얀 거체가 다가온다.

그 옆에는 파이와 로오가 쓰러져 있었다. 둘 다 이미 끝장났다. 더 이상 의식의 반응이 느껴지지 않는다. 곧 그 몸에 깃든 마력이 흩어지고 백골조차도 부서져 흩어지리라.

〈흠. 아까 전에는 열이 머리끝까지 올랐는데, 오히려 감사해야겠군.〉

"무슨 헛소리를 하시려고?"

〈저놈들이 적절하게 연습 상대가 되어준 덕분에 만전의 상태로 너와 다시 붙을 수 있게 됐으니까.〉

"이제 너 말고 별로 남은 놈들이 없다는 건 안중에도 없으신가?"

그 말대로였다. 발세르와 두 불사체가 레이거스를 붙잡아 놓은 시간은 그리 길지 않았지만, 그동안 전투의 승패가 결정되었다. 아젤의 활약으로 용마왕 숭배자들은 완전히 궁지에 몰렸다.

레이거스가 주변을 둘러보았다.

〈이런. 예나 지금이나 똑같구먼.〉

용마전쟁 시절에도 레이거스는 주변 전황을 도외시하고 광전사처럼 날뛰었다. 그의 전투 방식은 국지적으로 폭풍이 휘몰아치는 것과도 같아서 아군조차도 그와 같이 싸우지 않았으며, 지휘관들도 그 점을 염두에 두고 전술을 구상했다.

즉 한창 혼자서 신 나게 날뛰다 보니 어느새 아군이 패배 직전인 상황조차도 레이거스에게는 익숙하다. 그가 난처한 듯 볼을 긁적였다.

〈우리 애들 증원군이 올 때까지 버텨야겠구만.〉

"그전에 끝장을 내주지."

〈그건 바라는 바다.〉

레이거스의 투구 속에서 흘러나오는 유쾌한 웃음소리를 시작으로, 전설적인 두 거물이 다시금 격돌했다.

8

불사체는 지치지 않는다. 관절기동을 비롯한 신체의 구조적인 한계에 묶이지도 않는다. 그리고 마력이 높아지는 것만으로도 모든 능력이 상승한다.

그럼에도 불사체가 된 레이거스가 생전보다 약했던 것은 결정적인 약점이 있었기 때문이다.

바로 용마력을 잃었다는 것.

마력의 크기가 동급이라고 해도, 용령기 사용자였던 레이거스가 용마력을 잃은 것은 너무 큰 상실이었다. 아무리 그가 달인이고, 불사체가 된 스스로에게 맞는 스타일을 연마하기를 게을리하지 않는다고 해도 한계가 있을 수밖에 없다.

도무지 원리를 알 수 없는 방법으로 용마력을 되찾은 지금, 레이거스는 생전보다 강하다. 아젤은 첫 한 번의 격돌만으로도 그 사실을 알아차렸다.

아젤은 처음부터 무리해서 그릇 이상의 힘을 끌어내고 있었다. 아무리 뛰어난 기술로 제어하더라도 그 반동을 완전히 없앨 수는 없다. 시간이 갈수록 육체에 걸리는 부담이 커지면서 움직임이 둔해져 간다.

그에 비해 레이거스는 전혀 그런 부담이 없다. 아니, 저 모습으로 변신하면서 오히려 처음보다 훨씬 강해지기까지 했다.

"큭!"

정신없이 분신을 늘려가면서 레이거스를 몰아치던 아젤이 신음하며 물러났다. 그런 아젤을 레이거스가 순동법으로 추격, 무시무시한 속도로 혼쇄의 인을 후려친다.

투학!

자세가 반쯤 무너진 아젤은 그것을 막아낼 수 없었다. 하지만 그 순간 섬광으로 화한 용마검이 측면에서 혼쇄의 인을 후려친다. 그리고…….

쾅! 콰쾅!

아젤의 분신들이 방어가 흐트러진 레이거스를 연달아 후려갈긴다. 하지만 한 번 공격을 가할 때마다 분신을 이루는 모든 마력을 동원할 정도로 강타를 날리고 있는데도 레이거스는 큰 타격을 입지 않는다. 잠시 주춤하고 물러날 뿐, 갑옷조차도 부서지지 않았다.

계속 이런 식이었다.

공방의 내용만을 놓고 보면 아젤의 압승이다. 아젤은 아직까지 단 한 대도 정타를 맞지 않았다. 그에 비해서 레이거스는 수도 없이 두들겨 맞고 나가떨어졌다.

레이거스의 기술이 미숙한 것은 아니다. 워낙 중전차 같은 스타일이라 무식해 보일 뿐이지, 그 스타일을 이루는 기술과 감각은 초일류라 불리기에 손색이 없다. 무엇보다 생전과 마찬가지로 강건한 몸이 뒷받침되지 않으면 그런 스타일을 고수하는 것 자체가 불가능하다.

그래 봤자 아젤의 기술 앞에서는 빛이 바랜다. 어떤 식으로 맞붙어도 결국 아젤이 그의 방어를 비틀어서 허점을 만들어내고 일격을 가하는 결과가 다른 과정을 통해서 계속 반복되고 있었다.

하지만 전투의 승패를 가르는 것은 기술만이 아니다.

〈애석하군그래. 예전보다 강해지긴 강해졌는데, 결국은 약해졌군?〉

"신 나게 얻어맞는 주제에 입만 살았군."

아젤이 그를 노려보면서 허세를 떨었다.

지금의 아젤은 용마전쟁 때, 정확히는 레이거스가 죽기 전과 비교할 때 기술과 감각이 훨씬 향상되었다. 하늘을 가르는 검 역시 그때보다 훨씬 뛰어난 용마기로 성장했다.

그러나 당시의 아젤은 지금의 아젤보다 강건했다.

육체 능력이 높은 것은 물론이고 마력의 그릇도 훨씬 컸다. 지금의 아젤이 부담을 지고 마력의 최대치를 비슷한 수준으로 끌어올렸지만 역시 그때만 못하다. 무엇보다 용마력의 농도가 옅어서 기술의 활용력이 떨어진다.

레이거스는 그 점을 아쉬워했다. 이 시대에 눈뜬 후 최고로 즐거운 적수를 만났거늘, 만전의 상태가 아니라니?

문득 아젤은 어처구니없다는 표정으로 멈춰 섰다. 레이거스가 공세를 멈추고 입을 열었기 때문이다.

〈확실히 기술은 좋아졌어. 하늘을 가르는 검이 괴상망측한 기능을 갖게 된 것을 제외하고 봐도 그래. 정말이지 아깝군. 좀 더 끈질기게 살아서 그때 네가 어디까지 도달했는지 겪어 볼 수 있었다면 좋았을 것을.〉

"후우. 덕분에 숨 돌리는 내가 이런 말할 처지는 아니지만… 매번 수단에 심취해서 목적을 까먹으면 너희 편이 안 싫어하냐?"

〈하하하. 내가 원래 좀 사나이답지. 원래 사나이가 사나이답게 행동하면 쩨쩨한 것들의 미움을 사는 것은 당연한 일. 그런 것에 구애되어서 어찌 사나이답게 살 수 있겠나?〉

"…난 지금 너 바보라고 욕하고 있는 거다만?"

〈그런 소리를 듣든 말든 상관없다고 생각한다는 거다만? 별거 없는 세상, 별거 없는 인생인데 가까스로 만난 최고의 술을 앞에 두고도 즐길 수 없다면 무슨 의미가 있겠냐? 내 영혼의 즐거움을 거세해야만 같은 편 할 속 좁은 놈들이라면, 까짓것 같은 편 하지 말라 그래라.〉

"와……."

아젤은 감탄해 버렸다. 이 녀석, 역시 상상을 초월하는 바보다. 바보짓이라는 것을 몰라서 안 하는 게 아니다. 바보짓이라는 것을 알면서도 하고 싶으니까 하는 거다!

"…아, 솔직히 예전에도 널 보고 짜증은 났지만 묘하게도 싫지는 않았어. 그 정도로 바보였지."

〈크어, 그거 아쉽구만. 아젤 네가 미녀였으면 고백인 줄 알고 받아들였을 텐데. 물론 보기 드문 강적에게는 미녀 이상의 가치가 있지. 너 같은 놈을 앞에 두고 속속들이 즐기지 못한다면 무슨 의미가 있겠냐? 나 레이거스, 사나이로 태어나 전사로 살아가니 싸움에 한 점 후회도 남기기 싫다!〉

"그런 주의를 관철하다 죽었으면서도 전혀 변하질 않았군. 대단해."

〈변하지 않는다는 것은 좋은 일이지. 인간은 변화를 미덕이라 이야기하나 때로는 세월이 지나도, 무슨 일이 있어도 변하지 않는 것이 아름다워 견딜 수 없다. 난 그런 가치를 위해 왕의 편에 서서 싸웠느니.〉

레이거스는 당당했다.

이런 말을 하는 작자는 장수로서는 완벽하게 실격이다. 레이거스 역시 그 사실을 알고 있었다. 용마장군이라는 직함을 달고 있으면서도 그는 지휘권은 부하들에게 내주고 자기만의 싸움을 해왔다. 그 한결같음과 압도적인 강함 때문에 처절할 정도로 제멋대로이면서도 용마왕군에 없어서는 안 될 전력이었을 뿐이다.

수많은 용마왕군 책사가 한탄했다.

"레이거스 장군님이 저 성격만 좀 고치면 정말 최고인데!"

수많은 인간 연합군 책사는 생각했다.

"레이거스의 성격이 저 모양이라서 정말 다행이야."

레이거스는 마지막까지 한결같았다. 그래서 패했고, 그래서 죽어가면서도 한 점 후회도 없이 웃었다.

그리고 220년의 세월을 뛰어넘어 불사체로 깨어난 지금도 변함없었다.

문득 아젤이 물었다.

"너는 변하지 않았지만 너를 둘러싼 것들은 변했지. 어둠의 설원 놈들이 지금도 목숨 걸고 한편으로 싸울 가치가 있는 것들이라고 보는 거냐?"

〈흠. 이간책이라도 하게? 아서라. 너답지 않아.〉

"그런 게 아니라 그냥 순수하게 궁금해서. 난 이 시대에 깨어나서 용마왕 숭배자들이 있다는 사실, 그리고 어둠의 설원 놈들이 하는 짓에 여러모로 충격 받았거든? 용마전쟁 시절에도 증오했지만 지금은 뭐랄까… 정말 갈 데까지 갔다는 느낌이 들어서."

〈그 말은… 너는 그동안 죽 활동하고 있었던 게 아니라 나처럼 오랜 시간 동안 의식이 잠들어 있었다가 이 시대에 깨어났다는 소리군?〉

"……."

〈이야, 적이 말실수를 해서 내가 정보를 얻다니 이거 신선한 경험인데?〉

"끄응."

아젤이 표정을 구겼다. 다른 사람도 아니고 말실수해서 적에게 정보 주기의 대표주자격인 레이거스에게 이런 실수를 하다니!

레이거스가 껄껄 웃었다.

〈그래, 솔직히 요즘 애들이 하는 짓이 마음에 안 들긴 하

지. 애들이 영 기개도 없고 근성도 없고 무엇보다 음침해!〉

"…음."

해골만 남아서 어둠 속에서 사기를 풀풀 피워대는 불사체에게 음침하다는 소리를 듣다니, 용마왕 숭배자들도 억울하지 않을까?

그렇게 생각하는 아젤 앞에서 레이거스가 말을 이었다.

〈완전히 사교집단처럼 변해 버려서 젊은 애들은 좀 불쌍하더군. 자기 눈으로 세상을 보고, 자기 머리로 생각해서 자기 마음으로 결단할 기회조차 박탈당하고 있으니까. 예쁜 아가씨들이 그런 음침한 광기에 사로잡혀서 우울해하고 있는 것을 보면 슬프지. 생전이었으면 나의 근사한 육체로 위로해 주기라도 했을 것을, 이런 몸이 되고 나니 정말이지 아쉬운 게 한둘이 아니야.〉

"……."

〈그래도 예나 지금이나 내 마음은 한결같다. 난 오로지 마법사 아테인이 제시한 이상에 공감하여 그를 왕으로 모셨고 지금도 마찬가지다.〉

"역시 아테인의 부활이 멀지 않았나 보군. 네가 깨어난 것도 그 조짐이고."

〈이걸로 피장파장… 이라고 하기에는 내가 나쁘댄 게 더 많은가? 쯧쯧. 뭐 상관없지. 나야 원래 이런 놈이니까.〉

"못 말리겠군, 정말."

〈하하하. 이 정도로 시간을 줬으니 이제 슬슬 숨도 골랐을 테고, 슬슬 감추고 있는 패 좀 꺼내보지? 난 진짜 왕을 쓰러뜨릴 때의 너와 싸워보지 못한 게 매우 안타깝다. 내가 두 번 다시 고기를 먹을 수도 없고, 거시기를 세울 수도 없다는 무시무시한 대가를 바치고 이만큼 강해지기는 했지만…….〉

"……."

이 말에는 천하의 아젤도 할 말을 잃고 말았다. 엄청나게 딴죽 걸고 싶은데 그럴 수가 없는 기분?

〈아무리 그래도 나랑 싸웠을 때보다 약해진 것으로 끝이라면 너무하지 않으냐? 내가 이만큼 바보짓을 해줬으니 너는 똑똑한 놈답게 근사한 역전패를 꺼내보란 말이다. 내가 받아쳐서 박살 내는 맛이 있게!〉

"200년의 세월을 넘어서서 지켜온 그 올곧은 바보스러움에 경의를 표하는 의미에서, 소원대로 해주지. 네 말대로 쓸데없이 나불거리면서 시간을 준 덕분에 비장의 패를 쓸 수 있게 되었다."

그렇게 말하는 아젤의 몸이 분화하기 시작했다.

옆으로 서서히 걷는 아젤의 모습에 겹쳐져서 분신이 나타난다. 한 걸음 걸을 때 흔들리듯이 겹치고 두 걸음 걸을 때는 진짜와 똑같은 모습으로 분화한다. 그리고 세 걸음 걸을 때는 아젤과 분신 모두에게 흔들리듯이 겹치고 네 걸음 걸을 때는 두 배로 늘어난다.

순식간에 32명의 아젤이 레이거스를 포위했다.

〈인카네이션은 예전보다 훨씬 늘었군. 알마릭도 이 정도는 못했는데.〉

"알마릭이라. 무식하게 생긴 것치고는 참 기술파였지. 너하고는 반대로 말야."

아젤의 목소리가 사방팔방에서 울린다. 입을 열어 말하는 개체가 일정하지 않은데도 완벽하게 이어져서 들리고 있었다.

〈하지만 이게 전부라는 것은 아니겠지? 네가 그 검과 분신의 연계로 놀라운 상승효과를 일으킨다는 것을 인정하겠지만, 지금의 내게는 통하지 않아. 그리고 네 마력은 감소하고 있고.〉

레이거스가 날카롭게 지적했다.

숨 돌릴 시간을 줬음에도 아젤의 마력은 감소하고 있었다. 그릇을 넘어서는 힘을 계속 끌어낸 반동이다. 아무리 뛰어난 기술과 의지로도 어쩔 수 없는 물리적인 한계였다. 아마도 용마기 초래도 한계시간이 다가오고 있으리라.

32명의 아젤이 사납게 웃었다.

"물론 이게 전부는 아니지. 자, 레이거스! 네가 바라는 대로 아테인을 쓰러뜨린 하늘을 가르는 검의 진면목을 보여주마!"

아젤과 마찬가지로 32개로 분화한 용마검이 일제히 울부짖는다. 물리적인 검의 형상을 버리고 뇌전으로도, 불꽃으로도 보이는 순백의 섬광으로 화해서 공간을 달리기 시작했다.

〈음!〉

레이거스는 생전보다 훨씬 빠르고 강해졌다. 하지만 이 하늘을 가르는 검의 공격을 피하는 것은 불가능하다. 그의 반응속도가 아무리 빨라져도 광화(光化)한 하늘을 가르는 검은 인식 불가능한 영역에 도달하기 때문이다.

취할 수 있는 방법은 광범위한 방어를 펼쳐두고 버티는 것뿐이다. 여태까지 광화한 하늘을 가르는 검과 맞선 자들은 모두들 정확한 한 지점을 방어하기를 포기하고 힘의 소모가 심한 광범위 방어로 맞설 수밖에 없었고 레이거스도 예외가 아니다. 아니, 애당초 레이거스는 그것을 특기로 삼고 있었다.

하지만 이번에는 좀 달랐다.

반응속도가 생전보다 월등히 올라간 레이거스는 이전에는 보지 못하던 세계를 보고 있었다. 웬만한 순동법의 궤적조차 뚜렷하게 파악하는 초고속의 세계.

그것이 아젤이 그를 난타하면서도 계속 밀렸던 이유였다.

아젤의 공격은 절대 약하지 않다. 레이거스가 아무리 중전차 같은 스타일의 최정점에 올랐다고 하더라도 아젤에게 맞을 때마다 움직임이 저지당하고, 타격을 입는 것을 피할 수 없을 정도로.

그런 공격을 가뿐하게 뚫고 들어간 것은 방어의 효율화를 이루었기 때문이다.

지금까지 아젤의 적이었던 이들은 빛으로 화한 하늘을 가르는 검의 정확한 공격지점을 방어하기를 포기했다. 하지만 지금의 레이거스는 그것을 할 수 있었다.

'왼쪽 가슴.'

모든 공격에 그렇게 대응할 수 있는 것은 아니다. 그러기에는 빛으로 화한 용마검을 휘두르는 아젤의 공격은 너무 수가 많고 겉으로만 봐서는 어느 게 힘을 실은 강격이고 어느 게 현혹시키기 위한 거짓 공격인지 알아보기 어렵다.

하지만 그중 일부는 파악할 수 있었다. 광속으로 날아드는 공격을 인지할 수는 없지만, 아젤의 분신이 에너지화했다가 일정 지점에서 실체화하는 순간을 포착하고 공격궤도를 읽어 낸다.

'오른쪽 무릎.'

스피릿 오더를 익히지 않은 인간은 근거리에서 쏘는 화살을 눈으로 보고 피할 수 없다. 하지만 궁수의 움직임을 보고 궤도와 타이밍을 예측해서 피하는 것은 가능하다.

레이거스가 하는 일이 그와 같았다. 수많은 공격 중에 몇 개의 공격을 골라서 정확한 방어를 해낼 때마다 레이거스는 소나기처럼 쏟아지는 섬광의 칼날을 뚫고 나아간다.

'이번에도 마찬가지다!'

32개체로 분화해서 퍼붓는 맹공은 정말 폭풍 같았다. 하지만 그래도 지금의 레이거스는 뚫을 수 있다!

그렇게 생각한 순간이었다.

"레이거스, 왜 내 용마검이 '하늘을 가르는 검'이라고 불리는지 알고 있나?"

아젤의 분신 중 하나가 그와 무기를 맞부딪친 채로 속삭였다. 혼쇄의 인을 쥔 손에 힘을 주자 반발력을 잃고 흩어지는 분신 너머에, 레이거스가 한 번도 보지 못한 광경이 펼쳐져 있었다.

〈이건······!〉

하늘이 갈라져 있었다.

먹구름이 낀 것도 아니고 화창한 대낮의 하늘이다. 그런데 지상에서 뻗어 나가 하늘을 달리는 빛이 압도적인 광량으로 하늘을 찢어놓는 궤적을 그려놓고 있었다.

그것은 마치 빛으로 이루어진 거대한 나무가 자라난 것 같았다. 하늘과 땅을 잇는 거대한 빛줄기, 그리고 거기서 뻗어 나간 무수한 빛의 가지.

마치 뇌격이 떨어지는 그 순간을 확장시켜 놓은 것 같은 광경이다. 빛의 가지가 종횡무진으로 뻗어 나가며 하늘을 찢어 발기는 가운데 빛으로 화한 아젤이 레이거스를 내려다보고 있었다.

〈이게 네 비장의 패인가!〉

레이거스의 목소리에는 숨길 수 없는 희열이 넘쳐흘렀다.

그가 혼쇄의 인을 붙잡고 뒤로 당겼다.

두려움이라고는 눈곱만큼도 느껴지지 않는 태도다. 마치 해일이 몰려오기 직전의 해변에 서 있는 것처럼, 곧 항거할 수 없는 재앙이 덮쳐온다는 확신 앞에서도 레이거스의 투지는 불굴이었다.

〈불타오르는구나! 크하하하하! 혼쇄의 인! 대지를 떨쳐 울려라!〉

쿠구구구구구!

그를 중심으로 지축이 뒤흔들리며 흙먼지가 일어났다. 대지 깊숙한 곳으로부터 일어난 장대한 힘의 파동이 혼쇄의 인에 집중되면서 레이거스의 존재감이 점입가경으로 커져간다.

시선의 교차는 찰나였다. 아젤은 그가 힘을 완전히 끌어올리길 기다리지 않고 몰아쳤다.

'이걸로 끝낸다!'

레이거스가 간파한 대로 아젤의 마력은 정점을 지나서 감소하고 있다. 그리고 용마기 초래 시간도 한계가 다가왔다.

하나의 완전한 용마기인 비탄의 잔은 좀 더 버틸 수 있겠지만 용검을 그릇으로 삼는 하늘을 가르는 검은 이번 공격이 마지막이리라. 아젤의 그릇과 마력이 늘어나면서 초래 시간이 대폭 늘어나긴 했지만 그것도 한계가 있었다.

그러니까 이것이 마지막 기회다. 승패보다도 극치의 전투 그 자체에 집착하는 레이거스의 성정이 준 기회 덕분에 아젤은 남은 힘을 모조리 끌어올려 최고의 비기를 준비할 수 있었다.

'광검해(光劍海)!

그 순간 하늘과 땅을 하나로 이었던 섬광이 산산이 흩어지면서 무수한 검으로 분화했다.

백, 천, 만, 백만, 억… 수를 헤아리는 것조차 불가능할 정도로 압도적인 수의 광검이 허공에 무수한 빛의 궤적을 그린다. 너무 많은 선이 모이고 겹쳐지면서 순식간에 공백 없는 해일이 눈에 보이는 모든 것을 집어삼켰다.

〈이것이……!〉

레이거스는 이 순간, 자신에게 심장이 없는 것을 안타까워했다. 이토록 멋진 광경을 보면서도 두근거리지 못하다니! 하지만 육체가 죽었어도 영혼은 천 년에 걸쳐 추구해 온 극치의 순간을 갈구하며 불타오른다!

그것은 그야말로 찰나였다.

마치 세계수처럼 하늘과 땅을 이은 거대한 빛줄기가 무수한 광검으로 분화한 순간, 모두가 영원히 잊지 못할 그 광경에 사로잡혔을 때는 이미 빛의 해일이 광속으로 목표를 치고 거대한 소용돌이를 그려내고 있었다.

아아아아아아!

시야를 불태우며 파멸의 노래가 울려 퍼진다. 용의 포효조

차도 압도하는 초월적인 재난은 압도적인 파괴를 일으킬 뿐
만 아니라 그 여파만으로도 지켜보는 이들의 시야를 불태우
고 신경을 불태울 듯한 정신파의 격류를 쏟아냈다.

9

쿠구구구구……!

대파괴의 순간은 짧았다. 그러나 전장에 있던 이들은 그것
을 영원처럼 길게 느꼈다.

폭심지로부터 퍼져 나간 충격파가 반경 수백 미터를 휩쓸
었다.

광검해의 파괴력을 생각하면 오히려 너무 여파가 적다 할
것이다. 그것은 아젤이 기술의 파괴력을 일정 영역에 집중시
켜서 여파를 최소화했기 때문이었다.

"으윽, 누가 악몽을 꾸고 있는 것이라고 주장하면 전면적
으로 지지하고 싶어지는군……."

휘몰아치는 흙먼지의 파도 속에서 카이렌이 주저앉아 헐
떡였다. 아젤이 사전에 귀띔을 해줬기에 망정이지, 안 그랬으
면 큰일 날 뻔했다.

아니, 미리 대비를 하고 있었는데도 죽는 줄 알았다. 충
격파를 막아낸 것까지는 좋았는데 그 후에 덮쳐오는 정신
파는 전력을 다해 방어하지 않았다면 의식이 날아가 버렸

을 것이다.

카이렌은 어처구니가 없어서 웃었다.

"하, 하하하하. 그 터무니없는 기록이 진짜였단 말인가? 과장되기는커녕 오히려 축소되었던 거였군······."

지난날에 그는 왕실 서고에서 아젤 카르자크의··· 즉, 스스로에 대한 역사적 기록을 읽어보고 있는 아젤에게 그런 허황된 기록들이 그의 가치를 떨어뜨리고 있다고 말했다. 지금 생각해 보니 창피해서 쥐구멍이라도 있으면 숨고 싶어진다.

"···흠. 살아 있나?"

문득 옆에서 레티시아의 목소리가 들려왔다. 카이렌이 대답했다.

"그럭저럭. 그쪽은 마법사의 가호를 받아서 좀 편하게 넘긴 모양이군."

"두 사람 다 지키기에는 여유가 없어서요."

유렌이 피식 웃으며 대답했다. 아젤이 최종 승부수를 던지기 직전, 그가 재빨리 자신과 레티시아를 감싸는 방어막을 펼쳤던 것이다.

카이렌이 코웃음을 쳤다.

"퍽이나. 어쨌든 아무리 용마장군 레이거스라고 해도 이런 공격에 당한 이상은 끝장났겠······."

거기까지 말하던 카이렌의 표정이 굳었다. 그보다 한발 늦게 레티시아와 유렌도 믿을 수 없다는 표정으로 흙먼지 너머를 바라보았다.

"…그걸 맞고도 버텼다고?"

장대하게 일어 오른 흙먼지 너머에서, 레이거스가 아젤의 목을 붙잡고 들어 올리고 있었다.

10

오로지 하늘을 가르는 검을 통해서만 구현할 수 있는 최강의 비기 광검해(光劍海).

그것은 과거 용마전쟁의 최종 결전 때 아젤이 아테인을 궁지로 몰아넣은 한 수이기도 했다. 대인전에서도 끝도 없이 쏟아져 나오는 마법의 연쇄로 아젤을 궁지에 몰아넣던 아테인은 기회를 엿보던 아젤이 목숨을 걸고 날린 광검해에 모든 방어마법이 날아가 버리면서 중상을 입었다.

용마기의 상태, 그리고 용마력의 밀도, 영맥을 비롯한 마력의 그릇까지… 기술을 제외한 모든 면에서 당시에 못 미치는 아젤이었지만 세 가지 조건이 충족된 덕분에 이 비기를 완성할 수 있었다.

첫 번째는 시간이다. 레이거스가 대놓고 한번 해보라고 시간을 준 덕분에 충분한 시간을 들여서 필요한 에너지를 모을 수 있었다.

두 번째는 비탄의 잔이다. 마력의 그릇이 작고 약한 만큼

한번에 모아서 붙잡아둘 수 있는 마력량은 적어진다. 하지만 비탄의 잔의 공간왜곡장 덕분에 그의 제어력만으로는 붙잡아 둘 수 없는 막대한 마력을 한곳에 집결시킬 수 있었다.

세 번째는 지금이 대낮이라는 것이다. 예전이라면 밤이라도 달빛과 별빛, 그리고 전장 곳곳에서 일어나는 빛을 그러모아서 이 비기를 완성할 수 있었다. 하지만 지금은 대낮의 광량이 없다면 무리였다.

이런 조건들이 갖춰졌기에 광검해는 220년의 장구한 세월을 뛰어넘어 이 시대에 현현했다. 그러나…….

〈정말로 엄청나군. 터무니없는 인간이야, 너는.〉

레이거스는 소멸하지 않았다.

타격이 없었던 것은 아니다. 그도 만신창이가 되어 있었다.

왼팔은 흔적도 없다. 아예 상반신이 그쪽으로 반쯤 날아가 버렸다. 새하얗게 변한 갑옷은 성한 곳이 없이 부서지고 구겨졌고 틈새에서 농밀한 용마력이 실린 어둠이 피처럼 흘러나온다.

하지만 그는 절대적인 파괴의 재난으로 보였던 광검의 해일을 이겨내고, 아젤의 목을 붙잡아 들어 올렸다.

"비장의 패는… 너도 감추고 있었던 거군. 교활한 놈."

헐떡이며 말하는 아젤도 피투성이가 되어 있었다. 사지가 다 달려 있기는 하지만 갑옷은 완전히 넝마가 되었고 배는 찢겨서 내장이 드러나 보일 정도였으며 왼팔은 부러져서 축 늘어져 있었다. 뼈가 부러지지 않은 오른팔도 힘이 들어가지 않을 정도라 의식을 유지하고 있는 게 신기한 몰골이었다.

레이거스가 웃었다.

〈난 충분히 공평했다고 생각하는데? 그렇지 않나? 서로의 패를 모르는 채로 나선 승부였으니.〉

"하하하.. 할 말이, 없군……."

레이거스는 어떻게 광검해를 버텨냈는가?

답은 두 가지였다.

〈솔직하게 고백하자면 나도 이 나이 먹고 용마기를 다시 진화시킬 수 있을 줄은 몰랐다. 죽기 한 400년 전쯤에 진화시킨 게 마지막이었던 것 같은데…….〉

진화한 용마기는 하늘을 가르는 검만이 아니었다. 혼쇄의 인 역시 아젤이 알던 것보다 진화했다.

아젤이 아는 혼쇄의 인은 정신과 영혼까지 박살 내는 강력한 저주의 힘을 담고 있었으며, 대지와 공명해서 막대한 파괴력을 불러일으킬 수 있었다. 지금은 후자의 기능이 한층 더 강화되어 대지로부터 자유자재로 힘을 끌어내는 것은 물론이고 자신이 받는 충격을 대지로 보내서 분산시킬 수 있었다.

즉 그가 발 딛고 선 대지가 그의 갑옷이며 성벽이었던 것이다.

그리고……

〈이 기술이 완벽했다면 내가 명계로 돌아갔을지도 모르겠는걸? 최고였다, 아젤.〉

"그딴 칭찬… 들어봤자… 기뻐할 것 같냐?"

광검해는 완전하지 않았다.

애당초 구현하는 데만도 까다로운 조건을 세 개나 필요로 하는 상황이었다. 기술을 완성해서 쏘아내는 데까지는 성공했지만 그 이후를 제어하는 데는 실패했다.

전성기의 아젤이었다면 다른 용마기와의 연동 효과로 모든 에너지를 일정 영역에 가두어서 파괴력을 극대화시켰을 것이다. 조금 전에 반경 수백 미터를 휩쓴 충격파와 정신파의 격류가 모조리 그가 통제하는 영역 속에 수렴되어 적을 격멸하는 것은 물론, 그 압력이 일정 수준을 넘어서는 순간 아테인조차 경악하게 했던 궁극의 파괴 현상이 일어났어야 했다.

하지만 통제를 잃은 탓에 상당한 에너지가 밖으로 빠져나가면서 위력이 죽어버렸다. 어처구니없지만 조금 전의 광검해는 아젤이 목적한 위력의 채 절반도 발휘하지 못한 것이다.

쩌적…….

문득 균열이 벌어지는 소리가 울렸다. 그리고 아젤의 목을 붙잡고 있던 레이거스의 팔이 뚝 끊어져서 떨어졌다.

털썩.

아젤이 땅을 뒹굴었다.

몸이 움직이지 않는다. 몸 상태도 그렇고 영맥도 제대로 기능하지 못하고 있다.

그래도 일어난다. 심장의 맥동으로 생명의 고리를 진동시켜 마력을 일으키고, 염동력으로 몸을 바로 세운다. 바로 아래 떨어져 있던 용검이 그의 손으로 돌아왔다.

〈피차 만신창이군.〉

레이거스가 웃는다.

이미 승부는 났다. 아젤이 경이로운 투지를 보여주고 있기는 하지만 그는 전혀 싸울 수 있는 상태가 아니다. 레이거스가 염동력으로 혼쇄의 인을 후려치기만 해도, 아니, 그냥 쓸수 없는 양팔 대신 발길질 한 번만 해줘도 숨통을 끊을 수 있으리라.

동료들이 돕기에는 늦었다. 그들과의 거리는 멀고, 그들이 행동을 개시하는 순간에 레이거스는 아젤을 끝장낼 수 있었다.

그런데 그때 눈앞이 컴컴해졌다.

〈음?〉

레이거스는 자신이 공간왜곡장에 의해 격리되었음을 깨달았다.

〈비탄의 잔? 아니, 분명히 해제된 것을 확인했는데…….〉

당황했던 그는 곧 사태의 원흉을 깨달았다.

〈케이알리아. 무슨 짓이지?〉

케이알리아가 비탄의 잔을 모방한 공간왜곡장으로 그를

격리했다. 분노를 드러내는 그의 앞에 케이알리아가 새하얀 유령 같은 모습으로 나타나서 말했다.

─무슨 짓이기는요. 보고도 몰라요?

〈하필 이 타이밍에 배신하겠다는 거야? 너무하는군.〉

─그런 건 아니에요.

〈음?〉

─그냥 공평하게 한 번씩이에요. 아까 오빠도 살려줬잖아요?

〈……〉

뻔뻔하기 그지없는 대답에 레이거스가 작게 신음했다. 그가 머리를 짚을 손이 없는 것을 아쉬워하며 말했다.

〈맙소사. 너 일단 우리 편이잖냐? 그런데 공평함은 무슨. 당연히 날 도와줘야 하는 거 아니냐?〉

─사나이의 일대일 승부 아니었어요?

〈윽.〉

─거만하게 으스대면서 여유 부리다가 죽을 뻔했으면서. 내가 안 살려줬으면 거기에서 끝이었다고요?

할 말이 없었다. 아까 전, 아젤을 막은 것은 케이알리아였다. 그녀의 개입이 아니었다면 진정한 힘을 써보지도 못하고 소멸했을지도 모른다. 아젤이 드러낸 비장의 패를 본 지금은 반박의 여지가 없다.

〈끄응.〉

—그리고 난 아직…….

케이알리아가 쓸쓸한 표정으로 고개를 돌렸다.

11

전장에 정적이 내려앉았다.

레이거스가 꺼지듯이 사라졌다. 전혀 예상치 못한 사태에
모두들 당황했다.

아젤이 믿을 수 없다는 듯 중얼거렸다.

"비탄의 잔……?"

그럴 리가 없다. 비탄의 잔은 해제되었다.

'라우라?'

라우라가 공간왜곡장을 써서 디칼을 쓰러뜨리는 것을 보
았으니 당연히 떠올릴 수밖에 없는 가능성이다. 하지만 그것
역시 아니었다. 라우라는 다급한 얼굴로 날아오고 있었다.

'그럼 누가…….'

—여전하네요.

문득 눈앞에 새하얀 옷자락이 휘날린다. 그것은 실체 없는
허상으로 희미하게 뒤쪽이 비쳐 보였다.

'누구지?'

아젤이 어디선가 들어본 적이 있는 목소리라고 생각하며
고개를 들려고 했을 때, 이마에 따뜻한 감촉이 와 닿았다.

─오랜만에 만났는데 인사도 못해서 미안해요. 다음번에 볼 때까지는 마음을 정할게요. 어느 쪽이든.

그 말을 끝으로 아젤의 의식이 끊어졌다. 무너져 내리는 그의 몸을 받아 안은 카이렌이 그 앞을 보며 물었다.

"당신은 누구지?"

케이알리아가 스스로를 드러내고자 했기에 카이렌은 그녀를 볼 수 있었다.

그녀는 인간 기준으로 치면 열네다섯 살 정도로 보이는 용마족 소녀였다. 하지만 허공에 녹아내리 듯한 백금발 사이로 바위 같은 회백색의 뿔이 솟아나 있으며, 귀는 길었고 손등에는 눈동자와 똑같은 청회색을 띤 용마석이 박혀 있었다.

기이한 것은 그녀가 실체가 아니라는 것이다. 마법사가 보낸 환상은 아니고 유령처럼 보이는데, 문제는 용마력을 발하고 있다는 점이다.

케이알리아가 쓸쓸해 보이는 웃음을 지으며 말했다.

─한때 그 사람의 적이었던 사람.

"용마왕군인가?"

카이렌이 경계심을 높였다. 정체가 뭔지는 모르지만 그의 직감이 경고하고 있었다. 그녀는 아주 위험한 존재라고.

하지만 케이알리아는 고개를 저었다.

─그리고 한때는 그 사람을 은인으로 여겼던 사람. 지금은 그걸로 충분해요.

"무슨 뜻이지?"

ー당신에게는 말하지 않을 거예요. 떠나세요. 내가 준 기회를 헛되이 하지 말고.

"…음."

표정을 굳힌 카이렌 앞에서 케이알리아는 허공에 녹아들듯이 사라져 버렸다. 라우라가 안절부절못하는 얼굴로 물었다.

"아젤은?"

"다행히 생명에 지장은 없는 것 같다."

"…그런 몰골로?"

레티시아가 기가 막혀했다. 당장 숨이 끊어져도 이상하지 않을 중상이었다. 하지만 의식을 잃은 아젤은 기묘할 정도로 평온해 보였다.

"나도 믿기 어렵지만, 정말로 그렇군. 일단은 이곳을 벗어나서 치료하기로 하지. 정체는 모르겠지만 그 유령 같은 여자가 아젤을 구해준 것은 사실이고, 곧 어둠의 설원에서 보낸 지원군이 도착할 테니까."

모두들 카이렌의 말이 의미하는 바를 깨달았다.

진짜 고난은 지금부터 시작이다. 눈앞의 전투에서는 승리했다고 할 수 있겠지만, 일행은 모두 만신창이가 되었다. 그리고 적들은 무슨 수단을 쓰는 것인지는 모르지만 일행을 추적할 수 있었다.

수많은 의문을 뒤로 한 채, 일행은 곧바로 전장을 이탈해서 동쪽을 향해 도주하기 시작했다.

12

　레이거스가 케이알리아의 공간왜곡장에서 풀려난 것은 30분이 넘게 지난 후였다. 그사이 용마력이 사라져 검은색으로 돌아온 갑옷을 반쯤 복원한 그가 투덜거렸다.

　〈다 잡은 물고기를 놔주고 말았군.〉

　"네가 하는 일이 늘 그렇지 않나?"

　기다렸다는 듯 그에게 말을 걸어오는 남자가 있었다. 그를 본 레이거스가 말했다.

　〈흠. 왔나? 널 보고 풀어준 거였나 보군.〉

　"그랬겠지. 내 앞에 모습을 보이지 않는 것을 보면 나는 별로 보고 싶지 않으신 모양이야."

　〈나와 달리 넌 별로 귀엽지 않은가 보지.〉

　"음?"

　〈나보고는 귀엽다고 하더군.〉

　"…예나 지금이나 이해할 수 없는 분이로고."

　〈그나저나 싸움 다 끝나고 이제야 행차하다니… 정말이지 엉덩이 한번 무거워졌군.〉

　"너와 달리 모두의 뇌리에서 잊힌 늙은이 신세로 살다 보니 그렇게 되더군. 뭐 한참 은거해 있다가 움직이자니 귀찮은 문제가 한둘이어야지."

〈좀 미리미리 해두지 그랬나?〉

"그런 성실함은 바쁘게 사는 젊은이의 몫이다. 바쁘고 성실하게 살기에는 나도 나이를 많이 먹었지."

〈여전히 혀는 매끄럽게 돌아가시는구먼. 생긴 것 답지 않게.〉

"생긴 걸로 따지자면 너만큼 무식한 사람이 어디 있다고 그런 말을 하나."

남자가 큭큭거리며 웃었다. 시시한 내용이었지만 둘에게는 먼 옛날의 기분을 되살려 주는 대화였다.

문득 남자가 레이거스에게서 몸을 돌려 한쪽으로 다가갔다. 그곳에는 방금 전의 전투에서 가까스로 살아남은 단 두 명의 생존자 중에 한 용마인이 치료를 받으면서 헐떡이고 있었다.

남자의 뒤를 따라 걷던 레이거스가 말했다.

〈용케 살아남았군.〉

"…네 지휘하에 있던 부하였다. 그런 소리를 하면 안 되지."

〈그야 그렇지만 내가 케이알리아 때문에 갇혀 있었으니까. 아젤 녀석의 일당은 그렇다 치고 수호그림자라는 것들의 눈을 피한 게 놀랍군.〉

"아마 그분께서 손을 쓰셨겠지."

〈아, 그랬겠군. 다 죽어가는 녀석들이 학살당할 것을 방치할 성격이 아니니까.〉

레이거스의 말에 남자가 한숨을 쉬었다. 그리고 겨우 의식을 차린 용마인에게 말했다.

"상황을 보고할 수 있겠나?"

그 말에 용마인이 의아해했다. 생전 처음 보는 인물이었던 것이다. 하지만 곧 의아함은 경악으로 변했다. 남자는 어둠의 설원에서 거하는 이들이라면 모르려야 모를 수가 없는 인물이었기 때문이다.

"당신은……!"

CHAPTER 29

낙원과 지옥

魔龍
展劍

1

대류 곳곳에 전운이 감돌고 있었다.

원래 하나의 제국에서 갈라져 나온 일곱 왕국의 사이는 그리 좋은 편은 아니라 국경에는 늘 긴장이 감돌았다.

그래도 초기의 혼란기를 거친 후로는 대규모 전쟁을 치르는 일은 거의 없었다. 자잘한 국경 분쟁이 있었을 뿐이다.

하지만 지금, 비제스 왕국과 이에로스 왕국이 국경에 대군을 집결시키고 일촉즉발의 분위기가 형성된 가운데… 대류 곳곳에서 비슷한 상황이 벌어지고 있었다.

유더스크 왕실은 고대 왕가의 정통성 문제를 두고 가란 왕실과 사이가 나빴다. 초기 혼란기에 가장 격렬하게 싸웠던 것도 이 둘이었다.

그런 둘이니만큼 국경 분쟁도 치열하게 짝이 없었다. 하지만 두 나라에 있는 수호그림자의 일원들이 정치적으로 노력한 끝에 3년간의 정전 협상이 맺어지려는 찰나, 가란 왕실에서 사자로 파견한 왕자가 암살당하면서 전쟁의 불이 당겨졌다.

다이란 왕국은 국왕이 후계 문제를 명확히 하지 못한 채로 독살당해 내전의 조짐이 보이기 시작했다.

루레인 왕국과 라로스 왕국은 근래에 벌어진 몇몇 사건으로 인해 국경의 긴장감이 최고조에 달해 있었다.

이런 상황에서 용마공주 아리에타는 서부 국경수비대로부터 지원 요청을 받고 출진했다.

'어둠의 대동맹이 재현되고 있다.'

…서부 국경수비대로부터 날아든 급보였다.

30여 년 전, 변종 오크 다칸이 어둠의 대동맹을 결성했을 때와 마찬가지로 어마어마한 규모의 마물이 무리를 지어 서부 국경수비대를 공격해 왔다. 아직까지는 요새에 기대어 어떻게든 버텨내고 있지만 서둘러서 증원군을 보내주지 않으면 함락당하고 말 거라는 요청이었다.

서부 국경수비대가 주둔하는 요새는 어둠의 대동맹 이후 충분한 수준으로 증축되어 있었다. 하지만 이번에는 그들의 계산을 넘어서는 변수가 나타났다.

용이었다.

어찌 된 일인지 숲 깊숙한 곳의 호수에서 살고 있던 수룡이 요새를 덮쳐왔다고 했다. 치열한 전투 끝에 용을 격퇴하기는 했으나 요새 시설의 피해가 컸고, 수비대의 병력 역시 큰 손실을 입었다.

그런 상황에서 대규모의 마물이 공격을 가해왔다.

"저놈인가?"

아리에타는 요새의 성벽에 올라서 적들을 관찰했다.

왕실에서는 그녀를 필두로 200명의 병력을 급파, 각지에서 차출된 지원 병력에 대한 지휘권을 주었다. 그녀를 따라서 서부 국경 요새에 도착한 병력은 천 명을 넘었다.

이 또한 선발대일 뿐이며, 왕실은 추가로 지원 병력을 구성하고 있었다. 하지만 그들이 도착하기 전까지 너덜너덜해진 요새의 성벽에 기대어 1만을 넘는 마물의 대군을 막아내는 것은 시련이 될 것이다.

"진짜 오크인지 의심스러울 정도로 큰 놈이군요."

아리에타의 곁에는 자일이 있었다. 어느새 그는 완전히 아리에타의 부관으로 자리를 잡은 채였다.

그가 말을 이었다.

"아젤에게 들은 대로입니다."

"용을 동원한 수법도 그렇고, 이 모든 것이 용마왕 숭배자들의 농간이라니……."

아리에타는 어이가 없었다.

대륙에 감도는 전운은 어둠의 설원의 공작에 의한 것이다.

아리에타와 자일은 그 사실을 알고 있었다. 타란토스 공작령에서 아젤과 카이렌에게 기술을 지도받으면서 용마왕 숭배자들에 대해서 많은 것을 배웠기 때문이다.

아젤은 말했다.

"탁월한 신체와 인간과 필적하는 지능, 다른 마물들을 복종시키는 카리스마, 그리고 용마인과 필적하는 마력을 가진 오크는 용마전쟁 때는 꽤 많았습니다. 용마왕군에서 마물들을 통솔하기 위해 흑마법의 비술로 만들어낸 존재들이었죠. 그런 존재를 만드는 비술은 아마 아운소르의 작품이었으리라 추측되었는데……."

아젤은 바단 백작령에서 라우라가 세이가를 끌어들이기 위해 동원했던 변종 오크 역시 이 비술로 탄생한 개체라고 판단했다.

하지만 이곳에 와서 들은 정보로는 저 파이칸이라는 변종 오크는 예전의 다칸 이상의 전력을 지닌 듯했다. 전장에서 서부 국경수비대의 기사들을 쉽사리 격파하는 무용을 뽐낸 것에 그치지 않고…….

쉬이이⋯ 콰쾅!

아리에타의 발밑에서 폭음이 울려 퍼지면서 성벽이 뒤흔들렸다.

고위 마법사의 마법이 연상될 정도로 강렬한 충격이다. 하지만 이 충격을 발생시킨 것은 놀랍게도 한 발의 화살이었다.

"오크 주제에 마궁사(魔弓師)라니 놀라서 말문이 막히는군."

아리에타가 혀를 내둘렀다.

놀랍게도 파이칸은 용마인과 필적하는 마력을 화살에 실어서 쏘아 보낼 수 있었다. 인간은 도저히 쓸 수 없을 정도로 커다란 강궁을 쓰면서도 상당히 정확도가 높았고 격중했을 시의 파괴력은 고위 마법사의 마법에 필적한다.

그가 저격으로 죽인 병력만도 벌써 두 자릿수라고 했다. 서부 국경수비대에게 있어서는 악몽 같은 존재다.

쉬이이⋯ 퍼엉!

또 한 발의 화살이 날아들었다.

그러나 이번에는 성벽에 닿지 못하고 허공에서 폭발했다. 아리에타가 자신을 노린 화살을 원거리에서 요격했기 때문이다.

파이칸의 눈빛이 변했다. 그는 아리에타를 노리는 대신 성벽의 다른 지점을 겨누고 연달아 사격을 가했다.

퍼엉! 파팡! 파아앙!

하지만 소용없다. 첫 한 발을 제외하고는 죄다 성벽에 닿기 전에 요격당했다.

아리에타는 마치 파이칸의 마음을 읽는 것 같았다. 그가 새로운 지점을 겨누고 시위를 놓는 순간, 순동법으로 그 지점에 나타나면서 용령기를 발해 요격한다. 그리고…….

"사특한 어둠을 꿰뚫노라!"

언령이 실린 외침과 함께, 그녀가 빈 공간을 향해 찌른 검으로부터 순백의 섬광이 뿜어져 나왔다. 파이칸이 경악하면서 활을 내던지고 검을 들었다.

콰아아아아!

놀랍게도 100미터도 넘게 떨어진 지점까지 그녀의 공격이 도달했다.

이전의 아리에타는 할 수 없었던 일이다. 아젤에게 잊힌 비술을 배운 그녀의 기량은 현격히 향상되어 있었다.

"역시. 가만있진 않으리라 예상했다."

아리에타가 차갑게 웃으며 중얼거렸다. 다음 순간, 폭발 저편에서 격노한 파이칸이 돌진해 왔다.

"크워! 어린 계집이 감히!"

파이칸이 성벽 아래에 있던 오우거의 몸에 올라탔다. 그러자 그의 지시를 받은 오우거가 그를 붙잡고 성벽 위로 집어던졌다.

오우거의 덩치와 괴력이 있기에 가능한 방법이었다. 하지만 아리에타는 전혀 놀라지 않았다.

차앙!

파이칸의 커다란 검과 아리에타의 새하얀 검이 맞부딪쳤다. 파이칸은 경악했다. 날아오른 기세를 이용, 위에서 내려친 강맹한 검격을 아리에타가 가볍게 튕겨냈기 때문이다.

아리에타의 힘이 강해서가 아니다. 검과 검이 부딪치는 순간 그 접점에 집중된 용마력이 폭발적인 반발력을 일으키면서 그를 튕겨버렸다.

"제법이군."

하지만 파이칸은 그 반발력을 유연하게 흘려버리면서 성벽 위에 착지했다. 그것을 본 아리에타가 식은땀을 흘렸다.

'오크라고는 믿을 수 없는 기량이다. 예전의 나였다면 당해내기 어려웠겠군.'

서로 일격을 부딪친 것만으로도 알 수 있었다. 파이칸이 예전의 그녀를 능가하는 무위를 지녔다는 것을.

아리에타가 말했다.

"오크여, 스스로의 무력을 과신한 것을 원망해라. 2차 어둠의 대동맹은 여기서 끝내도록 하마."

"흥! 허약한 계집이 주제도 모르고 혀를 놀리는구나! 단번에 목을 베고 성문까지 열어주겠다!"

파이칸이 유창하게 인간의 말을 구사하면서 아리에타와 재차 격돌했다.

그렇게 2차 어둠의 대동맹을 맞이한 서부 국경 요새의 전투는 더욱 격화되어 갔다.

2

레이거스에게서 도망친 아젤 일행은 동쪽으로 향했다.

비록 아젤이 레이거스에게 패하기는 했지만 적은 싸울 전력을 상실했다. 하지만 문제는 적의 중원군이 존재한다는 것이다. 레이거스와 중원군이 합류하는 순간부터 상처 입은 아젤 일행을 끝장내기 위한 추적이 시작될 것은 뻔한 일이었다.

하지만 급박한 상황에도 불구하고 일행은 생각만큼 빨리 이동할 수가 없었다.

격전을 치렀기에 일행 모두가 지친 부상자 신세였다. 그리고 아젤이 사경을 헤매고 있는지라 이동에 제한이 클 수밖에 없었다.

결국 한 시간 정도 이동하던 일행은 일단 응급처치를 하고 휴식을 취하기로 했다.

여기까지 마법으로 최대한 진동 없이 아젤을 옮겨온 유렌이 조심스럽게 그를 땅에 내려놓았다.

"자, 그럼……."

유렌이 라우라를 바라보았다.

"내가 먼저 하지. 당신은 명상이라도 취하고 있어."

"응."

라우라가 고개를 끄덕였다.

일행 중에 고위 흑마법사가 둘이나 있는 것은 행운이었다. 치유술사가 없는 지금, 유렌과 라우라가 아니라면 부상을 치료할 길이 없는 것이다.

"이 치료약을 써라. 두 병밖에 안 남았군."

카이렌이 갑옷 안에 넣어 다니던 치료용 물약을 유렌에게 건네주었다. 원래는 몇 병 더 있었는데 전투 중에 병이 부서져 버렸다.

유렌이 물었다.

"다들 부상을 입었잖아요. 쓰시죠?"

"제일 심각한 사람에게 쓰는 게 낫다."

"그렇기는 하지만……."

"써라."

카이렌은 단호하게 말하고는 레티시아에게 다가갔다.

"우리도 교대로 쉬지. 먼저 명상해라."

"그러지."

레티시아는 순순히 그 말에 따랐다. 그녀 쪽이 더 부상이 심했기 때문이다.

유렌은 머리를 긁적이고는 약병의 마개를 따서 물약을 아젤의 상처에다 조금씩 부었다.

"으윽……."

아젤이 의식을 잃은 채로 신음한다. 치료용 물약은 소독효과도 있으니 상처에 닿는 것만으로도 통증을 느낀 것이리라.

하지만 아직 의식을 차릴 낌새는 없었다. 유렌은 상처를 꼼꼼하게 살펴보고는 심호흡을 했다.

"어디……."

유렌이 한 손은 아름드리나무에 대고, 다른 한 손은 땅에 눕힌 아젤의 가슴에 얹었다. 곧 그의 몸에서 불길한 기운이 피어오르면서 나무의 상태가 급속도로 변화하기 시작했다.

파사삭…….

유렌보다도 두 배는 두텁고 세 배는 높이 자라난 나무가 급속도로 말라간다. 무성하던 나뭇잎이 모조리 말라비틀어져서 떨어지고 가지가 앙상하게 변해갔다.

흑마법의 힘이 나무의 생명력을 갈취하고 있었다.

유렌은 그중 일부를 자신의 육체에 활력을 부여하는 데 쓰고, 나머지는 모조리 아젤에게 퍼부었다.

고위 흑마법사라고 해서 치유술사처럼 섬세한 치료기술을 가진 것은 아니다. 생명력 갈취를 통해서 육체의 생존력을 극대화, 비정상적인 재생력을 부여하는 게 고작이었다.

이런 치료는 극도의 세심함이 필요하다. 흑마법사 자신에게 쓸 때보다 효과가 미미할뿐더러 위험성도 높았다. 자칫 과도한 힘을 부여하면 치료는커녕 육체를 붕괴시키는 수가 있었다.

"역시… 수목의 생명력 정도로는 치료 효과가 미미하군."

"뭔가 잡아오는 게 낫겠나?"

"공작님이 자리를 비우면 우리는 적의 기습에 대처하기 힘듭니다. 저것들에게 부탁하죠."

유렌이 주변을 배회하고 있는 희뿌연 형체들을 가리켰다.

수호그림자들이었다. 그들은 마치 아젤을 호위하듯이 따라오고 있었다. 50을 넘는 숫자였는데 시간이 지날수록 수가 불어나고 있었다.

카이렌의 표정이 묘해졌다.

"저놈들에게 구체적인 의사전달이 가능할 것 같나?"

"보니까 우리가 저놈들 말을 알아듣긴 어려운데, 저놈들은 우리가 하는 말을 잘 알아듣는 것 같던데요?"

"음. 생각해 보니 그렇기는 하군."

"그리고 별로 어려운 요구는 아니니까요."

유렌이 다가가자 수호그림자들이 일제히 돌아보았다. 유령 같은 존재들이 똑같은 타이밍으로 시선을 던져오니 실로 괴기스러운 압박감이 느껴졌다. 유렌은 침을 꿀꺽 삼키고는 말했다.

"부탁할 게 있는데. 혹시 근처에서 아무거나 좋으니까 짐승을 좀 잡아다줄 수 있나? 산 채로 붙잡아 와야 하는데……."

「할 수 있어…….」

「짐승…….」

「사냥한다…….」

50여 개체의 수호그림자 중 반수가량이 숲 속으로 사라졌다.

잠시 후, 유렌은 자기 앞에 산더미처럼 쌓인 짐승을 보게 되었다. 다들 어딘가 분질러지거나, 아니면 수호그림자도 마법을 쓰는지 포박 마법으로 움직임이 봉해진 채였다.

"충분하네요. 라우라, 당신도 써. 일단 아젤의 치료는 내가 계속하고 있을 테니까."

"알겠어."

어느 정도 여력이 있는 유렌과 달리 라우라는 마력도, 체력도 상당히 고갈되어 있었다. 명상을 취하는 것보다는 짐승에게서 생명력을 갈취하는 편이 나았다.

유렌이 치료를 계속하면서 카이렌에게 물었다.

"이제 어떻게 하실 생각입니까?"

아젤이 의식을 잃은 지금, 일행을 이끄는 것은 카이렌의 몫이었다. 카이렌이 말했다.

"인근의 도시로 가서 놈들을 피해볼까도 생각했는데… 그만두기로 했다."

"어째서요?"

"다른 놈들은 그렇다 치고 레이거스 그놈이 도시라고 추적을 포기할 것 같지 않아서다. 우리가 민간인을 방패막이로 삼겠다고 도시로 들어갔다가 그놈들이 공격을 결의한다면······."

그러면 그야말로 대참사가 날 것이다. 레이거스가 도심에서 날뛴다면 수천 명의 사상자가 발생할 테니까.

유렌이 말했다.

"하지만 이대로는 도망치기 어려울 거라고 봅니다만."

"도시로 들어간다고 해서 상황이 좋아지는 것도 아니지."

"하긴 그렇군요. 만약 놈들이 공격해 오지 않는다고 하더라도 결국은 포위당하게 될 테니."

"일단은 저것들에게 의지하는 수밖에."

수호그림자의 수는 점점 불어나고 있었다. 아마 전 대륙에서 이곳으로 몰려들고 있으리라. 그들이 적들을 저지해 준다면 도주는 어렵지 않으리라.

문득 카이렌이 그들에게 물었다.

"너희가 우리에게 모이는 것은··· 역시 아젤이 예언의 사람이기 때문인가?"

「예언······.」

「예언의 사람······.」

「영웅······.」

「우리가 믿었던······.」

「우리를 있게 한 사람······.」

수호그림자들이 중구난방으로 떠들어댔다.

그들의 말을 들은 카이렌은 확신할 수 있었다.

아젤이 예언의 사람이다.

"인간이면서 용마력을 가진 자, 위대한 힘을 담을 그릇이 비원을 이뤄줄 것이다."

수호그림자를 만든 존재들이 예언지킴이들에게 남긴 예언, 용마왕 숭배자들을 진정으로 파멸시키고 이 싸움을 끝낼 자.

동시에 의문이 일었다.

"너희를 있게 한 사람이라는 것은 무슨 의미지?"

「그가 처음…….」

「그에게서 시작…….」

「시작과 끝을 잇는 자…….」

"……."

역시 이놈들하고는 말이 안 통한다. 짜증을 내던 카이렌의 표정이 굳었다.

"잠깐. 그럼 설마 수호그림자의 창시자는…….."

예전에 스스로의 정체를 설명할 때, 아젤은 이렇게 말했다.

"만약 그가 죽지 않았다면 어떨까요? 친우인 대마법사 칼로스가 심혈을 기울여 완성한 굉장한 마법에 의해서, 노화하지 않는

긴 잠을 잤다면? 사람들의 이목을 피해서, 사람들의 발길이 닿지 않는 곳에서 마치 수면기에 빠진 용처럼 잠든 채로 긴 세월을 보내왔다면?'

당시에는 황당한 소리라고 생각했지만 이제와 생각하면 그것은 진실을 고백한 것이었으리라.

긴 세월이 지나는 동안 그 진실은 세상에 알려지지 않고 묻혀 있었다. 그런데 그 사실을 알고 그의 존재를 최후의 희망으로 예언할 사람은 누가 있을까? 그것도 수호그림자 같은 터무니없는 집단을 만들어낼 만한 마법사라면?

그런 사람을, 카이렌은 단 한 명밖에 떠올릴 수 없었다.

"대마법사 칼로스 리제스터……."

그 말고 다른 사람이 아젤이 잠들어 있는 것을 알고 있었을지도 모른다.

하지만 거기에 수호그림자를 만들어낼 정도의 마법사라는 조건이 붙는다면 칼로스 말고 다른 인물을 떠올릴 수 없었다.

유렌이 말했다.

"레이거스도 칼로스가 어디 있냐고 물어봤었죠?"

"아젤이 바로 그 아젤 카르자크인 이상, 칼로스 리제스터가 어딘가에 살아 있다고 해도 이상할 것은 없지. 정말 믿기 어려운 이야기지만 당장 눈앞에 증거가 있는 판이니까."

"용마전쟁 최강의 페어가 현세에 다시 강림한다라. 정말 농담 같은 이야기인데요?"

"기사들이나 마법사들 사이에서는 자주 나오는 이야기이긴 하지만."

"네?"

"용마전쟁의 기록은 과장되어 있다는 것이 정설이었다. 그래서 최대한 객관적으로 봤을 때, 그들이 전성기 때의 모습으로 현세에 나타나서 명성을 떨친 기사나 마법사와 싸운다면 어떻게 될까… 그런 이야기를 많이들 했지. 사내놈들은 누가 더 강한가라는 화제로 사흘밤낮이라도 떠들 수 있는 종자들이니까."

카이렌이 쓴웃음을 지었다.

아젤과 레이거스의 대결을 보고 뼈저리게 깨달았다. 용마전쟁의 기록은 과장된 것이 아니라 사실 그대로를 이야기했음을.

'하지만 칼로스가 수호그림자를 만들었다고 하면 이해할 수 없는 게 한두 가지가 아닌데……'

수호그림자는 어차피 세상에 그 존재가 알려지지 않은 비밀조직이다. 그런데 그 중추라고 할 수 있는 예언지킴이에게조차도 아젤에 대해서 제대로 알려주지 않고 애매모호한 예언만을 남길 이유는 무엇일까?

게다가 아무리 그럴 능력이 있었다고 해도, 굳이 수호그림자를 만든 것 자체를 이해할 수가 없다.

카이렌 자신이 칼로스의 입장이었다면 달리 행동했으리라. 세상에는 사망한 것으로 위장하고 배후에서 세상에 영향력을 행세해서 용마왕 숭배자들에게 맞서는 체제를 만드는 편이 훨씬 낫지 않았겠는가?

칼로스는 수호그림자들에게조차도 자신의 존재를 감추었으며, 수호그림자가 활동을 시작한 대암흑 이전까지는 용마왕 숭배자들이 인간 사회를 유린하는 것을 수수방관했다. 도대체 어떤 사정이 있었기에 그랬단 말인가?

문득 유렌이 말했다.

"하지만 칼로스라고 단정 지을 수도 없어 보이는데요."

"어째서지?"

"지금 모인 단서들만으로는 칼로스라는 존재를 떠올리기 쉽기는 하지만, 그렇다고 쳐도 의문이 한둘이 아니잖아요? 그보다는 그저 역사에 이름을 남기지 않은 칼로스의 후계자일 수도 있지 않겠어요? 저만 해도 알려지지 않은 칼로스의 후손인데."

"본인이 칼로스의 후손이라는 점에는 한 점의 의심도 없나 보군."

"아젤도 제가 칼로스와 닮았다고 했잖습니까."

"그렇다고 해서 자네가 칼로스의 후손이라는 게 증명된 것은 아니지. 물론 믿어주지 못할 것도 없지만."

"나 참. 동료의 정체성을 의심하다니."

"자네가 우리와 뜻을 같이하는 동료라는 점은 신뢰한다. 하지만 자네의 정체성에 대해서는 글쎄… 일단 인도자라는 수상하기 짝이 없는 양반의 정체부터 밝혀야 하지 않겠나?"

"슬프게도 그 점은 부정 못하겠습니다만… 전 최근에는 인도자의 정체에 대해서 재미있는 가설을 하나 세웠는데요."

"어떤 가설인가?"

"어쩌면 현자 바이언이……."

"바이언? 왜 갑자기 그 이름이 나오는 거지?"

카이렌이 눈살을 찌푸렸다. 대암흑을 겪은 그에게는 민감하게 반응할 수밖에 없는 이름이었다.

유렌이 뭐라고 대답하려고 할 때였다.

"으윽……."

아젤이 신음하며 눈을 떴다.

유렌이 희색을 띠었다.

"아젤!"

"……."

"정신이 들어? 내 말 들려?"

유렌이 물었다. 아젤이 힘겹게 말했다.

"큰 소리로……."

"응?"

"크게 말하지 마……. 머리가… 울리니까……."

"아, 미안해. 놀라서 그만."

유렌이 쓴웃음을 지었다.

아젤은 한숨을 쉬고는 입을 열었다. 하지만 입을 몇 번 벙긋거리더니 위스퍼링으로 말했다.

—목소리 내기가 너무 힘드니까 이걸로 하지.

"그게 낫겠어."

—뭔가 탁한 생명력을 내 몸에 잔뜩 들이부었군. 유렌 네가 한 건가?

"당신을 치료할 유일한 방법이었어."

—치유술사에게 데려갈 정도로 넉넉한 상황이 아니었다는 거군. 부작용이 걱정되지만… 치료 안 하고 있다가 목숨이 날아가는 것보다는 낫겠지.

아젤은 그렇게 말하면서 유렌이 짐승들에게서 갈취해서 불어넣어주는 생명 에너지를 능동적으로 활용하기 시작했다. 의식을 잃은 조금 전까지는 수동적으로 받기만 할 뿐이었지만 이제는 스스로 몸 상태를 파악하고 좀 더 필요한 부분에 생명 에너지를 집중할 수 있었다.

유렌이 놀랐다.

"뭔가 갑자기 진행이 엄청 빨라졌는데?"

—용의 힘 때문이야.

"무슨 뜻이야?"

—용살의 의식으로 취했지만 아직 완전히 소화해 내지 못한 용의 힘이, 부상을 회복하는 과정에서 육체에 스며들고 있

는 거야. 손실이 크겠지만 어쩔 수 없지.

아젤이 눈살을 찌푸렸다. 이런 식으로 용의 힘이 회복에 이용되면 원래의 목적, 육체의 강화와 마력의 용마력화라는 관점에서 보면 손실이다. 그래도 지금으로서는 이게 최선이었다.

몸 상태가 눈에 띄는 속도로 좋아지고 있었다.

아젤의 부상은 과연 나을 수 있을까 의심스럽고, 낫는다 해도 후유증이 남을 것이 자명한 중상이었다. 하지만 뼈와 근육, 장기와 신경… 몸의 세부적인 부분부터 억지로 막아두었던 혈행이 조금씩 정상화되고, 파손된 조직이 제 모습을 찾아간다.

그 과정은 대단히 더뎠다. 일반인과는 비교도 할 수 없는 회복력이기는 하지만 중상이 당장 나아버리는 것은 아니다.

—상황을 설명해줘.

"전장에서 이탈한 지는 한 시간 반쯤 되었어."

—그거밖에 안 지났나?

아젤이 놀랐다. 완전히 의식을 잃었기 때문에 시간이 얼마나 지났는지 가늠하지 못했다.

유렌은 간단하게 수호그림자를 포함한 상황을 설명했다.

"…그래서 일단 휴식하면서 당신을 치료하고 있었던 거야. 느긋하게 여유 부릴 수는 없겠지."

—그렇군. 무슨 수를 쓰는 것인지는 모르겠지만 그놈들은

우리를 추적할 수 있으니…….

"그 추적 수단이 여전히 유효하다면, 언제든지 추적해 올 수 있겠지. 추적당했을 때는 수호그림자들에게 의존하기로 하고, 일단은 꾸준히 도망치는 수밖에 없어."

─아발탄 숲까지는 꽤나 험난한 길이 되겠군.

"여전히 그곳으로 갈 생각이군. 하긴 오히려 거기가 가장 안전한 곳이기는 하겠지만……."

대륙 동쪽 끝에 자리한 마경(魔境) 아발탄 숲은, 그곳을 지배하는 존재들 때문에 어둠의 설원에서도 함부로 침범하지 못하는 곳이다. 사이베인의 자취를 쫓을 때조차도 니베리스와 듀랑 같은 고급 인력을 투입해서 유사시에는 싸우지 않고 도망치는 것을 전제로 한 조심스러운 탐색을 벌였다.

용마전쟁 때는 물론이고 그 이전, 아득한 옛날에도 침범할 수 없는 마경으로 남아 있던 그곳이라면…….

"하지만 그 지혜로운 용 아발탄이 우리를 적대하지 않으리라는 보장이 있나?"

─없다.

"잠깐. 없다고?"

─하지만 거기 말고 달리 생각나는 곳이 없어. 지금은 더더욱…….

"지금이라니?"

─마왕 불세르크가 그러더군. 아발탄에게 답이 있을 거라고.

"뭐?"

유렌이 깜짝 놀랐다. 아젤이 말했다.

─안배자의 정체가 누구인지 점점 더 궁금해져. 누구이기에 마치 미래를 손바닥 보듯이 내다보기라도 한 것처럼 내 행동을 읽고 안배를 준비하지?

"음……."

─달리 방법이 있었다면 난 이 안배를 거부했을지도 몰라. 너무 절묘하게 내 사정에 맞아떨어져서 독이 든 보물이 아닌지 의심스러울 지경이군.

"하지만 지금으로서는 달리 선택할 수 있는 길이 없다는 건가."

─우리가 가진 패는 제한적이야. 완전히 적의 손아귀에서 벗어나는 데 성공했다면 모르겠지만…….

"됐어. 이래 죽으나 저래 죽으나 마찬가지라면, 용마왕 숭배자 놈들한테 죽고 싶지는 않으니까. 여유 날 때 한숨 자면 인도자가 뭔가 그럴싸한 방법을 알려주겠지."

그 말에 아젤과 카이렌이 어이없어 하는 시선을 보냈다. 카이렌이 말했다.

"인도자에 대한 네 신뢰는 잘 알겠지만… 그렇게 될 대로 되라는 식으로 모든 걸 맡겨도 괜찮은 건가?"

"원래 이렇게 살았으니까요. 어쩌면 저야말로 광신도인지도 모르죠."

아젤과 카이렌은 할 말을 잃었다. 유렌의 이런 부분은 보면 볼수록 이해하기 어려웠다.

유렌이 물었다.

"그런데 불세르크가 들려주고자 했던 진실이라는 것은 대체 뭐였어?"

—마족의 정체.

"음?"

의아해하는 두 사람에게 아젤이 마지막에 불세르크와 나눈 대화를 이야기해 주었다.

3

불세르크는 말했다.

〈인간들은 긴 이야기를 들을 때 핵심을 세 줄 이하로 요약해 주면 좋아하지? 난 청중의 호감을 사길 좋아하니 핵심부터 말하지.〉

"친절하군. 세 줄인가?"

〈유감스럽게도 내 센스가 부족하여 궁극의 세 줄 요약 형식까지는 맞추지 못하겠고… 한 줄로 해결하지. 마족은 인간이다.〉

"뭐?"

불세르크의 말에 아젤이 깜짝 놀랐다.

이토록 인간에 대한 악의가 깊고, 인간이 갈구하는 지식을 줌으로써 그들을 파멸시키는 것에만 골몰하는 존재가 인간이라고?

불세르크가 큭큭 웃었다.

〈놀라운가?〉

"…솔직히 놀랍군. 하지만 왠지 납득이 안 가는 것도 아니야."

〈호오. 왜지?〉

"인간이니까."

〈음?〉

"인간을 가장 중오하는 존재가 인간이라면, 그건 너무나도 당연한 일 아닌가?"

인간을 가장 깊게 이해할 수 있는 존재가 인간이라면, 인간을 가장 크게 중오할 수 있는 존재 역시 인간이다.

아젤은 인간보다 더 인간을 중오하는 존재를 모른다. 인간이 인간을 중오하고 악의를 품는 것은 실로 자연스러운 일 아닌가?

불세르크가 말했다.

〈아아, 정말로 유감스럽군.〉

"뭐가 말이지?"

〈당신과 이야기를 나눌 수 있는 시간이 얼마 남지 않았다는 것이. 누군가와 이야기를 나눈다는 것, 그에 대해서 알아간다는 것은 너무나도 달콤한 일이지. 마음 같아서는 천 년이고 만 년이고 이 대화를 이어가고 싶다. 누군가와 이야기를 나누며 미지로 남아 있는 공백을 채우고… 공감하며 그렇게 사는 것이 우리의 소원이었으니.〉

완전무결한 고독 속에서 파멸을 갈망해 온 마왕은 슬픈 목소리로 이야기했다.

아젤은 대답하지 않았다. 불세르크는 그를 잠시 바라보다가 말을 이었다.

〈그래, 당신의 말대로다. 인간을 가장 증오하는 것은 인간이다. 이 세상에서 인간을 가장 많이 죽인 존재가 맹수도, 자연재해도, 병마도 아닌… 인간이라는 것을 생각하면 아주 당연한 결론이야.〉

그러니 인간을 갈망하면서도 증오하는 마족이 인간이라면, 그것은 실로 당연한 일이다.

〈세상에는 신화의 관점에서만 짚고 넘어갈 수 있는 사실이 몇 가지 있지. 예를 들어 용마족의 탄생.〉

용과 마족이 합일하여 탄생한, 가장 뒤늦게 지상을 걷기 시작한 고위 지성체 용마족.

완전히 다른 존재였음에도 그들은 인간을 닮았으며, 심지어 인간과의 사이에서 용마인이라는 자손을 볼 수도 있었다.

〈용살의 의식.〉

자연에서 가장 거대한 기운을 타고나는 폭군이었던 용과,

지혜라는 무기를 제외하면 연약하기 짝이 없는 인간의 비정상적인 관계 설정.

〈바벨의 전설.〉

사는 곳이 달라지면 생각하는 방식도 달라진다. 인간이라는 가장 근본적인 공통요소를 갖고 있음에도 불구하고 각지의 인간들이 자신들만의 언어를 가진 것은 당연한 일이었다.

그러나… 의사소통의 어려움으로 인한 비극의 사슬이 끊기기를 원했던 마법사의 욕망으로 인해, 인류는 단 하나의 통일된 언어로 소통할 수 있게 되었다.

〈그 외에도 몇 가지가 더 있지만… 인간에게 알려진 대표적인 사례는 저 정도겠군.〉

"거기에 마족의 존재도 포함된다고 말하려는 건가?"

〈그렇다.〉

불세르크가 긍정했다.

〈인간이 언제, 어떻게 해서 지상을 걷게 되었는지, 난 그건 모른다. 하지만 마족이 인간이라는 존재에게서 비롯되었다는 것을 알지.〉

"궁금한 게 하나 있는데……."

아젤이 물었다.

"마족의 지식은 어디서 오는 거지? 자기가 알고 있는 게 옳다고 어떻게 확신하는 건가?"

〈그 또한 인간에게서다.〉

"뭐?"

〈마족은 세계에 속하지 못한 존재다. 누가 마족이라고 부르기 시작한 것인지 몰라도 참 잘 붙인 명칭이야. 우리는 인간이 사는 이 세계의 바깥에 있으며… 그곳은 공허로 가득한 곳이다. 달리 말하자면 지옥이지.〉

"지옥이 실존한다는 이야기인가?"

〈신전의 세계관에서 설명하는 지옥과는 좀 다르지만. 하지만 지옥에 대한 설명은 일단 미뤄두지. 마족에게는 인간이 가진 두 가지 개념이 없다.〉

"뭐지?"

〈수면, 그리고 망각.〉

"흠……."

〈결코 잠들지 않고, 절대 망각하지 않는 존재들이 언제나 세계를 관측하고 있다고 생각해 봐라. 심지어 마족의 '관측'은 그 단어에서 떠올릴 수 있는 이미지… 그래, 그냥 멀리서 사람들이 하는 일을 보는 것과는 좀 달라.〉

"어떤 의미에서 말이지?"

〈마족이 세계를 관측하는 것은 인간이 다른 인간이 쓴 소설을 보는 것과도 비슷하다. 반쯤은 전지적 시점이라는 거지.〉

"즉 인간이 머릿속으로 생각하는 것도 포함한다는 이야기인가?"

〈생각뿐만 아니라 인과관계까지도 보게 되지. 모든 것을 다 골라서 볼 수 있는 것은 아니지만. 그러다 보니 온갖 지식을 알게 되는 것이다.〉

인간이 발견한 것이 모든 인간에게 전해지는가?

아니다.

인간이 이룩한 업적이 모든 인간에게 돌아가는가?

아니다.

〈아주 많은 일이 유실되고, 운 좋게 남는 것만이 인간에게서 다른 인간에게로 전해진다. 마족의 지식 기반은 자신이 관측한 것이야. 그리고…….〉

불세르크가 손가락을 들어서 아젤의 시선을 집중시켰다.

〈인간이 마족이 되는 조건은, 증오다.〉

"증오를 품은 인간이 마족이 된다?"

〈요약하자면 그렇지.〉

"…혹시나 해서 확인하는 거지만, 마족이 되기 위해서 거쳐야 할 과정 중에는 죽음이 들어 있겠지?"

〈당연한 정답이다.〉

"그럼 증오를 품은 채로 죽은 모든 인간이 마족이 된다고?"

〈그렇지는 않다. 마족이 되려면 두 가지 조건을 충족해야 한다.〉

어떤 식으로든 타인에게 살해당해 인간을 증오해야 한다.

그리고 그 증오의 크기가 너무나도 커서 한 개인이 아니라 인간이 만들어낸 세상 전체를 증오해야 한다.

〈최초의 마족은, 최초로 인간에게 살해당한 인간이다. 나는 그를 만나보았지.〉

"만나보았다고? 어떻게?"

〈나를 이 꼴로 만든 마법사가 그놈과 나를 대면시켰으니까. 흥미로운 경험이었다.〉

"인류 사상 최초로 타인에게 살해당한 인간… 이라는 건가? 정말 신화적이군."

〈무엇이든 최초의 사례는 있게 마련이지. 나를 이 꼴로 만든 작자는 그놈을 통해서 인간의 기원을 알아내려고 한 모양이지만 답을 얻었는지 어떤지는 모르겠다.〉

"흠……."

〈어쨌든 다른 조건이 더 있는지도 모르겠지만 내가 밝혀낸 것은 거기까지다. 나를 이 꼴로 만든 놈은 마족이 그런 식으로 태어나는 이유가, 인간이 이 세상에 나타남과 동시에 뭔가가 잘못되었기 때문이라고 추측하고 있더군.〉

"뭔가가 잘못되다니? 이 세상이 말인가? 아니면 인간이?"

〈둘 다. 정확히 무엇을 문제라고 본 것인지까지는 모르겠다. 그러나… 마족인 내 입장에서 보면, 인간이 죽음 이후에 마족이 되어서 지옥으로 내던져지는 것 자체가 이 세계가 끔찍하게 잘못되어 있다는 증거라는 점에는 동의한다. 인간인

너는 그저 마족을 사악한 존재로만 볼지도 모르지만, 조금 전에 말한 마족이 되는 조건만 봐도 그 과정이 부조리하다는 것을 알겠지?〉

"살해당해서 증오를 품은 자가 지옥에 떨어진다. 확실히 그건 신전에서 말하는 인과응보와는 거리가 멀지."

〈결국 지옥도, 마족도 인간의 도덕률과는 상관없다는 거다. 사악해서, 혹은 죄를 지었기 때문에 마족이 되는 것이 아니다. 마치 인간이 어느 날 갑자기 살아날 수 없는 병에 걸렸다는 사실을 깨닫게 되듯이, 운이 나빠서 마족이 되고 지옥에 떨어진다……. 이 세상은 정말로 끔찍하게 잔혹하고, 잘못되어 있다.〉

"동정해 달라는 건가?"

〈그래 주면 좋겠군.〉

"……."

〈그런 눈으로 바라보면 상처받을 것 같은데. 좋아. 지옥에 대해서 이야기하지.〉

불세르크는 자조적으로 웃었다.

〈마족은 철저하게 외부인이 되어 이 세계를 지켜볼 수밖에 없다. 인간과 흡사한… 정확히는 인간이었다가 변질된 정신 구조를 가졌지만 누구와도 닿을 수 없고, 누구와도 이야기할 수 없고, 따라서 누구와도 공감을 나눌 수 없다면 그게 얼마나 끔찍한 일인지 알겠나?〉

"그게 바로 지옥이라고?"

〈그렇다. 타자의 존재를 인식하기에 자신이 남들과 다른 누군가라는 것을 안다. 그러나…….〉

그곳에 있다는 것을 알면서도 다가갈 수 없다.

바로 옆을 지나가도 만질 수 없다.

이야기해도 닿지 않는다.

〈그곳에는 분쟁이 없다. 차별도 없다. 굶주림도 없고 병으로 죽어가는 존재도 없다. 생사필멸의 이치에서 벗어났기에 늙어서 쇠하는 일도 없다. 이런 세계를 가리켜 무엇이라 부르는지 아는가?〉

"낙원… 이겠지."

〈정답이다. 모두가 그런 세계를 갈망했다. 그런데 바로 지옥이야말로 그들이 꿈꾸던 이상의 세계였다.〉

타인의 존재를 인식하며 희로애락을 가진 존재가 소통이 불가능한 세계에 내던져진다. 그리고 자신이 있든 없든 상관없이 계속되는, 한때 자신이 그 일원으로 존재했던 세계를 관측하는 것만이 허락된다.

그 세계 속에는 기쁨이 있다.

분노가 있다.

슬픔이 있다.

즐거움이 있다.

〈우리는 그것을 본다.〉

그저 볼 수 있을 뿐이다.

아무리 매력적이어도 가질 수 없다.

아무리 안타까워도 구해줄 수 없다.

또한, 자신이 보고 느낀 것을 누군가에게 이야기하며 공감할 수도 없다.

〈소통이 사라지면 인간이 이상향을 구축하기 위해 없애 버리고 싶어 하는 문제들이 해결된다. 그러나 그것이 바로 영혼을 유린하는 지옥이다.〉

"……."

〈우리는 악의의 자식이다. 인간의 악의로부터 태어나, 지옥으로 내던져졌다. 그리고 지옥에서 악의는 끝을 모르고 커져서… 결국은 마족이라 불리는 존재가 된 것이다.〉

잠들지도 못하고 망각할 수도 없는 마족들은 쉬지 않고 고통받으며 악의를 키워나갔다.

인간이 밉다.

서로 소통하며 세계의 구성원으로 살아가는 인간이 부러워서 견딜 수가 없다.

〈그런 우리에게… 흑마법사들이라는 구원의 동아줄이 나타났다.〉

역사의 어느 시점에, 흑마법사들이 마족의 존재를 발견했다.

그것은 실로 우연한 발견이었다. 무슨 이유에서인지 몰라도 세계와 지옥의 경계가 흐릿해진 곳에서 마족의 존재를 인지하게 된 흑마법사들이 그들을 불러낼 방법을 찾기 시작했다.

〈정체를 알 수 없는 지성체가, 자신들이 사는 세상이 아닌 다른 세상에 있다. 마법사들은 그런 사실을 지나칠 수 없었다.〉

최초의 마족 소환이 이루어지기까지는 오랜 시간이 걸렸다. 당대에 이루어지지 못하고 400년 가까운 시간 동안 연구 성과를 계승하며 노력한 끝에 마족 소환의 비술을 완성했다.

〈흑마법으로 소환되는 동시에… 마족은 가장 갈망하던 것을 손에 넣는다.〉

그것은 바로 '소통'이었다.

〈그리고 우리는 알게 된 것이다.〉

인간과의 소통을 통해 그를 파멸시키면 영혼을 손에 넣을 수 있다.

그리고 영혼을 손에 넣으면 죽 관측하기만 했던 세계에 관여하는 것이 가능해진다.

〈그리하여 우리는 '사악한 마족'이 되었다. 왜 마족이 근본적으로 인간에게 사악할 수밖에 없는 존재인지 알겠나?〉

"……."

아젤은 할 말을 잃었다.

불세르크의 말대로라면…….

"잘못되어 있군."

뭐가 잘못되었는지는 모르겠다.

하지만 마족의 존재 자체가 잘못되어 있다.

마족을 낳는 이 세계의 규칙이 근본적인 결함을 품고 있었다!

아젤이 물었다.

"왜 내게 이 사실을 알려주는 거지? 나는 학자도 아니고 마법사도 아니야. 세계의 섭리가 근본적으로 결함을 품고 있다고 알려준다 한들 그걸 바로잡겠다고 일생을 바치게 될 것 같지 않다."

아젤은 진심으로 물었다.

불세르크가 이야기한 것은 신화적인 진실이다. 하지만 아젤은 그 이야기가 절실하게 와 닿지 않았다.

어차피 세상은 부조리로 가득하다.

인간은 날 때부터 다른 운명을 타고난다. 강하게 태어나는 사람이 있는가 하면 약하게 태어나는 사람이 있다. 부유하고 태어나는 사람이 있는가 하면 가난하게 태어나는 사람이 있다. 보호해 줄 사람이 있는 아이가 있는가 하면 태어나자마자 버려지는 아이도 있다.

그런 부조리에 마족의 진실 하나를 얹은들 절절하게 와 닿을 리가 없다.

"이 세상은 원래부터 빌어먹을 곳이야. 그래서 다들 좀 좋은 세상 만들어보자고, 다함께 잘사는 곳으로 만들어보자고 지겹도록 싸워댔지."

심지어 용마전쟁조차도 그런 의도를 품은 싸움이 아니었던가.

하지만 개개인마다 '좋은 세상'에 대한 생각이 다르다. 아젤은 용마왕군을 적대하고 그 일원들을 증오했지만… 그들 역시 자신들이 생각하는 '좋은 세상'을 만들기 위해 싸웠다는 사실을 안다.

"왜 군이 내게 이 사실을 알려주는 거지?"

〈모른다.〉

"……."

〈나는 다만 이야기해 주라는 명령을 받았을 뿐이다. 내가 있던 지옥보다도 더한 고통과 공허에서 해방되고 싶으면 그렇게 하라고 명령받았다. 그래서 그리할 뿐이다.〉

"…그렇군."

〈마지막 이야기를 해도 되겠나?〉

"나도 시간이 별로 없으니, 그리도록 해."

〈너와 이야기할 수 있었던 것에 감사한다. 정말로 어떻게든 끝내고 싶을 정도로 고통스러웠지만… 마지막이 누군가와의 대화라니 정말로 좋은 일이야. 하지만 아쉽게도 이만 끝내야겠지.〉

불세르크는 망설였다.

그토록 꿈꾸던 순간이다. 지옥보다도 더한 고통과 공허 속에서 해방되는 것만을 꿈꾸어 왔는데… 그런데 누군가와 만나서 그와 이야기하는 것만으로도 왜 이다지도 큰 미련이 생기는지.

그는 번민하는 스스로를 조소하듯이, 최후의 말을 던졌다.

〈지혜로운 용이 당신이 가야 할 길을 알려줄 것이다.〉

그 말이 끝나자마자 불세르크를 불사체로 유지하고 있던 기운이 사라지고, 해골만이 남은 그 몸이 잘못 조립된 장난감처럼 무너져 내렸다.

아젤은 요란스럽게 바닥을 굴러다니는 뼈들을 보다가 중얼거렸다.

"…도대체 누가 내 운명을 계획하려고 하는 거지?"

4

일행은 계속해서 동쪽으로 향했다.

어떻게든 이에로스 왕국을 횡단해서 동쪽의 마경 아발탄 숲에 가야 한다. 불세르크를 통해 마족의 진실을 알린, 정체불명의 인물이 남긴 메시지를 접한 후로는 그래야 할 필요성이 더욱 커졌다.

하지만 적들의 추적이 문제였다.

무슨 수단을 쓰는 것인지는 모르지만 용마왕 숭배자들은

일행의 위치를 추적할 수 있었다. 도주를 시작한 지 채 하루도 되지 않아서 적들의 손길이 뻗어왔다.

가장 먼저 적들의 습격을 알아차린 것은 카이렌이었다.

아젤은 죽은 듯이 잠들어서 유렌에게 치료를 받고 있었다. 워낙 상태가 나빴기 때문에, 마법으로 들어서 이동해도 장시간 이동하기에 무리가 있어서 중간중간에 쉬면서 치료를 병행해야만 했다.

누군가의 시선을 감지한 카이렌이 말했다.

"…따라잡힌 건가?"

"알 수 없군."

한 박자 늦게 시선을 감지한 레티시아가 전투태세를 취하며 라우라를 바라보았다.

"혹시 지금 우리를 보는 게 어떤 자들인지 식별 가능하겠나?"

카이렌과 레티시아는 누가 보고 있으며 적의를 품고 있다는 것만 알아냈을 뿐, 구체적으로 어디서 보고 있는지, 아니면 직접 보고 있는 것인지 아니면 마법의 시선으로 보고 있는 것인지까지는 알지 못했다.

"할 수 있어."

라우라가 고개를 끄덕이고는 탐지마법을 펼쳤다. 주변을 샅샅이 훑어본 그녀가 말했다.

"오고 있어. 수는 대략 50 정도."

"레이거스가 있나?"

"마력이 꽤 큰 자들이 있긴 하지만… 레이거스는 없어."

레이거스의 마력은 다른 자들과는 격이 다르다. 게다가 전해지는 바에 따르면 은밀함과는 담을 쌓았다고 하니 쉽게 알 수 있을 것이다.

카이렌이 잠시 생각하더니 말했다.

"그럼 우리의 이동 경로를 예상하고 근방의 공허의 길 거점을 이용해서 병력을 집결시켰겠군."

"아마도."

"레이거스가 오지 않았다는 것은, 예상 경로가 하나가 아니었다는 거겠지."

공허의 길은 먼 거리를 한순간에 이동할 수 있지만 한 번에 이동할 수 있는 인원이 적고, 또 반드시 거점이 마련된 곳으로만 이동할 수 있다는 제약이 있다. 그러니 아젤이 부상을 입었다고는 해도 상당한 속도로 이동 중인 일행의 예상 이동 경로에 병력을 배치하는 것도 쉽진 않았으리라.

카이렌이 말했다.

"이걸로 하나 희망적인 사실이 밝혀졌다."

"뭐지?"

레티시아가 묻자 그가 대답했다.

"적들이 우리 위치를 파악할 수 있는 것은 확실하다. 하지만 아주 정밀도가 높지는 않아."

만약 완벽하게 실시간으로 위치를 파악할 수 있었다면 레이거스를 이곳에 배치했으리라. 그렇지 않았다는 것은 추적 수단에도 여러 가지 제약이 붙어 있다는 증거다.

레티시아가 피식 웃었다.

"퍽이나 희망적이군."

"우리가 뭘 할지 명확하게 알지 못한다는 것은 아주 중요한 일이다."

일행은 원래는 아발탄 숲까지 최단 거리로 이동하려고 했다. 그들의 이동능력을 생각하면 충분히 가능한 일이다.

하지만 도중에 수호그림자들이 일행에게 메시지를 전했다. 자신들을 따라오라고.

명확한 이유를 모르면서도 일단은 그들의 인도를 따라서 약간 돌아가고 있었는데… 아마도 적들은 이 움직임을 확실하게 읽지는 못한 것 같았다.

"그리고 레이거스가 오지 않았다면 두려워할 것도 없지."

"금방 올 가능성도 높은데."

"그전에 놈들을 몰살시키고 이탈한다. 전력상으로는 우리가 압도적이니까."

"동의하긴 하지만… 핵심 전력인 우리 상태가 그리 좋진 않다는 점도 고려했으면 좋겠군."

레티시아의 말대로 일행의 상태는 별로 좋지 않았다. 다들 유렌과 라우라의 흑마법으로 부상을 어느 정도 회복하기는 했다. 하지만 겉보기에 멀쩡해졌다고 해서 속까지 완전히 회복된 것도 아니고, 제대로 휴식도 취하지 못해 여전히 지쳐 있다.

카이렌이 말했다.

"어차피 할 수밖에 없어."

"짜증스럽게도 그 점에도 동의하는 바긴 하지만."

카이렌은 투덜거리는 레티시아에게서 시선을 돌려 라우라를 보았다.

"라우라."

"응."

"아젤은 네게 맡기지."

"응? 어째서……."

라우라가 당혹감을 드러냈다. 카이렌이 말했다.

"너보다는 유렌이 멀쩡하다. 그리고 굳이 한 사람이 아젤을 지켜야 한다면, 전사보다는 마법사가 낫지. 후방 지원 정도만 부탁하겠다."

"…알겠어."

라우라가 고개를 끄덕였다.

곧 카이렌, 레티시아, 유렌이 수호그림자들과 함께 적들을 강습하기 위해 움직였다.

시선과 탐지마법을 통해서 적들의 위치를 파악한 후다. 그렇다면 공격해 오길 기다리는 것보다는 먼저 치는 게 나았다.

용마왕 숭배자들은 침착하게 일행을 맞이했다.

적의 우두머리로 보이는 용마인 남자와 검을 맞부딪친 카이렌이 말했다.

"역시 못 알아차려서 기습을 성공시킬 거라는 기대는 너무 뻔뻔했나?"

이 자리의 모든 병력이 그렇지는 않았지만 최소한 지휘관들은 어둠의 설원에서 나온 최정예였다. 그런 자들이라면 라우라가 탐지마법을 사용한 시점에서 자신들이 탐지당했다는 사실 정도는 알아차릴 수 있었다.

용마인 남자가 살기를 발했다.

"살아서 여길 벗어날 거라는 기대는 버려라."

"그 말, 그대로 돌려주지."

둘이 격렬하게 검격을 나누었다. 카이렌은 상대의 실력에 감탄했다. 맨 처음 기습을 자연스럽게 막아낸 것은 물론, 카이렌의 등골이 서늘해질 정도로 날카로운 검격을 날려 온다. 검술도 뛰어나지만 육체 능력만 보면 부상자 신세인 카이렌보다는 확연히 위였다.

'강하군! 용살의 의식 경험자인가?'

용마인이기 때문에 보기만 해서는 그 사실을 알 수가 없다. 하지만 자연스럽게 그런 생각이 들 정도로 강건하며 용령기를 사용하는 기술 역시 세련되었다.

카앙!

검과 검이 얽히며 불꽃이 튀었다.

짧지만 격렬한 검투에서 카이렌과 용마인이 일진일퇴를 거듭한다. 부상을 입은 카이렌은 힘과 속도, 양쪽 다 용마인에게 뒤쳐지고 있었다.

그러나 그에게는 백 년간 연마해 온 기술이 있다. 실로 교묘하게 춤추는 쌍검이 용마인의 기세가 오르기 전에 맥을 차단한다.

용마인 남자가 말했다.

"과연 용검공작의 명성이 허명이 아니구나! 그러나 고작 부상자 다섯 명! 수호그림자가 좀 있다 한들 여기가 너희의 무덤이 될 것이다."

"흠. 좋은 정보 고맙다."

카이렌이 씩 웃었다.

"이걸로 확신했다. 너희는 우리 상황을 확실히 아는 게 아니라는걸."

"뭐?"

"주변 상황을 보고 말하시지."

카이렌은 일부러 그를 향한 공세를 늦춰서 여유를 주었다.

장소가 숲이기에 용마왕 숭배자들도 가까이 있는 동료 말고는 아군의 상태를 모른다. 모두 통신마법으로 연계해 가면서 싸우고 있었다.

카이렌과의 싸움에 집중하느라 잠시 상황 파악을 게을리했던 용마인은, 곧 날아드는 보고에 경악했다.

"크아아악!"

"아악! 이, 이놈들……!"

숲 곳곳에서 용마왕 숭배자들의 비명이 잇따르고 있었다.

용마왕 숭배자의 수는 50여 명, 그것도 개개인의 전투력은 인간 병사들과는 비교를 불허하는 수준이다. 이들이 숲을 무대로 인간 군대와 싸운다면 열 배의 병력 차가 있다고 하더라도 쉽사리 몰살시킬 것이다.

하지만 200여 개체의 수호그림자는 그들에게도 악몽이었다.

용마인의 얼굴에서 핏기가 가셨다.

"이런 숫자가 도대체 어디서……!"

일행의 위치를 파악하고, 멀리서 관측하는 동안에도 수호그림자의 정확한 수를 까맣게 모르고 있었다. 수호그림자들이 모습을 감추었기 때문이다.

수호그림자가 숨고자 하면 아젤조차도 가까이 다가오기 전까지는 알아차릴 수 없다. 그 은밀함, 그리고 언제 어디서 나타날지 모른다는 사실이 용마왕 숭배자들에 대한 억지력으로 작용할 수 있었던 이유였다. 그런 그들을 멀리서 관측하는 정도로 파악할 수 있을 리가 없지 않은가?

카이렌이 차갑게 웃었다.

"자, 그럼 부하들이 몰살당하기 전에 보내주지."

"누구 마음대로! 최소한 네놈이라도 죽이겠……!"

핑!

그가 말을 마치기 직전에 시야의 사각에서 마법의 섬광이 날아들었다. 그가 기겁해서 그것을 막아내는 순간, 카이렌이 검격을 날리면서 동시에 강렬한 정신파를 발한다.

'이런! 속았다!'

급히 몸을 틀어 반응한 용마인은 카이렌의 공격이 속임수였다는 사실을 깨달았다. 살기를 담은 정신파와 연계, 진짜로 공격하는 듯한 동작을 취함으로써 반응을 유도한 것이다.

투학!

직후 검 대신 발차기가 용마인의 옆구리를 후려갈겼다. 마법의 갑옷을 입고 있는데도 충격이 몸통을 관통하면서 뼈를 부러뜨린다.

"비겁하다고 욕해도 좋다. 기꺼이 감수하지. 너도 서로 궁지를 걸고 일대일 결투를 할 만한 상황이 아니었다는 점 정도는 동의해 주겠지."

섬광을 쏜 것은 유렌이었다. 일행 역시 통신마법으로 연계하고 있었기에 카이렌이 그에게 저격으로 지원할 것을 지시한 것이다.

실전에서 한순간이라도 결정적인 허점을 드러낸 이상 승패는 갈렸다. 카이렌의 검이 가차없이 용마인 남자의 목을 가르고 지나갔다.

"…후우."

카이렌은 피를 뿌리며 쓰러지는 용마인을 보며 작게 한숨을 내쉬었다. 그도 자긍심 높은 기사인지라 수하들에게 의지하지 않고 당당하게 일대일로 자신과 싸웠던 적을 이런 식으로 쓰러뜨린 것이 씁쓸했다.

'사치스러운 감상이로군.'

카이렌은 쓴웃음을 지었다. 용마족 숭배자들에게 이런 감상을 품는 날이 올 줄이야.

곧 용마왕 숭배자들을 몰살하고 나자, 카이렌이 일행에게 지시했다.

"생각보다 빨리 끝내서 다행이야. 추가 병력이 오기 전에 벗어난다. 아젤에게는 좀 힘들겠지만 최대한 빨리 움직여야 해."

"그러지. 하지만 이미 위치를 추적당하고 있다면 언젠가는 레이거스에게 붙잡히지 않겠나?"

"아마 멀지 않을 거야."

레티시아의 지적에 카이렌이 대답했다.

정밀성은 떨어진다고 해도 적들은 일행의 위치를 파악할 수 있다. 그리고 공허의 길이 있는 이상, 아무리 빨리 움직여도 언젠가는 따라잡힌다.

일행 모두가 정상이었다면 뿌리칠 가능성이 있었으리라. 일행의 이동 속도는 실로 경이로운 수준이니까. 하지만 지금 상태로는 무리다.

카이렌이 수호그림자를 가리켰다.

"아까도 말했지만 이 녀석들을 믿어보는 수밖에 없다."

"이런 때 대체 어디로 데려가려는 건지가 걱정이긴 하지만."

투덜거리던 레티시아는, 30분 후에는 속으로 수호그림자들에게 미안한 마음을 품게 되었다.

5

"현재 상황은?"

발세르는 옆에 앉아 있던 소녀, 오메가에게 물었다. 눈을 감고 있던 오메가가 눈을 뜨며 대답했다.

"적들을 몰살시키고 이동 중이야. 곧 합류 지점에 도착할 거야."

"수호그림자들을 집중시키길 다행이군요. 레이거스가 왔다면 그 정도 수로는 감당할 수 없었겠지만······."

발세르가 안도의 한숨을 쉬었다.

아젤 일행에게 수호그림자들을 집중시킨 것은 그의 선택이었다. 그리고 수호그림자들로 하여금 일행을 이끌게 한 것은 이에로스 왕국의 수호그림자 리베일 자작에게 부탁해서 치유술사와 물품을 대기시켜 두었기 때문이다. 민간인을 끌어들이지 않기 위해 마을이나 도시를 피하고 있는 일행에게는 귀중한 도움이 되리라.

오메가가 그를 올려다보며 물었다.

"우리도 합류해 있는 게 낫지 않아? 그 편이……."

"안 됩니다."

"어째서?"

"오메가, 기억이 다 살아났습니까?"

"아직 흘러들어오고 있어."

오메가가 눈살을 찌푸렸다.

발세르가 깨달은 '진실'을 들은 후로, 완전히 잃어버렸다고 생각했던 생전의 기억이 돌아오기 시작했다.

아니, 그것만이 아니다. 왠지 그 이전… 그러니까 자신이 태어나기 전의 일들이 마치 자신의 기억인 것처럼 흘러들어오고 있었다.

그것은 선조의 기억이다.

자신의 아버지와 어머니를 비롯해서 먼 옛날로 이어지는, 하나의 혈통에 각인되는 기억.

그 기억을 통해서 오메가는 자신의 정체와 예언의 참된 의미를 깨달았다.

"이제 우리를 만든 그가 누구인지 알 것 같습니다."

오메가보다 빠르게 기억의 회복을 시작한 발세르는, 아마도 모든 기억이 모여도 수호그림자를 만든 자를 알 수 없을 거라고 확신했다. 아마도 수호그림자를 만든 존재는 끝까지 그들에게 정체를 밝힐 생각이 없을 것이다.

하지만 상관없었다. 진실을 알게 되자 자연스럽게 그가 누구인지 추측할 수 있었으니까. 그리고 사실 끝까지 그가 누구인지 모른다고 해도 원망하지 않을 것이다.

예언의 사람이 나타났으니까.

영웅 아젤 카르자크가 오랫동안 그들을 괴롭혀 온 절망적인 싸움에 종지부를 찍어줄 것이다.

"그에게는 정말로 감사하고 있습니다. 이 순간을 맞이하기 위해 우리는 그렇게 비겁하게 살아남은 거지요. 그러니 실패할 가능성은 조금도 남기고 싶지 않아요."

발세르는 일부러 아젤 일행에게 수호그림자만을 보냈을 뿐, 자신과 오메가는 합류하지 않았다.

"현존하는 모든 예언지킴이가 한자리에 모여야 합니다. 그래야만 그에게 우리가 보관하고 있는 것을 줄 수 있어요."

그전까지 아젤을 지키는 것은 물론, 예언지킴이들도 자신을 지켜야 한다. 여태까지 그랬듯이 조금이라도 예언지킴이가 죽을 가능성을 높여서는 안 된다.

"있잖아. 나는……."

문득 오메가가 말했다.

"…내가 누구인지 안다고 하더라도 아무런 의미도 없을 거라고 생각했어."

오메가는 자신의 이름조차도 기억하지 못한다. 그래도 개의치 않았다. 가슴에 남은 증오와 예언지킴이로서의 사명감만이 그녀의 모든 것이었으니까.

하지만 '진실'을 듣고 머릿속에서 기억이 되살아나자 자기도 모르게 미소를 짓게 된다.

"하지만 그렇지 않았어. 저 사람이 예언의 사람이라서 다행이야."

"파멸을 앞두고 할 소리는 아닌 것 같지만… 저도 같은 기분입니다."

발세르가 쓴웃음을 지었다. 그 역시 기억을 회복하면서 지금까지 생각도 못한 감정에 사로잡히고 있었다.

"무슨 의미지요?"

문득 둘 사이에 끼어드는 목소리가 있었다. 발세르가 돌아보았다.

예언지킴이 레논과 자레스가 도착했다. 그들을 본 발세르와 오메가는 풋 하고 웃어버리고 말았다.

참으로 우스꽝스러운 몰골이었기 때문이다. 잠들지 못하는 수호자인 세타가 레논과 자레스를 양쪽 옆구리에 짐짝처럼 껴서 들고 허공에 떠 있었다.

레논이 눈을 크게 떴다.

"어? 발세르가 웃었어?"

"알파가 웃고 있다니, 내가 지금 꿈을 꾸고 있나?"

자레스도 당황했다. 아무리 우스꽝스러운 꼴이라고는 하

나 발세르가 자신들을 보며 웃다니, 지난 수십 년간 상상도 못해본 일이다.

발세르가 말했다.

"아마 저도 생전에는 제법 잘 웃었던 것 같습니다. 뭐 이제 와서는 별로 상관없습니다만."

"예언이 실현될 때가 왔다고 해서 최대한 빨리 날아왔더니 놀라운 일이 기다리고 있군요."

레논이 세타에게서 내려오며 말했다.

이전에 오메가가 언급했듯이, 발세르는 아젤 일행이 레이거스와 격돌하기 전에 모든 예언지킴이를 근방에 불러두었다. 그리고 아젤 일행을 따라서 이동하면서 그들에게 최대한 빨리 자신과 합류할 것을 부탁했다.

레논과 자레스는 비교적 가까운 곳에 있었으며, 고위 마법사인 세타가 함께 있었기에 그에게 짐짝 취급을 당해가면서 빠르게 도착했다. 발세르가 말했다.

"아젤 님이 예언의 사람입니다."

"…아젤 님?"

자레스의 표정이 퍽 해괴한 소리를 들었다는 표정으로 발세르를 바라보았다. 발세르가 미소 지었다.

"진실을 듣고 나면 당신들도 그렇게 부르게 될 겁니다."

"흠. 난 그보다는 당신이 드디어 미쳐 버린 게 아닌지 의심스러운데."

"어떻게 확신한 거지요?"

레논이 자레스의 비아냥을 무시하고 물었다. 발세르가 대답했다.

"용마장군 레이거스가 확인해 주었습니다. 그분은, 용마전쟁에서 용마왕 아테인을 죽인 영웅 아젤 카르자크입니다."

"뭐?"

"뭐라고요?"

〈진심으로 하는 소린가?〉

레논과 자레스, 세타가 경악했다. 발세르가 고개를 끄덕였다.

"물론 진심입니다. 다른 누구보다도 확실한 증인이 확인해 준 진실이지요. 그리고 내가 당신들을 납득시키느라 애쓸 것도 없을 것 같군요."

"아……."

그 말대로였다.

진실을 듣는 순간, 레논과 자레스의 표정이 묘해졌다. 갑자기 레논의 눈에서 눈물이 주르륵 흘러내렸다.

"하……."

레논이 주체할 수 없이 넘쳐나는 눈물을 닦을 생각도 못하고 웃었다.

"하하하. 그, 그랬구나. 그렇게 된 거였나……."

완전히 잃어버리고 있던 기억들이 돌아온다. 자신의 삶, 그리고 태어나기 전에 있었던 일들까지……

왜 자신이 예언지킴이로 선택되었는지 알았다.

그리고… 왜 아젤 카르자크가 예언의 사람인지도 알았다.

"뭐야, 이런 바보 같은 일이… 그랬던 건가?"

자레스도 아연해져 있었다.

기억이 되살아난다.

영원히 떠올릴 수 없을 줄 알았던 아버지와 어머니, 형과 여동생의 얼굴이 뚜렷하게 기억났다. 엄격했던 아버지, 소심했던 어머니, 장난스러웠던 형, 자신을 졸졸 따라다니며 조잘거렸던 어린 여동생.

그들과 함께했던 순간이 떠올랐다. 변방의 귀족으로서 척박한 영지를 돌보기 위해 필요한 것들을 공부하고, 저녁마다 모두가 모여앉아서 하루의 일들을 이야기하던 시간이.

자레스의 눈에서 눈물이 흘러내렸다.

모든 것을 잃어버린 채 이 순간을 기다려 왔다.

그리고 그 기다림에는 가치가 있었다. 자레스는 그 사실을 확신하고 환하게 웃었다.

魔展
龍劍

1

용마궁은 발칵 뒤집어졌다.

레이거스를 통해서, 자신들의 일을 여러 번 방해해 온 요주
의 인물인 아젤 제스트링어의 정체가 바로 아테인을 죽인 대
죄인 아젤 카르자크라는 사실이 확인되었다.

의심하는 눈길이 없었던 것은 아니다.

하늘을 가르는 검이 나타났을 때부터, 어둠의 설원에서는
아젤의 정체를 의심하기 시작했다.

그래도 후손일 거라고 생각했지 본인일 거라고는 상상도
못했다. 그들은 아젤이 죽었을 거라는 근거를 너무 많이 갖고
있었기 때문이다.

당연하게도 인간은 220년이나 살아올 수 없다.

또한, 아젤은 아테인의 저주를 받아서 죽을 운명이었다.

그러니 미처 말살하지 못한 아젤의 혈통이 하늘을 가르는 검을 계승받았을 거라고 생각하는 것은 자연스러운 일이다.

하지만 결국 레이거스가 진실을 확인했다. 그리고 용마전쟁 이후 오랫동안 권력의 중추에서 떨어진 곳에서 은거하고 있던 한 인물은, 마치 이 순간만을 기다려 왔다는 듯이 어둠의 설원을 떠나 아젤을 추적하는 추적대에 합류했다.

이 사실을 전해 들은 니베리스는 아연해졌다.

"아젤 카르자크 본인이었다고……?"

"그렇다고 합니다."

레지나가 고개를 숙였다.

아연해하고 있는 것은 니베리스뿐만 아니라 그녀도 마찬가지였다. 지금까지 몇 번이나 그에게 농락당하면서 생사의 경계를 넘나들었다. 그런데 설마 모든 용마왕 숭배자의 악몽이라고 할 수 있는 아젤 카르자크 본인이 220년의 시간을 뛰어넘어 현세에 부활했을 줄이야!

니베리스가 물었다.

"어떻게 그럴 수가 있지?"

"모르겠습니다. 그 이상의 정보가 없는 터라……."

"아버님을 알고 있는 것처럼 말한 것도, 단순히 나를 능멸

하려고 그런 것이 아니라 진실이었단 말인가."

온갖 상념이 끓어오른다. 그에 대한 원한과 증오만이 아니라… 그것을 초월한 기이한 감정이 일어나고 있었다.

곧 그녀가 몸을 일으켰다.

"키르엔과 제퍼스는?"

"이미 출진하셨습니다."

레지나는 니베리스가 이 정보를 요구할 것을 알고 미리 상황을 조사해 두었다.

키르엔, 그리고 얼마 전에 수호그림자를 상대로 치욕을 당한 제퍼스는 이 소식을 듣자마자 전투준비를 갖추고 나섰다.

문득 레지나의 표정이 묘해졌다.

"그런데……."

"무슨 일이지?"

"발타자크 공께서는 일족이 아껴두고 있던 최정예 병력을 이끌고 나섰다고 합니다. 그러나 알마릭 공께서는……."

"혼자 나갔나? 아니면 소수 정예로?"

"아닙니다."

"말을 빙빙 돌리지 말라."

"죄송합니다. 상황이 좀 묘해서 그랬습니다."

니베리스가 신경질을 내자 레지나가 급히 사과했다.

"알마릭 공이 나서시기 전에 누군가가 알마릭 일족의 최정예 병력을 남김없이 이끌고 나가신 모양입니다. 그래서 홀로

출격하셨다고…….”

“뭐라고?”

니베리스가 당황했다.

이해할 수 없는 일이다. 니베리스나 키르엔, 제퍼스 같은 젊은 세대는 일족의 이름과 용마기를 계승한, 완벽하게 그 일족을 대표하는 입장에 있다. 고귀한 혈통이라 해도 결국 나이가 들면 육신이 쇠하는 것은 어쩔 수 없는지라 그들에게 자리를 물려준 것이다.

그런데 이제 와서 제퍼스를 따돌린다고?

‘선대 알마릭 공이 나서기라도 했단 말인가?’

레지나가 조심스럽게 말했다.

“아운소르 쪽은 실제로 그런 것 같습니다만…….”

아직 구체적인 사정은 외부에 알려지지 않았지만, 아운소르 일족은 발칵 뒤집어졌다. 라우라가 비탄의 잔을 갖고 이탈한 것만으로도 모자라서 그 후계자로 지정한 디칼과, 비밀병기라고 할 수 있는 그림자 검대까지 몰살당했으니 그럴 수밖에 없었다.

심지어 그들은 예전에 선대 아운소르 계승자마저도 수호그림자에게 잃은 판국이다. 수중에 있던 패 중 남은 것이 그리 많지 않다고 봐도 좋았다.

그런 상황이다 보니 늙어서 일선에서 물러난 자들이 노구를 이끌고 나선 모양이다.

"알마릭 쪽은 그런 것 같지도 않습니다. 죄송스럽게도 그 이상은 파악하지 못했습니다."

"나가봐야 알 수 있는 문제겠구나."

니베리스는 그렇게 결론을 내렸다. 모두가 서둘러서 전장으로 나서고 있는 판에 뒤에서 부족한 사전 정보에 매달리고 있을 수는 없었다.

"조모님을 배알해야겠다."

니베리스는 아인세라에게 향했다. 일족의 병력 동원을 허락받기 위해서였다.

2

수호그림자의 도움으로 치유술사의 치료를 받고, 귀중한 물품을 받게 된 일행은 좀 더 속도를 높일 수 있었다. 아젤의 상태가 눈에 띄게 좋아진 것이 컸다.

하지만 역시 아젤은 아직 전투에 임할 수 있는 상태는 아니었다.

불과 하루 전까지만 해도 사경을 헤맬 정도의 중상이었는데 자기 발로 걸어 다닐 정도로 회복된 것만으로도 기적이라고 할 수 있다. 치유술사의 치유만이 아니라 흑마법으로 갈취한 짐승과 수목의 생명력을 받은 덕분이었다.

"슬슬 500 가까이 되지 않았을까?"

문득 카이렌이 중얼거렸다.

일행을 따르는 수호그림자의 수는 아직도 계속 불어나고 있었다. 다들 모습을 감추고 있어서 정확한 수를 헤아릴 수는 없지만 중간중간에 불쑥 나타나서 합류하는 횟수로 짐작하는 게 가능했다.

여전히 스스로의 발로 빠르게 달릴 수 상태는 아니라서 유렌과 라우라의 마법으로 허공을 나는 짐짝 신세가 된 아젤이 말했다.

"그런 것 같군요. 도대체 얼마나 있는지 궁금한데……."

"용마왕 숭배자들에게 깊은 원한을 품은 망자와 같은 존재니 수백이 아니라 수천이 있어도 이상할 거야 없지."

전 대륙에 퍼져 있던 수호그림자들이 이곳으로 몰려들고 있다. 이 정도 숫자라면, 거기에 예언지킴이들이 데리고 다니는 잠들지 못하는 수호자들까지 합류한다면 레이거스도 감당할 수 있지 않을까? 그런 생각이 들 정도로 막대한 병력이었다.

하지만 아젤은 고개를 저었다.

"무리일 겁니다."

"역시 그런가."

카이렌이 쓴웃음을 지었다. 그가 물었다.

"용마전쟁 때는 어땠지?"

"마법사들이 거리를 두고 보조하면서 강력한 개인이 1 대 1,

아니면 2 대 1 정도로 막게 했습니다. 군대를 상대로는 재앙의 신이나 마찬가지였으니까요."

수호그림자는 확실히 강하다. 개체의 전투능력도 상당하고, 연계도 잘 되는데다가 마법사에게는 대단히 까다로운 특성까지 갖추고 있다.

하지만 레이거스에게는 무의미하다.

레이거스를 상대로는 수백 명의 난타보다는 강력한 한 사람의 한 방이 필요했다. 혼쇄의 인의 특성상 더 많은 적이 모이면 모일수록 강한 전력이 되는 황당한 존재인 것이다.

카이렌이 말했다.

"자네에게 정말로 듣고 싶은 이야기가 많은데… 그럴 여유가 없다는 게 유감스럽군."

"나중에 얼마든지 해드리지요. 지금은 좀 참으세요."

그렇게 말한 아젤이 라우라를 바라보았다.

"상태는 어때?"

"완벽해. 하지만 괜찮겠어?"

"주인에게 돌려줬을 뿐이야. 그리고 지금은 네가 갖고 있는 게 나아."

아젤은 라우라에게 비탄의 잔을 돌려주었다.

용마기의 계승에는 오랜 시간이 걸리지 않는다. 치유술사에게 치료를 받아서 상태가 좀 나아지자 곧바로 결단을 내리고 실행했다.

어차피 자신이 제대로 싸울 수 없는 지금은 이것이 최선이 었다. 쓰지도 못할 무기를 끌어안고 있다가 죽는다면 정말 바 보짓이 아닌가.

아젤이 말했다.

"내가 하는 걸 봤으니 전보다 더 잘 쓸 수 있겠지."

"원래 주인은 난데."

"그래서?"

"당신 정말 밉살스러워."

라우라가 살짝 뾰로통해졌다.

그동안 아젤이 보여준 비탄의 잔의 운용법은 라우라에게 도 큰 도움이 되었다. 아젤에게 넘겨주기 전에도 라우라는 이 미 알고 있던 운용법을 활용하는 감각은 절묘했다. 아젤이 쓴 기술들 역시 잘 써먹을 수 있으리라.

"내가 아는 것은 다 이야기해 줬어. 써먹는 것은 네 몫이 지."

아젤은 자신이 아는 운용법, 즉 용마전쟁 때 아운소르가 보 여줬던 비탄의 잔의 위용에 대해서 자세하게 이야기해 주었 다.

용마기를 쓰는 자에게는 그런 이야기를 세세하게 듣는 것 만으로도 큰 도움이 된다. 비장된 마법은 마법사가 아니면 쓸 수 없지만 그 외의 부분은 이미지를 구축하는 것이 기본 이 되기 때문에, 라우라는 이미 상당수의 운용법을 터득한 상태였다.

물론 거기에는 라우라가 이미 오랫동안 비탄의 잔을 다룬 경험이 있다는 점이 크게 작용했다. 기본기가 충실하고, 감각이 뛰어나기에 새로운 기술도 쉽게 터득하는 것이다.

카이렌이 물었다.

"만약의 경우, 비탄의 미궁을 써서 도망치는 것은 가능하다고 보나?"

"가능할 겁니다. 레이거스에게는 비탄의 미궁을 추적할 재주는 없을 테니… 눈물 자국이 문제이긴 하지만 그건 수호그림자들이 시간을 벌어준다면 해결되겠죠."

수호그림자들이 레이거스를 쓰러뜨릴 수는 없지만 시간을 벌어줄 수는 있다. 비탄의 미궁으로 적들에게서 일행을 격리한 뒤, 시간을 끄는 동안 전장을 빠져나가는 것은 고려할 만한 방법이다.

"문제는 알마릭 말고 다른 놈들이 나올 경우인데……."

"키르엔과… 니베리스."

라우라의 표정이 어두워졌다.

아젤이 말했다.

"암혼의 서는 그렇다 치고, 피 흘리는 별은 골치 아프지."

예전에 맞닥뜨렸을 때는 아젤의 상태가 멀쩡했으니 미숙한 그들을 농락할 수 있었다. 하지만 지금 상황에서 키르엔은 상당히 골치 아픈 적이다.

용마기 피 흘리는 별.

용마장군 발타자크가 썼던 그 용마기는 주변의 피를 구속하고 지배한다.

상처가 나서 출혈이 일기 시작하면 그 피가 허공에 떠서 발타자크에게서 빨려 들어갔다. 그리고 그렇게 구속한 피를 마력원으로 삼아서 막대한 규모의 마법을 퍼부어대는 것이 발타자크의 무서움이었다.

"피 흘리는 별이 지배하는 핏방울이 몸에 들러붙기라도 하면 세상 끝까지라도 추적할 수 있다는 점도 문제고."

게다가 문제는 용마기 보유자가 그들만이 아니라는 점이다.

아젤의 정체가 확인된 이상, 어둠의 설원은 총력을 기울여 숨통을 끊으려고 할 것이다. 그들이 보유한 온갖 용마기가 나타나리라.

아젤이 말했다.

"예언지킴이 놈들은 대체 뭘 하는 건지 모르겠군. 내가 예언의 사람이라고 확신했으면 그렇게 열심히 감추고 있던 비밀을 말해줄 때가 된 거 아닌가?"

"애당초 예언의 사람이라는 게 정확히 그놈들에게 어떤 의미인지도 모르겠지만."

카이렌이 말했다.

"일단 자네를 지키고 싶어 하는 것만은 확실하지. 이렇게

나 많은 수호그림자를 모아주고 있으니."

"하지만 정작 본인들은 나타나지 않는 이유를 모르겠군 요."

아젤이 한숨을 쉬었다. 답답한 마음을 감출 수 없었다.

'이렇게나 무력하다니.'

중대한 순간에 스스로가 짐짝이라는 것이 아젤의 마음을 무겁게 했다.

동료를 믿는 것과는 별개의 문제다. 아무리 생각해도 상황이 너무 위험했다.

문득 라우라가 물었다.

"생각하기 싫은 가능성이지만……."

"음?"

"레이거스 말고 다른 용마장군은 없을까?"

"어쩌면……."

아젤이 눈살을 찌푸렸다.

"알마릭은 있을지도 모르겠군."

"근거는?"

"레이거스의 말과 용마기야."

레이거스는 칼로스에 대해서 이야기할 때 이런 말을 했다.

"내 친구들을 사자의 세계에 묻어놓은 것으로도 모자라 서……."

아젤은 그 말을 통해서 그와 달리 다른 용마장군들은 죽음에서 돌아오지 못했으리라 추측했다.

라우라가 물었다.

"용마기는?"

"제퍼스 알마릭이라는 녀석의 용마기는 알마릭의 용마기가 아니었으니까. 혼쇄의 인이 누군가에게 계승되지 않았듯이, 폭풍의 비명도 계승되지 않았다. 그게 근거야."

만약 이 추측이 들어맞는다면 최악이다.

레이거스는 불사체가 되었음에도 용마전쟁 때보다 더 강해졌다. 알마릭까지 그렇다면, 거기에 아테인이 부활한다면⋯⋯.

'누구도 막을 수 없다.'

아젤은 입술을 깨물었다.

가슴이 무겁고 머리가 지끈거린다. 이토록 막막한 기분이 드는 것은 정말 오랜만이었다. 예전에는 이럴 때마다 마음의 짐을 덜어주는 친구가 있었다.

'칼로스⋯⋯.'

아젤의 눈이 자기도 모르게 유렌에게로 향했다.

그러자 유렌이 안심하라는 듯 미소를 지었다.

"걱정 마. 뭐 저놈들이 어떻게 나올지는 모르겠지만 아까 한숨 자는 동안에 인도자한테 새로운 비기를 전수받았으니까 어떻게든 될 거야."

전혀 안심이 안 되는 소리였다.

한숨 자고 일어났더니 지금까지 모르던 비장의 기술이 생겨서 전력이 증강되었습니다.

그런 소리를 믿고 안심할 수 있겠는가? 문제는 유렌은 정말로 그럴 수 있는 인간이라는 것이다.

'인도자란 놈, 도대체 뭐하는 놈이야?

유렌을 이끄는 정체불명의 인도자가 칼로스일까?

근거는 없지만 그랬으면 좋겠다. 레이거스가 의심하는 대로 칼로스가 살아서, 아니, 산 몸은 아니어도 좋으니 이 세상에 존재를 남긴 채로 자신을 도와주고 있는 거라면 얼마나 좋을까?

'이 자식, 살아 있으면 이런 때야말로 나타나란 말야. 기왕자기 후손을 보낼 거면 용마기라도 계승시켜서 보낼 것이지.'

아젤은 한심한 어리광이라고 생각하면서도 속으로 투덜거리고 말았다.

3

용마왕 숭배자들이 재차 일행을 포착한 것은 다시 하루가 지난 후였다.

처음 그들의 공격을 받은 후, 카이렌은 유렌과 레티시아를 통해서 최대한 많은 공허의 길 거점의 위치를 숙지했다. 그리고 그들이 병력을 대기할 수 있는 지점을 예상한 뒤 그곳을 피해서 이동하고 있었다.

하지만 그것도 한계가 있었다. 적들은 일행의 위치를 파악할 수 있었고, 공허의 길로 먼 거리를 질러갈 수 있었으니…….

"무시하고 달려!"

카이렌은 그들을 일일이 상대하지 않기로 했다.

「지킨다…….」

「예언의 사람…….」

「우리가…….」

「지킨다!」

사방에서 어린아이가 속삭이는 것 같은 목소리가 울린다.

그리고 새하얀 유령 같은 형체들이 숲을 질주했다. 마치 허상처럼 사라졌다 나타났다 하면서 수풀 사이를 미끄러지는 그들의 모습은 기괴하기 짝이 없었다.

일행 중 누구도 정확한 숫자를 파악하지 못했지만 그들을 따르는 수호그림자의 수는 이미 천을 넘고 있었다. 정말로 대륙에 존재하는 수호그림자가 모조리 몰려온 게 아닌가 싶을 정도로 압도적인 수다.

일행을 저지하기 위해 넓게 포진해 있던 용마왕 숭배자들이 경악했다.

"이 말도 안 되는 숫자는 뭐야!"

지난 수십 년간 음지에서 수호그림자와 싸워온 그들이지만 이 정도로 압도적인 수를 맞이한 것은 처음이었다. 그들의 행동 영역은 대륙 곳곳이었고 그래서 많아봤자 한 전장에 나타나는 수호그림자의 수는, 가장 많았던 기록이 200개체 정도였다.

이곳에 저지선을 구성한 용마왕 숭배자들의 병력은 100명가량.

도저히 감당할 수 없는 전력 차였다. 개개인의 전투력은 분명 수호그림자보다 위다. 그러나 수호그림자는 마치 한 몸인 것처럼 연계가 뛰어나고 인간 병사와 달리 물리적인 제약이 적다. 그렇기에 지형이 험할수록, 모이면 모일수록 기하급수적으로 강해진다.

순식간에 수호그림자들이 저지선을 붕괴시키고, 아젤 일행은 아예 전투에 관여하지 않은 채 그곳을 돌파했다.

하지만 이것으로 용마왕 숭배자들은 일행의 이동 경로를 좀 더 확실하게 예측했다.

다시 하루가 지나는 동안 적들의 공격이 없었다. 그래도 감시하는 시선은 느껴진다.

카이렌은 적의 의도를 추측했다.

'충돌을 피하고 원하는 곳으로 몰아보겠다 이건가?'

수호그림자를 포함하면 일행은 상당한 규모의 군대다. 하지만 이동할 때는 전혀 그런 제약을 받지 않는다.

게다가 시간이 갈수록 모두의 상태가 나아지면서 이동 속도가 빨라져간다.

도중에 예언지킴이들이 보내준 치유술사와 물품 덕이 컸다. 망가진 갑옷도 갈아 치웠고 치유의 물약과 마력 회복제를 물처럼 마셔가면서 상태를 회복했다.

레이거스와 격돌한 지 불과 이틀이 지났을 뿐이지만 아젤은 용마기 운용이 가능할 정도로 회복되어 있었다.

'직접 전투는… 역시 짐 덩어리가 되겠군.'

몸 상태는 아직도 걷는 정도가 고작이다. 격투전을 벌이는 것은 무리였다.

하지만 마력 운용은, 어느 정도 부하가 걸리긴 해도 충분히 가능하다. 분신과 하늘을 가르는 검을 이용하면 충분히 도움이 될 수 있으리라.

카이렌이 말했다.

"어제의 격돌로 섣불리 병력을 소모하는 짓은 그만둔 모양이야. 우리를 실시간으로 관측해서 이동 경로를 명확히 예측하고 저지선을 구성할 생각인 것 같다."

적들의 시선이 느껴진다. 그것도 사방팔방에 있다.

먼 곳에 관측병을 배치시켜 두고 일행의 모습을 입체적으로 관측하고 있는 것이다. 이렇게 나온다면 적들의 시선을 피할 수 없다.

카이렌이 말했다.

"우리 이동 속도가 꽤 빠르긴 하지만……."

아젤을 비행마법으로 들고 이동하는 일행은 저지선 돌파 후 24시간이 지난 지금까지 지도상의 직선거리로 70킬로미터가량을 이동했다. 언제든 전투를 치를 수 있도록 마력과 체력을 보존해야 했기에 이 이상 속도를 낼 수가 없었다.

"어떻게 진로를 틀어도 예측에서 벗어날 수는 없을 거야. 놈들이 한곳에 모든 병력을 집중시킬 수는 없겠지만 둘이나 셋 정도의 선택지를 고르는 것은 가능하겠지."

"요는 레이거스가 없는 곳을 골라야 한다는 거군요."

"아니. 내 생각에는… 이번에는 어디를 골라도 큰 차이는 없을 거다."

카이렌이 이유를 설명했다.

시간이 지날수록 일행의 상태가 회복되고, 수호그림자의 수가 불어난다.

그것을 뻔히 알면서도 여유를 두는 것은 저들도 만반의 준비를 갖춘다는 의미다. 어디와 맞닥뜨리건 쉽게 돌파할 수 없는 병력을 모아두었을 것이며, 그렇게 발목이 붙잡히면 결국은 레이거스가 나타난다.

카이렌이 말했다.

"쓰러뜨려야 한다."

"무슨 수로요?"

유렌의 질문에 카이렌이 주변을 둘러보며 말했다.

"모두의 힘을 하나로 모아서. 지금의 우리에게는 든든한 아군이 있지 않나?"

"그렇긴 한데……."

수호그림자의 수는 이제 얼마나 되는지 전혀 가늠이 되지 않는다. 천을 넘은 후에도 계속해서 합류하고 있었다.

모두가 어째서 저토록 강대한 힘을 지닌 용마왕 숭배자들이 수호그림자를 두려워했는지 알 수 있었다. 수십, 아니, 수백 단위까지만 해도 레이거스를 어쩔 수 없을 것이라고 생각했지만 이 정도 수라면…….

"놈들이 아무리 많은 수를 모은다고 하더라도 우리가 유리하다."

병력이 수백 명 단위를 넘어가면 그들이 전투력을 제대로 발휘하기 위해서는 그만한 공간이 필요하다.

하지만 일행은 철저하게 인적이 드문 곳으로 이동하고 있었다. 즉 산악이나 숲이다.

대륙의 전쟁사를 살펴보면 산악전에 특화된 소수의 병력들이 수십 배의 병력을 농락한 사례를 얼마든지 찾아볼 수 있었다. 이런 지형에서는 아무리 용마왕 숭배자들이 많은 병력을 모은다고 한들 제대로 힘을 발휘할 수 없는 것이다.

그런 점에서 수호그림자의 존재는 반칙이다. 반쯤 유령 같은 그들은 공간적인 제약을 반쯤 무시하면서 비상식적인 연계 능력을 자랑했다.

카이렌이 말했다.

"신경 쓰이는 것은 역시 예언지킴이 놈들이군. 그놈들이 있으면 좀 더 승산이 높아질 텐데 어째서 안 나타나지?"

예언지킴이 개개인의 전력은 기대하지 않지만, 그들이 데리고 다니는 불사체는 뛰어난 전력이다. 특히 일행의 컨디션이 완벽하지 못한 지금, 그 정도 강자들이 합류해 준다면 큰 도움이 될 텐데…….

문득 유렌이 말했다.

"결정적인 순간을 고르고 있는 것 아닐까요?"

"음?"

"위기의 순간에 짜잔! 하고 나타나서 생색낼 심산이 아닐까 싶어서요."

"…아무리 그래도 사고 수준이 그 정도로 바닥인 놈들은 아니라고 믿고 싶군."

고개를 절레절레 저은 카이렌이 결론을 지었다.

"우리는 저지선을 돌파하는 것을 최우선으로 한다. 아발탄 숲으로 가서 그놈들의 추적을 뿌리치는 것이 가장 큰 목표니까."

그리고 다시 일곱 시간이 지나서, 동이 트기까지 얼마 남지 않은 어슴푸레한 새벽에… 일행은 일천이 넘는 용마왕 숭배자들과 격돌했다.

4

먼저 공격을 가한 것은 수호그림자들이었다.

유령 같은 은밀함으로 적들에게 다가가서 공격을 가한다. 최초의 격돌 직후, 새하얀 형체들이 파도처럼 몰려가면서 전투의 소음이 울려 퍼졌다.

아젤 일행은 천천히 그 뒤를 따랐다.

일단 수호그림자들과 싸우는 적들의 숫자와 구성을 파악한다. 이들과 싸워서 이기기보다는 돌파하는 것이 우선이라 무작정 뛰어들지 않는다.

그래도 적들은 원거리에서 일행에게 공격을 가해왔다.

파앙!

300미터도 넘는 거리에서 마법과 화살이 날아들어 폭발했다. 하지만 라우라와 유렌이 가뿐하게 막아냈다.

유렌이 혀를 내둘렀다.

"이 정도 거리에서 이런 정밀성을 보이는 놈들이 넘쳐나다니……."

산과 산이 겹쳐 있는, 대규모의 병력을 운용하기에는 최악의 지형이다. 아직 동이 트지 않아서 시야가 상당히 제약되는데다가, 나무들 때문에 일행의 모습은 제대로 보이지도 않을 것이다.

그런데도 꽤 많은 공격이 날아든다. 이런 조건 속에서 정확하게 공격을 가해오는 실력자가 수십 명 이상 있었다.

어둠의 설원이 작정하고 최정예들을 모았다는 것을 알 수 있는 부분이다. 수호그림자가 저들보다 수적으로 우위라고 해도 마음을 놓을 수 없다.

정신을 집중해서 넓은 전장을 파악한 아젤이 말했다.

"레이거스가 없습니다."

곧바로 라우라가 말했다.

"제퍼스가 있어. 그리고… 아운소르 일족도."

그 말에 다들 놀라서 라우라를 바라보았다.

"너희 일족인가?"

"응. 장로들의 기운이 느껴져."

"장로들의 전력은 어느 정도지?"

"나이가 들면서 일선에서는 물러났지만… 마법사로서의 능력은 뛰어나. 우리의 스승이었으니까."

"주의해야겠군."

나이가 들어서 기력이 쇠하고, 오랫동안 실전에서 물러나 있었으니 감각이 떨어졌을 것이다.

이것은 직접 격투전을 벌여야 하는 전사에게는 치명적이다. 그러나 마법사라면 그런 문제를 안고 있다고 하더라도 충분히 위험한 전력이 될 수 있다.

─폭풍우의 칼날!

그리고 주변의 나무들이 뒤흔들리면서 강렬한 용마력의 파동이 퍼져 나갔다.

제퍼스 알마릭이 용마기를 초래한 것이다.

그뿐만이 아니다.

─격풍(擊風)의 사슬!

─불의 아들!

─동토(凍土)의 창!

곳곳에서 용마기 초래가 이루어졌다. 레티시아가 경악했다.

"용마기가 이렇게나 많았나?"

"220년 동안 쌓였어."

라우라가 대답했다.

"많을 수밖에 없어."

"으음……."

일행이 침음했다.

속속 용마기가 초래된다. 이미 적들이 초래한 용마기의 수는 아홉 개에 이른다.

그럴 수밖에 없다. 어둠의 설원에서는 용마기의 전승을 끊으면서, 자신들은 계속해서 용마기를 만들어왔으니까.

용마전쟁의 생존자들이 지녔던 용마기가 있다.

그리고 용마족들은 오랜 시간에 걸쳐서, 용마인들은 용살의 의식을 통해서 용마기를 만들었다. 그렇게 만든 용마기는 다음 세대로 계승되니, 실전 중에 죽어서 유실되는 것들이 있다고는 하나 전체 용마기의 수는 계속해서 불어났다.

전장에 변화가 일었다.

파도처럼 밀려가던 수호그림자들의 공세에 구멍이 뚫리기 시작한다. 용마기 보유자들이 막강한 공격력으로 전황을 바꾸기 시작한 것이다.

아젤이 말했다.

"겁먹을 필요 없어. 모든 용마기가 비탄의 잔이나 혼쇄의 인처럼 무시무시한 위력을 갖진 않으니까. 제퍼스란 놈의 용마기는 그렇게까지 대단하지 않았지만 그 정도만 해도 용마전쟁 당시 용마기의 평균은 넘는 수준이다."

"퍽이나 위로가 되는 소리군."

레티시아가 투덜거렸다.

아젤이 씩 웃었다.

"그럼 좀 더 위로가 되는 소리를 해주지. 지금 초래된 모든 용마기 사용자가 다 덤벼도 라우라 혼자 감당 가능하다."

"뭐?"

다들 깜짝 놀라서 라우라를 돌아보았다. 무표정하게 그 시선을 받은 라우라가 살짝 고개를 끄덕였다.

"막는 거라면, 할 수 있어."

"……."

다들 할 말을 잃었다.

하긴, 아젤이 레이거스와의 전투에서 비탄의 잔을 어떻게 썼는지 생각하면 불가능해 보이지는 않는다. 게다가 일행이 간과하고 있는 점이 있었으니……

"비탄의 잔은 마법사를 위한 용마기야. 솔직히 난 비탄의 잔의 능력을 반도 못 썼어."

아젤은 라우라에게 비탄의 잔을 받은 그 순간부터 그 점을 이야기했었다.

물론 이전의 라우라는 그 정도로 강력하지 않았다. 하지만 아젤에게 비탄의 잔의 진정한 힘을 끌어내는 운용법을 배운 지금, 그녀는 이전보다 훨씬 무서운 존재다.

"음……"

카이렌은 유렌이 띄운 마법의 눈을 통해서 전장을 위에서 관찰하고 있었다. 잠시 전황을 보던 카이렌이 말했다.

"이 녀석들… 그러니까 여기에 모인 수호그림자의 숫자가 3천 가까운 것 같은데? 어쩌면 넘는지도 모르겠군."

"그렇게 많다고?"

레티시아가 깜짝 놀랐다. 아무리 지형의 문제가 있다고는 하나 최정예를 모은 용마왕 숭배자들이 고전하는 것도 이유가 있었단 말인가.

카이렌이 말했다.

"좌측의 능선을 타고 대각선으로 올라가면서 포위망을 돌파하도록 하지. 아젤, 갈 수 있겠나?"

"이 경우에는 죽어도 가야겠죠."

아젤이 씩 웃었다.

라우라가 말했다.

"내가 보조해. 걱정 마."

"맡기지."

아무래도 아젤의 몸 상태로는 돌파 시에 필요한 속도를 확보할 수 없다. 결국 라우라의 마법에 의존할 수밖에 없었다.

아젤이 하늘을 올려다보며 말했다.

"그럼 인사나 한 방 날려줄까요?"

동시에 하늘을 덮은 옅은 어둠의 커튼이 갈라졌다.

─용마검 초래!

그 순간, 격전을 벌이고 있던 모든 용마왕 숭배자의 시선이 하늘로 향했다. 하늘 저편에서 섬광이 터지면서 새벽의 어둠을 갈가리 찢어 발겼다.

─하늘을 가르는 검!

용마전쟁의 생존자인 아운소르의 장로는 수백 년 전의 공포가 되살아나는 것을 느끼며 얼어붙었다.

"정말로 저 저주받은 검이 또다시 나타나다니!"

그들의 신, 용마왕 아테인을 죽인 악마의 무기가 나타났다.

그러나 증오보다도 공포가 더 컸다. 저 검에 죽어간 아군이 대체 얼마였던가?

그가 떨리는 목소리로 외쳤다.

"저기, 저기에 아젤 카르자크가 있다! 모두 저자를 잡아라!"

현재의 젊은 세대는 아젤이 얼마나 공포스러운 존재인지 모른다. 그들에게 아젤은 이미 전설 속의 악마나 다름없으니까. 그 공포를 아는 것은 직접 맞닥뜨렸던 자들 정도이리라.

그러니 두려움에 압도되지 않고 싸워줄 것이다. 공포에 빠져 얼어붙은 스스로를 합리화하던 아운소르의 장로의 표정은, 곧바로 이어지는 사태에 얼어붙었다.

ㅡ용마기 초래! 비탄의 잔!

하늘을 가르는 검에 지지 않는 용마력 파동이 퍼져 나간다. 그리고 그의 앞쪽 공간이 일그러졌다.

"라우라! 이 배은망덕한 배신자가······!"

콰아아아!

비명처럼 외치는 그를 섬광으로도, 뇌격으로도 보이는 순백의 섬광이 덮쳤다.

'안 돼! 벗어나야 한다! 일단 여기서 이탈해서, 저놈들의 시선을 피해야만 해!'

일거에 자신의 방어마법들을 불태우는 그 섬광을 보는 장로의 머릿속이 새하얗게 변해 버렸다. 공포가 사고를 마비시킨다. 그가 미처 대응하기도 전에, 이번에는 옆쪽에서 공간의 왜곡이 일어나면서······.

꽈르릉! 꽈광!

빛으로 화한 하늘을 가르는 검이 그를 가르고 지나갔다.

그것은 저격이었다.

하늘에 띄워둔 마법의 눈으로 표적의 위치를 특정하고, 비탄의 잔으로 공간왜곡을 일으켜서 멀리 떨어진 두 지점을 하나로 잇는다. 그리고 빛으로 화한 하늘을 가르는 검을 날려서 표적을 저격한다.

하늘을 가르는 검의 공격속도는 그야말로 광속이다. 따라서 적을 치고자 하면 한순간에 칠 수 있지만 시야가 제약되는 지형에서 원거리를 치자면 부담이 컸다. 그것을 라우라와의 연계로 해결한 것이다.

꽈광! 꽝! 꽈과광!

일행은 목적지를 향해 전진하면서 계속해서 둘의 연계로 공격을 퍼부었다. 전장 곳곳에서 갑자기 뒤통수를 치듯이 날아드는 하늘을 가르는 검의 저격에 용마왕 숭배자들의 포위망이 붕괴한다.

"이건 말도 안 돼! 아무리 용마장군의 용마기라고 해도 어떻게 이럴 수가!"

다들 비명을 질렀다.

3천에 달하는 수호그림자만 해도 난적이다. 그들을 방패로 삼은 아젤과 라우라가 용마전쟁 당시에도 전설로 남은 두 용마기를 연계하자 악몽 같은 사태가 벌어졌다.

아군일 때는, 그리고 암중에서 활동할 때는 그 무서움을 알수 없었다. 하지만 이런 상황에서 적으로 마주하니 용마전쟁 때 왜 인간들이 아운소르를 두려워했는지 뼈저리게 와 닿았다.

무서운 것은 그것만이 아니었다.

"용검이여, 사특한 어둠을 불태우라!"

능선을 타고 높은 곳으로 올라간 카이렌의 언령이 메아리쳤다.

콰콰콰콰콰!

용검을 휘두르는 궤적을 따라서 날카로운 검광이 달려나간다. 일직선으로 산을 가르면서 용마왕 숭배자들의 머리 위쪽에 잘려 나간 산봉우리를 떨어뜨렸다.

"아아아아악!"

용마왕 숭배자들이 비명을 질렀다.

이 혼란 중에 한 사람이 달려나갔다. 잘린 산봉우리가 떨어지는 것보다 빨리 질주, 그 옆면을 타고 위로 상승하는 놀라운 곡예를 선보이면서 수호그림자들의 공격에서 탈출한다.

"오라! 폭풍이여!"

휘몰아치는 광풍이 일행을 덮쳤다.

제퍼스 알마릭이었다. 그가 용마기로 광풍을 일으켜 일행의 움직임을 묶고, 투명한 칼날에서 타오르는 푸른 불꽃을 한곳으로 집중시켜서 날렸다.

푸른 폭염이 치솟았다.

마법의 불길이 휘몰아치는 광풍을 타고 증폭된다. 숨도 쉴 수 없고 갑옷을 입은 몸이라도 날려 올라갈 풍압 속에서, 마법의 푸른 불꽃만이 소용돌이치면서 위력을 높였다.

그러나······.

"시답잖군."

화아아아악!

냉기의 격랑이 퍼져 나가면서 불꽃을 날려 버렸다.

마치 겨울이라도 된 것처럼 주변의 기온이 급강하, 수분이 응결되면서 주변의 풍경이 설산으로 변해 버린다. 그 속에서 레티시아의 황적색 눈동자가 살의를 담고 타올랐다.

제퍼스가 이를 갈았다.

"냉혈의 여제!"

직후 순동법으로 돌진한 레티시아와 그가 격돌했다.

검과 창이 맞부딪치는 순간, 맑은 소리가 울려 퍼지면서 서로가 일으킨 광풍과 설풍이 충돌한다.

"레티시아!"

유렌이 곧바로 레티시아를 지원했지만 제퍼스 역시 혼자가 아니다.

"칫! 귀찮은 것들!"

지상에 있던 마법사들이 그를 지원하면서 주변에서 연달아 스파크가 튀었다. 구현되지 못한 마법의 잔영이었다.

레티시아가 스스로 일으킨 설풍보다도 싸늘한 목소리로
말했다.

"잠자코 찌그러져 있었으면 살 수 있었을 텐데, 죽음을 재
촉하는구나! 물론 나는 너를 무덤에 처박고 싶어서 안달이 났
지만."

"일족의 수치가 무슨 소리를 하는 거냐! 여기서 처리해서
명예를 회복하겠다!"

"용마기만 믿는 도련님 주제에 가소롭군."

레티시아가 코웃음을 쳤다.

하지만 말과 달리 그녀는 제퍼스와 사생결단을 낼 생각이
없었다. 용마기를 든 제퍼스는 만만한 상대가 아니다. 일행의
목표는 어디까지나 용마왕 숭배자들의 저지선을 돌파하는 것
이니 기회를 봐서 제퍼스를 뿌리치고 이탈해야 했다.

그때였다.

우우우우우!

어둠이 몰려오기 시작했다.

점차 밝아오는 주변을 비상식적인 어둠이 침범한다. 그것
을 본 라우라가 신음처럼 중얼거렸다.

"니베리스."

그 말대로였다.

일행이 돌파를 위해 전투를 시작한 지 얼마 지나지도 않았
건만, 다른 곳에 포진해 있던 적들이 하나둘씩 이동해 오기

시작했다. 그리고 그중에는 일찌감치 암혼의 서를 초래한 니베리스가 있었다.

"죄 깊은 이름을 가진 자… 아니, 대죄인 아젤 카르자크여."

전장에 나타난 니베리스로부터 해일 같은 어둠이 퍼져 나간다. 나직하게 말하는 그녀의 목소리가 숨 막힐 듯한 위엄을 싣고 모두에게 닿았다.

"그대의 존재를 믿기 어려우나, 아버님을 대신해서 명예를 회복할 기회를 얻은 것에 감사한다. 그리고……."

그녀가 얼음장처럼 싸늘한 살의를 발했다.

"듀랑의 원수를 갚겠다."

5

일순간 전장의 시선이 모두 니베리스에게 집중되었다.

그만큼 그녀가 발하는 존재감이 압도적이었기 때문이다. 고위 마법사들이 즐비하고 온갖 용마기가 위력을 뽐내는 와중에도 그녀가 발하는 위압감은 너무나도 컸다.

주변으로 퍼져 나가는 어둠 속에서 기괴한 괴물들이 나타나기 시작한다.

어둠으로 이루어진, 빛을 전혀 반사하지 않아서 마치 까만색으로 윤곽만을 그려놓은 것 같은 촉수가 춤춘다. 어둠 속에서 불쑥불쑥 튀어나와서 수호그림자들을 후려갈긴다.

그워어어어!

촉수들 사이에서 어둠으로 이루어진 몸에서 보랏빛 불꽃을 피워 올리는 거인형 괴물들이 날뛴다. 죽은 자들이 남긴 고통과 원념, 그리고 죽음으로써 발생한 부정한 기운을 기반으로 그 육체를 녹여 일으키는 흑마법의 권속 부정체(不正體)였다.

주변에 펼쳐진 어둠은 니베리스가 지배하는 영토나 마찬가지다. 온갖 저주가 수호그림자들을 압박하고, 그녀의 권속들에게 더 강력한 힘을 부여한다.

아무리 니베리스가 탁월한 용마력을 지닌 고위 흑마법사라고 해도 놀라운 위용이다. 아젤은 그 원인을 꿰뚫어 보았다.

"먼저 같은 실수를 반복하진 않겠다 이건가? 제법 머리가 잘 굴러가게 되었는데."

"순수한 칭찬으로 듣도록 하지."

니베리스가 다가온다.

사이베인의 암혼의 서 역시 용마전쟁의 전설로 남은 최상급 용마기 중에 하나다. 그곳에 각인된 마법 중에는, 이전에 아젤과의 싸움에서 완성 직전에 저지당했던 대마법 '어둠의 여왕'이 있었다.

그 구현 과정만으로도 카이렌을 전율시켰던 대마법이다.

이 마법은 어둠의 마력을 다루는 마법사의 능력을 폭발적으로 증가시키는 효과가 있었다.

그러나 워낙 규모가 큰 마법이다 보니 구현에 시간이 오래 걸리며 방어가 허술해진다는 단점이 있다. 이전에 아젤에게 그런 약점을 찔렸던 니베리스는 실수를 반복하지 않았다.

아예 전장에 돌입하기 전에 암혼의 서를 초래, 어둠의 여왕까지 완성한 만전의 상태를 갖춘 것이다.

"쉽게 도망칠 수는 없을 것이다."

그녀의 주변에서 어둠이 춤을 추면서 부정체가 일어나고 있었다. 불길하기 짝이 없는 흑마법의 산물들이 수호그림자들의 접근을 막는다.

콰콰광! 콰콰콰콰콰!

암혼의 서가 어둠을 피워 올리며 마치 수십 명의 마법사가 퍼붓는 듯한 마법의 융단폭격이 일행을 강타했다. 혈혈단신으로도 군대를 감당해 낼 수 있을 것 같은 무시무시한 화력이었다.

쿠콰콰콰콰……!

충격을 버티지 못한 산봉우리가 붕괴한다.

그것을 보던 니베리스가 중얼거렸다.

"통하지 않는다."

그 옆에서 어둠과 일체가 되었던 아젤의 분신이 출현, 기습을 가했다.

하지만 니베리스의 말대로 통용되지 않는다. 어둠의 여왕이 구현된 지금, 그녀는 거대한 성채와 병력을 거느리고 있는 것과 마찬가지였다.

"큭……!"

"그대가 대죄인이라는 것을 안 이상 절대 경시하지 않는다."

피어오르는 어둠이 아젤의 기습을 막아내고, 그 속에서 마법이 쏘아져 나간다.

꽈광!

그러나 아젤의 분신이 소멸하는 대신 그녀의 방어막에 강렬한 충격이 가해졌다. 허공에서 밀려나면서 그녀가 분노했다.

"라우라!"

라우라가 비탄의 잔으로 공간왜곡장을 발생, 그녀의 공격을 되돌린 것이다.

니베리스와 라우라의 시선이 마주쳤다.

"…그래. 너와의 악연도 이 기회에 정리하도록 하지."

예전에는 니베리스가 용마기를 보유하지 못했기에 라우라가 우위에 있었다.

지금은 아니다. 암혼의 서를 계승했고 그 운용법을 연마한 지금은 라우라에게 뒤지지 않는다는 확신이 있었다. 아니, 어둠의 여왕까지 구현한 지금은 확실하게 압도한다.

그런데 공격을 가하려는 순간, 눈앞의 풍경이 까마득하게 멀어져 갔다. 비탄의 잔으로 펼친 무한의 광야였다.

니베리스가 눈을 크게 떴다.

'이건 대체 뭐지?'

특정한 지점의 공간이 비정상적으로 확장되면서 니베리스에게 심각한 문제가 발생했다. 전장 전체에 영향을 끼치기 위해서 광범위하게 펼쳐두었던 저주의 어둠도 까마득하게 멀어져 버린 것이다.

'당했다!'

라우라가 이 점을 계산하고 허를 찔렀을 것임은 의심의 여지가 없었다. 마법사로서, 아니, 용마기 보유자로서 자신이 가진 무기를 활용하는 수읽기에서 완벽하게 밀렸다.

기량의 차이가 낳은 결과가 아니다. 정보의 차이였다.

라우라는 아젤에게 용마전쟁 당시의 용마기에 대해서 모르던 사실을 모조리 들었다. 암혼의 서에 대한 것도, 어쩌면 니베리스보다 더 상세하게 알고 있었다.

그래서 그녀가 선택할 전술을 미리 예측하고 대비책을 세워둘 수 있었다. 니베리스는 미리 용마기를 초래하고 어둠의 여왕을 완성한 시점에서 만족했고 라우라는 그 심리적 허점을 찌른 것이다.

방대하게 펼쳐둔 저주의 어둠이 무한의 광야 저편으로 멀어지고, 남은 어둠을 종횡무진 내달리는 섬광이 찢어발긴다.

하늘을 가르는 검이었다.

"으윽……!"

니베리스가 식은땀을 흘렸다. 암혼의 서 덕분에 막아내고 있기는 하지만 순식간에 방어가 깎여 나간다.

방어에만 전념하는 동안에 상황이 시시각각 악화되어 간다. 무한의 광야로 지평선이 보일 정도로 까마득하게 확대된 풍경이 일그러지면서 셀 수 없을 정도로 많은 유리면으로 이루어진 건축물처럼 변해가고 있었다.

이 변화가 의미하는 바를 니베리스는 알고 있었다. 그녀의 안색이 창백해졌다.

'비탄의 미궁인가!'

이전부터 라우라의 장기였던 격리공간 형성 기술이었다.

동시에 무시무시한 압박감이 밀려왔다. 잠시라도 집중이 흐트러졌다가는 순식간에 펼쳐두고 있는 마법들이 해체되어 버릴 것 같다.

비유하자면 그것은 산소농도가 희박한 고산지대에서 격렬한 움직임을 펼칠 때의 부담과도 같다. 이 공간에서 마법을 펼치는 것 자체가 통상공간에서보다 훨씬 큰 부담으로 다가온다.

비탄의 미궁은 그저 격리된 공간을 만들어내는 게 전부가 아니었다. 격리공간 자체가 비탄의 잔의 주인에게 압도적으로 유리한 전장이다.

'이런……!'

라우라까지 합세해서 마법을 퍼붓기 시작하자 니베리스는 완전히 궁지에 몰렸다.

완전히 함정에 빠졌다. 전황을 좌우하기 위해 어둠의 여왕으로 일으킨 마력 대부분을 넓게 전개했던 것이 실수였다. 무한의 광야로 격리된 시점에서 전신의 무장이 거의 다 해체된 꼴이고 거기에 상대방에게 압도적으로 유리한 전장까지 형성되어 버렸으니……!

'상대가 누군지 알면서도 방심하다니! 이렇게 한심할 수가!'

니베리스가 스스로의 안이함에 분노하는 순간이었다.

갑자기 눈앞에 붉은 꽃잎 하나가 나풀거리며 지나갔다. 그녀가 펼쳐둔 저주의 어둠 속에서도 섬뜩할 정도로 선명하게 보이는 붉은 꽃잎의 모습은 너무나도 비현실적이었다.

니베리스는 이 꽃잎이 의미하는 바를 알고 있었다.

'혈화(血花)의 정원!'

뒤이어 수백, 수천 개의 꽃잎이 어지럽게 흩날리면서 공간을 잠식해 갔다.

니베리스에게 퍼부어지던 아젤과 라우라의 공세가 밀린다. 그리고 니베리스에게 막대한 마력이 흘러들어오면서 비탄의 미궁이 깨져 나갔다.

"피 흘리는 별……!"

키르엔 발타자크가 개입했다. 그 사실을 깨달은 라우라는 신음을 삼켰다.

완벽하게 니베리스를 격리했다고 생각했거늘, 틈이 있었다. 무한의 광야에서 비탄의 미궁으로 전환하는 순간을 날카롭게 찌르고 들어온 것이다. 비탄의 잔의 특성을 숙지하고 외부에서 온 신경을 집중해서 기회를 노리고 있었어야 가능한 일이다.

비탄의 잔도, 피 흘리는 별도 주인에게 유리한 전장을 구성하는 데 탁월한 재주를 지닌 용마기들이다. 그 둘의 전장 형성 기술이 서로 충돌하면서 강렬한 반발력이 일어났다.

꽈과광!

미처 경고할 새도 없이 비탄의 미궁과 혈화의 정원이 붕괴하면서 폭풍이 주변을 휩쓸었다.

일순간 전장이 정지했다.

폭발 자체는 국지적이다. 그러나 거기서 파생된 용마력의 파동은 그야말로 폭풍처럼 모두의 감각을 강타하고 지나갔다.

후우우우우……!

폭발의 중심지에서 광풍이 휘몰아치면서, 통상공간으로 돌아온 네 사람이 대치했다.

"라우라, 이런 식으로 재회하게 되어서 유감이군."

화사한 금발을 휘날리는 용마족 청년, 키르엔 발타자크가 진정 애석해하는 표정으로 말했다.

"전에 네 덕분에 목숨을 구한 은혜가 있지만… 배신자를 용서할 수는 없다."

"나도 유감이야, 발타자크 공."

라우라가 대답했다.

"하지만 나는 처음부터 그쪽에 마음이 있지 않았어. 아젤과 만남으로써 열망을 찾았을 뿐."

다른 사람이 아닌 키르엔이기에 라우라는 진심을 이야기했다. 적어도 그는 자신을 사람으로 대해주었기에…….

키르엔이 물었다.

"혹시 아운소르 일족에 얽힌 흉흉한 소문은 사실인가?"

"어디까지 아는지 모르겠지만, 아마도 맞을 거야."

"그랬군……."

키르엔의 표정이 씁쓸하게 변했다.

라우라에 얽힌 소문들은 하나같이 흉흉한 것들뿐이었다. 어둠의 설원에서는 흑마법 실험을 아무렇지도 않게 여기지만 기득권층에 해당하는 자들이 후계자를 인공적으로 만들었다면 이야기가 다르다. 대등한 존재로 대했던 상대가 끔찍한 실험으로 만들어졌다는 사실은 키르엔에게는 정말로 씁쓸한 이야기였다.

"마지막으로 권고하지. 라우라, 순순히 투항한다면 내 모든 것을 걸고 네 안위를 보장하겠다."

"내 대답은, 알고 있지?"

"…그래."

예상했던 대답에 키르엔이 한숨을 쉬었다. 곧 그가 각오를 굳힌 표정으로 말했다.

"그렇다면 최강의 적으로서 예우하마."

우우우우우……!

키르엔의 주변에서 무수한 핏방울들이 떠오른다.

그의 머리 위에는 직경이 10미터도 넘는 거대한 핏빛 구체가 있었다. 키르엔이 말했다.

"비탄의 잔이 무서운 용마기임은 인정하나 이 전장에는 충분히 많은 피가 흘렀다. 과연 빠져나갈 수 있을까?"

키르엔 역시 전장에 도착하기 전에 이미 용마기를 초래해 두고 있었다. 그리고 전장에 흐른 피를 모조리 구속해서 자신의 힘으로 바꿔둔 것이다.

라우라는 긴장한 눈으로 그와 니베리스를 바라보았다.

니베리스도, 키르엔도 결코 그녀에게 뒤지지 않는 기량의 소유자들이다. 조금 전에 키르엔이 보여준 한 수만 하더라도 그렇지 않은가?

아젤의 몸 상태가 정상이었다면 모를까, 지금 상태로는 불리하다.

문득 아젤이 심각한 어조로 말했다.

"…뭔가 오고 있군."

"뭔가라니?"

라우라의 물음에 아젤이 육성 대신 위스퍼링으로 대답했다.

―모르겠어. 하지만 레이거스와 필적하는 힘의 소유자다. 노골적으로 자신을 드러내면서 다가오고 있는데…….

―그 정도나?

―이 녀석들과는 달리 자기 힘을 전혀 활성화시키지 않은 상태인데도 그래.

니베리스와 키르엔의 위용이 막강하지만, 그것은 용마기에 비장된 힘까지 모조리 끌어낸 상태이기 때문이다. 그에 비해 아젤의 감각을 자극하는 존재는 겉으로 흘리는 기세는 얼마 안 되지만 잠재된 힘이 어마어마했다.

―아직 거리가 멀어. 그런데 마치 나를 자극하듯이 실처럼 가는 존재감을 쏘아 보내고 있군.

그 사실이 아젤을 전율케 했다. 까마득하게 먼 거리에서, 다른 이들은 감지하지 못하게 오직 서로에게만 자신의 존재감을 어필하다니.

―이상할 정도로 느긋하게 오고 있다. 마치 산책이라도 하는 것 같은 속도로…….

그 점도 이해할 수가 없는 부분이었다.

아젤은 결단을 내렸다.

―더 시간을 끌 수 없겠어. 저질러 버려.

―완전해지려면 아직 멀었어. 해가 뜨지 않아서 모이는 속도가…….

―빠져나가기 위한 틈을 벌기에는 충분할 거야.

레티시아가 제퍼스와, 유렌은 제퍼스를 보조하는 마법사들과 대치 중이었다. 그리고 카이렌이 뛰어들어서 마법사들을 하나하나 베어 넘기고 있었다.

수호그림자들이 용마왕 숭배자들을 상대로 우세를 점하고 있기는 하지만, 문제는 적들이 시시각각 증원된다는 것이다. 계속 시간을 끌다가는 레이거스가 나타나서 완전히 발목을 잡히게 되니 그전에 빠져나가야 했다.

아젤이 일행 모두에게 위스퍼링을 보냈다.

―곧 해가 뜬다. 해가 뜨는 것과 동시에 내가 한 방 날리는 게 신호야.

아젤은 산 저편에서 태양이 뜨는 순간을 정확히 파악하고 있었다.

서로를 견제하며 노려보는 상황을 깬 것은 니베리스였다.

라우라의 수에 넘어가서 절단당했던 저주의 어둠, 그중 그녀의 제어에서 벗어나고도 흩어지지 않은 일부를 회수해서 마력을 채우자마자 공격에 나선다.

파칫! 팟! 파바바밧!

고속의 마법 공방이 벌어지면서 주변에 무수한 스파크가 튀었다.

하지만 팽팽하게 맞섰던 것은 잠시, 라우라가 조금씩 밀린다.

마법사로서의 능력은 거의 비등하다. 문제는 니베리스는 어둠의 여왕으로 모든 능력을 극한까지 끌어올린 상태라는 것이다.

다만 니베리스 역시 암혼의 서의 강점, 비장된 마법을 동시 다발적으로 퍼붓는 전술은 쓸 수 없다. 비탄의 잔의 공간왜곡장 때문에 고스란히 돌려받을 것을 우려해서였다.

키르엔이 이를 갈았다.

"하늘을 가르는 검, 정말 골치 아프군!"

그도 니베리스와 합세해서 단숨에 라우라를 압도하려고 했는데 아젤이 그렇게 놔두지 않았다. 사방팔방에서 분신이 달려들고 빛으로 화한 하늘을 가르는 검이 질주한다.

'중상을 입고도 이 정도라니! 왕과 시조님을 해할 만하다. 멀쩡한 상태였다면 도저히 당해낼 수 없었겠어.'

키르엔은 전율했다.

아젤의 몸 상태가 정상이 아니라는 것은 척 봐도 알 수 있다. 중상자이면서도 하늘을 가르는 검과 인카네이션의 조합으로 발휘하는 전투력은 믿을 수 없을 정도로 막강하지만 그렇게 마력을 사용하는 반동을 버텨내는 것만도 힘겨워 보였다.

그에 비해 지금의 키르엔은 최상의 상태다. 전장에 흐른 피를 회수해서 용마기의 힘을 최대한 발휘하고 있는 상태인데도 부상으로 헐떡이는 아젤을 누르지 못하다니.

'여기서 쓰러뜨려야 한다.'

무엇보다 그의 손에 니베리스가 몇 번이나 죽을 위기를 넘겼다. 그것을 생각하면 무조건 여기서 결판을 내야 했다.

문득 아젤이 말했다.

"해가 뜨는군."

"뭐라고?"

격전의 굉음 속에서, 굳이 자신에게 들리도록 마력을 실어서 말하는 저의가 무엇인지 알 수가 없었다. 키르엔이 당혹감을 느끼는 순간이었다.

강렬한 빛이 눈을 찔렀다.

동이 텄다. 어슴푸레한 어둠을 가르면서 여명의 빛살이 뻗어오고 있었다.

아젤은 이 순간을 정확하게 알고 있었다. 미리 위치를 바꾸면서 여명을 등지고 있었던데 비해 키르엔은 정면으로 그 빛을 받아버렸다. 잠시 그의 공세가 주춤하는 순간이었다.

그 한순간의 틈을 타고 아젤의 분신이 질주한다. 푸른 용마검을 든 채로 폭풍처럼 휘몰아치는 공격을 가했다.

"큭……!"

허를 찔린 키르엔이 정신없이 뒤로 밀렸다. 이렇게 가까이 붙은 채로는 할 수 있는 일이 제한적이다. 차분하게 하나씩 상황을 풀어나가야 한다.

그렇게 판단하고 견제하는 마법을 연달아 날리려고 하는 순간, 아젤의 분신이 사라졌다.

'뭐지?'

절묘한 타이밍에 분신이 사라지는 바람에 키르엔의 마력이 헛되이 방출, 막힘없이 흐르는 용마력의 운용에 일순간 노이즈가 발생한다.

그리고 그 바로 뒤쪽에 있는 또 다른 아젤의 분신이 든 검이 눈부시게 불타오른다. 마치 울부짖는 벼락처럼!

'천둥용의 뿔!'

꽈과과광!

시퍼런 뇌격이 키르엔을 가르고 산 저편까지 뻗어 나갔다.

그러나 흩어지는 뇌격 속에서 격렬한 기류가 일어난다. 키르엔이 천둥용의 뿔을 정면으로 받아낸 것이다.

"과연. 발타자크의 용마기를 계승할 만한 실력이라는 건가?"

아젤은 놀라지 않았다.

키르엔은 용마기 피 흘리는 별을 초래하고 전장에 흐른 피를 구속해서 최대한의 위력을 끌어낸 상태다. 평소보다 다룰 수 있는 마력의 양이 압도적인만큼 이 공격을 피해 없이 막아내는 것도 예상한 일이었다.

그때였다.

"놈들이 빠지고 있다!"

용마왕 숭배자들은 이해할 수 없는 사태를 앞두고 혼란스러워했다.

그들을 몰아붙이던 수호그림자가 썰물처럼 빠져나가고 있었다. 특유의 은밀성을 십분 발휘하면서 땅속으로 꺼지듯이 사라져 간다.

이해할 수 없는 일이다. 키르엔은 경계심을 높이며 아젤을 노려보았다.

"딱 좋은 시간이야."

잠시 후, 아젤의 분신이 손을 들어 하늘을 가리켰다.

여명을 등진 그의 행동이 너무나도 의미심장했기에, 키르엔은 자기도 모르게 하늘을 올려다보았다. 그리고……

"니베리스! 위를 봐!"

그 뒤에 일어난 일을 알아차리고 비명을 질렀다.

태양이 서서히 동쪽 하늘을 불태우며 떠오르는 가운데, 혼탁한 빛깔을 띤 하늘의 일부가 기괴하게 일그러져 있었다. 마치 그곳에 거대한 물방울이 떠 있는 것 같은 광경이다.

거대한 공간왜곡장이 형성되었다는 증거다. 키르엔은 전승으로 저 현상이 의미하는 바를 알고 있었다.

'하늘의 눈물을 담는 잔!'

용마전쟁 당시, 인간들이 아운소르를 뼛속까지 두려워하게 만들었던 원흉이었다.

라우라가 속삭이듯 말했다.

"늦었어."

하늘을 부유하던 공간왜곡장이 변형하면서, 동쪽 하늘로부터 모아들인 태양빛이 피할 수 없는 철퇴가 되어 지상에 내리꽂혔다.

6

하늘의 눈물을 담는 잔.

아운소르의 별명이기도 한 이 기술은 비탄의 잔의 위험도가 터무니없이 높다는 것을 증명하는 재앙이었다.

아젤은 그 무서움을 기억한다.

아운소르가 하늘의 눈물을 담는 잔을 쓴 일은 그리 많지 않다. 전쟁 초기에 이 기술의 무서움을 맛본 인간 연합군이 어떻게든 기술이 완성되는 것을 저지했기 때문이다.

전쟁 초기, 압도적인 병력 열세로 수성전을 벌이던 그는 이 기술 하나로 연합군의 1만 대군을 몰살 직전까지 몰아넣었다.

또한 아젤이 참전한 후에는 전략적으로 인간 연합군의 움직임을 묶기 위해서 도시 하나를 불태워 버린 적도 있었다.

아젤은 라우라에게 이 기술을 터득할 것을 요구했다.

"마법사가 아닌 나는 제대로 쓸 수 없는 기술이야. 하지만 너라면 가능해."

아젤은 레이거스에게 광검해를 썼을 때, 이 기술을 응용해서 태양빛을 한곳에 모았다.

하지만 아운소르가 썼던 것에 비하면 규모가 턱없이 작았다. 그나마 맑은 날의 대낮이었으니 그 정도 태양빛을 모을 수 있었던 것이다.

마법사이며, 용마족인 라우라는 비탄의 잔의 잠재력을 남김없이 사용할 수 있다.

자잘한 공간왜곡장을 방대한 규모로 펼쳐서 태양빛을 격리공간으로 모은다. 그저 모으는 것만이 아니라 비탄의 잔에 비장된 마법으로 그 힘을 증폭하면서 빛과 열의 격류를 만들어낸다.

격리공간이 수용할 수 있는 한계점까지 빛과 열을 모았을 때, 외부로 통하는 구멍을 뚫고 그 힘을 방출한다.

한 번에 폭발시키는 것도, 거대한 열선의 형태로 전장을 가르는 것도 자유자재다. 라우라는 후자를 선택했다.

항거할 수 없는 빛의 철퇴가 산을 가르고 지나간 직후, 무시무시한 열기가 폭발했다.

빛이 가르고 지나간 지점에 있던 자들은 그 순간에 소멸했다. 겹겹이 두르고 있던 방어마법이 종잇장처럼 불타면서 그들의 몸도 재로 변해 버렸다.

"…2초도 안 됐어."

라우라가 중얼거렸다.

일행은 재앙이 강림하는 순간을 보지 못했다. 미리 정해둔 대로 하늘의 눈물을 담는 잔을 해방하는 순간 한곳에 모였고 비탄의 미궁으로 자신들을 격리했기 때문이다.

우려했던 것은 수호그림자들에게 전술이 제대로 전해지냐 인데… 서로 뜻을 공유하는 그들은 놀랍도록 기민하게 반응해 주었다. 그 결과 완벽하게 이쪽에서 노린 그림을 완성할 수 있었다.

다만 문제가 있었다.

하늘을 눈물을 담는 잔은 완전치 않았다.

전투에 돌입할 때는 아직 해가 뜨기 전이어서 먼 동쪽에 공간왜곡장을 집중시켜야 했다. 그리고 그리 긴 시간 모으지도 못했기에 고작 2초도 안 되는 시간 만에 모아뒀던 태양빛이 모조리 소모되었다.

아젤이 말했다.

"그것만으로도 충분해. 놈들이 혼란에 빠졌을 테니 이대로 빠져나가기만 하면……."

쿠구구구궁!

갑자기 격리공간이 뒤흔들렸다.

라우라의 표정이 창백해졌다.

"뭐지?"

이해할 수 없는 사태가 벌어지고 있었다. 외부에서 누군가 비탄의 미궁으로 형성한 격리공간에 개입해 온다.

과거에도 비탄의 미궁이 침범당한 경험은 있었다. 한 번은 니베리스를 아젤의 손에서 구했을 때, 그리고 이 전투에서 키르엔이 니베리스를 구원하고자 끼어들었을 때.

'생각해 보니 둘 다 니베리스가 있을 때였네.'

두 번의 입장이 완전히 반대이긴 하지만, 그랬다.

하지만 이번에는 그 두 번과는 완전히 경우가 다르다.

아젤처럼 공간왜곡장 저편으로부터 추적해 오거나, 키르엔처럼 비탄의 미궁이 완성되는 순간의 허점을 노린 것이 아니다. 공간왜곡장을 구성하는 마력 자체를 깨부수려고 하고 있었다.

믿을 수 없는 것은 그 시도가 유효하다는 것이다. 라우라는 이런 짓을 할 수 있는 사람을 딱 한 명 알고 있었다.

"…아젤, 누군가 당신과 같은 짓을 하고 있어."

아젤은 종종 허공에 휘몰아치는 마력 파동을 검으로 베어서 끊어버리는 얼토당토않은 재주를 보여주었다.

라우라 입장에서는 도대체 어떻게 그런 일이 가능한지 이해할 수가 없었다. 그래서 아젤에게 묻자 그는 이렇게 말했다.

"실전에서는 별로 쓸모없는 재주야. 한창 격투를 벌이는 중에는 쓸 수가 없거든. 그래서 기습을 가할 때나, 아니면 외부에서 결계를 뚫고 들어가야 할 때나 쓰지."

아젤은 그렇게 못을 박았다.

"감각을 극한까지 활성화하면 주변에 흐르는 마력의 결이 보여. 난 마법사가 아니지만, 마법을 일으키기 위해 어떻게 마력을 구성하는지 그 형태는 알 수 있는 거지. 집중해서 그걸 파악한 뒤, 그 결을 가르는 거야."

"…이런 기분은 보통 마법사한테 설명을 듣는 마법사 외의 직종들이 느끼는 것 같던데.'

"무슨 말인지 못 알아먹겠다 이거군. 그 표정 좋은데?'

"당신 말고 또 누가 할 수 있지?'

아젤이 말한 제약을 감안하더라도 마법사에게는 대단히 위협적인 기술이다. 그래서 묻지 않을 수 없었다.

"공작님은 아직 못하지."

"앞으로는?'

"모르겠군. 과거에도 내가 아는 한 딱 두 명만 할 수 있었거든."

"누구?"

"크로이스 영감님하고 용마왕 아테인."

"……."

…그런데 지금 정체불명의 누군가가 그 기술을 써서 라우라의 공간왜곡장을 해체하려고 하고 있었다.

"설마 왕이 부활한 것은 아닐까?"

라우라 입장에서는 그런 가능성을 떠올릴 수밖에 없었다.

어둠의 설원에 있을 때, 아테인의 부활은 멀지 않았다고 모두가 말했다.

그리고 용마장군 레이거스가 비상식적으로 강력한 불사체가 되어 일행과 격돌했다.

그런 상황에서 아젤은 레이거스와 필적하는 누군가가 다가오고 있다고 말했고, 이런 사태까지 벌어진다면…….

안색이 창백해진 라우라에게 카이렌이 말했다.

"라우라, 비탄의 미궁을 해제해라."

"하지만……."

"시간 끌다가 포위당하면 곤란하다. 바깥 상황을 알 수 없는 상황에서, 무너질 게 뻔한 성벽을 믿고 농성할 수는 없어."

카이렌은 이런 상황에서도 냉철하게 결단을 내렸다.

라우라는 아젤을 한 번 바라보고는 그가 고개를 끄덕이자 곧바로 비탄의 미궁을 해제했다.

곧바로 숨 막힐 듯한 격풍이 피부를 압박했다.

휘이이이이……!

통상공간에는 전혀 상상 못한 풍경이 펼쳐져 있었다.

본래 예상한 대로라면 하늘의 눈물을 담는 잔으로 공격한 지점으로부터 퍼져 나간 열기가 끓어오르면서 주변이 불타오르고 있어야 했다.

하지만 지금 펼쳐진 광경은 그런 열기와는 전혀 관계가 없었다.

우르르릉! 쫘광!

"폭풍……?"

라우라가 아연해하며 중얼거렸다.

하늘에서 뇌명이 울부짖는 가운데, 인간을 우습게 내던져질 것 같은 격풍이 휘몰아치고 거기에 거센 빗방울이 섞여 있었다. 그야말로 폭풍의 한복판이다.

하지만 그 폭풍의 기세는 급속도로 사그라지고 있었다.

숨도 쉴 수 없을 정도로 몰아치던 바람이 잦아들면서 대신 빗발이 거세진다. 아니, 정확히는 바람에 날리던 빗방울들이 정상적으로 쏟아지는 것뿐이었다.

쏴아아아…….

폭풍 다음에는 국지적인 호우다.

갑작스러운 기상 변화에 모두가 아연해하는 가운데, 아젤이 중얼거렸다.

"온다……."

그의 표정은 무섭도록 굳어 있었다.

쏟아지는 호우 저편에서 누군가 다가온다. 산책이라도 하
듯 느긋한 걸음걸이다. 용마력의 파동도 미미해서 일행은 전
혀 위협을 느끼지 못했다.

오직 아젤에게만… 마치 산이 짓누르는 듯한 거대한 압박
감이 느껴졌다.

그래서 일행은 아젤이 긴장하는 것을 이해할 수 없었다. 도
대체 아젤은 무엇을 감지했단 말인가?

쿠르르릉!

의아한 카이렌이 아젤에게 물으려 할 때, 저편에서 굉음이
울려 퍼졌다. 동시에 강맹한 용마력의 파동이 달려나갔다.

"으윽……!"

다들 경악했다. 접하는 순간 숨이 턱 막힐 정도로 강맹한
용마력의 파동이다.

꽈르릉! 꽈과광!

뇌격이 폭발했다.

지상의 한 지점에서 폭발한 섬광이 거꾸로 하늘을 거슬러
올라간다. 일순간 세상이 창백하게 물드는 가운데, 폭포를 거
스르듯이 하늘에 오른 뇌격이 비를 퍼붓고 있는 구름을 찔러
갈가리 찢어버렸다.

"저럴 수가……!"

카이렌이 경악했다.

상공의 비구름이 폭발해서 흩어지면서 비가 그쳐 버린다. 맑게 갠 아침 하늘 아래, 동쪽으로부터 비춰오는 여명을 받으면서 한 용마족 남자가 걸어 나왔다.

"오랜만이군."

전장을 지배하는 숨 막힐 듯한 정적을 깨고 중후한 목소리가 울렸다.

모두가 홀린 듯이 목소리의 주인을 바라보았다. 그의 얼굴을 보는 순간, 아젤의 표정이 이상해졌다.

"…넌 누구냐?"

CHAPTER **31**

예언의 사람

魔龍
展劍

1

눈앞에서 벌어진 경천동지할 위업을 보는 순간, 아젤은 한 사람을 떠올렸다.

용마전쟁 때 '폭풍을 가르는 검'이라 불렸던 남자, 알마릭.

네 명의 용마장군 중 하나였던 그의 용마기 '폭풍의 비명'은 아젤에게 있어서 상당히 골치 아픈 특성을 가졌다.

기상을 제어하여 폭풍을 지배하고 뇌격을 일으켜 자유자재로 통제한다.

이 특성은 용처럼 거대한 존재나, 혹은 대병력을 상대할 때 탁월한 강점으로 작용하고 일대일에서는 다소 효용이 떨어진다. 그러나 아젤이 장기로 삼는, 뇌격의 발생과 통제에 혼선을 주고 이용할 수 있다는 점에서 짜증나는 상성을 발휘했다.

그런 알마릭이 '폭풍을 가르는 검'이라 불리는 것은, 기상을 지배하여 국지적인 폭풍을 일으키는 것에 그치지 않고 그것을 힘으로 깨부숴서 흩어뜨릴 수 있었기 때문이다. 즉 방금 전에 보인 위업이야말로 스스로가 알마릭임을 증명했다고 해도 과언이 아니었다.

그런데 정작 나타난 것은 아젤이 모르는 얼굴의 용마족 노인이었다. 백발에 검푸른 뿔을 가졌고 두터운 검은 갑옷을 입은 노전사.

대답은 라우라에게서 나왔다.

"어르신……."

"저자가 그 어르신이라고?"

아젤이 놀랐다.

라우라는 정체를 알 수 없는 어르신에 대해서 여러 번 이야기했었다. 아주 오래전, 심지어 용마전쟁 이전부터 살아왔으며 당시에는 인간들에게 모습을 보이는 것만으로도 공포와 혼란을 확산시키던 존재다.

그러나 라우라 주변의 누구도 그의 진실된 이름과 정체를 몰랐다. 그저 예전에 그러한 존재였다고 말할 뿐.

라우라는 그가 노쇠한 존재처럼 보이지만 실은 마법적인 의식 때문에 그렇게 보일 뿐, 실제로는 엄청난 힘을 감추고 있을 것이라고 추측했었다.

노인이 말했다.

"이미 한 번 벗은 가면을 다시 쓰는 번거로움을 감수한 것은… 나의 말벗이었던 아운소르의 후예에게 정식으로 소개를 할 필요를 느껴서다."

그는 그렇게 말하며 얼굴에 손을 가져갔다.

그리고… 천천히 얼굴 가죽을 뜯어내었다.

농담 같은 광경이었다. 아무리 봐도 가면이 아닌 진짜 얼굴로 보였거늘 그것을 맨손으로 잡고 뜯어내다니?

동시에 그의 모습이 변한다.

유렌이 깜짝 놀랐다.

"환영? 전혀 감지 못했는데……."

놀라기는 라우라도 마찬가지였다. 고위 마법사인 두 사람이 눈앞의 용마족 노인이 모습을 위장하고 있다는 것을 전혀 눈치채지 못한 것이다.

얼굴 가죽이 뜯겨져 나가면서, 그의 모습이 조금씩 뒤틀렸다. 키와 덩치가 좀 더 커지면서 당당하고 위압감 있는 체격으로 변한다. 뿔의 질감이 용암석처럼 변하고 오른쪽 눈동자가 새빨갛게 물들었다.

아젤이 그의 이름을 말했다.

"…살아 있었군, 알마릭."

상대는 부정하지 않았다.

"너도 그렇군, 아젤. 서로의 생존에 대해서 놀라야겠지만… 이렇게 마주하고 나니 왠지 당연하다 싶지 않은가?"

용마전쟁의 전설로 남은 4대 용마장군의 일원, 알마릭이 씩 웃었다.

역사적 기록에 따르면 4대 용마장군은 모두 전장에서 최후를 맞이한 것으로 알려져 있었다.

가장 먼저 레이거스가 그 성격 탓에 연합군이 막대한 출혈을 감수하고 짠 함정에 뛰어들어서 전사했다.

두 번째로 발타자크가 아젤과 자웅을 겨루어 전사했다.

세 번째로 아운소르가 칼로스에게 패배해서 후퇴하는 도중에 숨이 끊어진 것이 확인되었다.

마지막으로 알마릭도 최종 결전 전에 크로이스 니델 공작에게 전사한 것으로 알려져 있었는데…….

라우라가 망연히 중얼거렸다.

"어르신이 알마릭 님이었다니……."

"쉽게 정체를 밝힐 수 있는 처지가 아니었기 때문이다. 하지만 네게 해준 말들은 거짓이 아니었다."

"알고 있어요."

알마릭은 노쇠한 용마족을 연기하며 라우라에게 많은 이야기를 들려주었다. 주변을 둘러싼, 광기에 찬 아운소르 일족과는 다른 견해로 세상을 바라보는 그의 이야기가 얼마나 큰 위안이 되었던가.

언젠가 그와 적대해야 한다는 사실을 알고 마음의 각오를 다지고 있었다. 하지만 설마 그의 정체가 용마장군 알마릭이었을 줄은 상상도 못했다.

아젤이 말했다.

"나이를 좀 더 처먹은 김에 점잖 빼기로 했나? 스타일이 많이 달라졌군그래."

알마릭은 아젤이 기억하는 것과는 외모가 많이 달라져 있었다.

당시에 그는 야생에서 튀어나온 것처럼 흉포한 인상의 중년인이었다. 지저분하게 늘어뜨린 백발과 흉흉한 살기로 가득한 붉은 눈, 용암석 같은 재질의 굴강한 뿔에 갑옷조차 입지 않고 거친 용가죽 옷을 입고 다니던 것이 그런 인상을 만들었다.

220여 년이 지난 지금의 그는 백발을 단정하게 빗어 넘기고 눈빛은 훨씬 이성적으로 가라앉아 있었다. 복장도 훨씬 세련되어서 새카만 갑옷을 입은 채였다.

여전히 위험한 맹수 같은 분위기가 감돌지만 아젤이 기억하는 모습에 비하면 훨씬 절제된 느낌이다. 심지어 말투도 훨씬 온건해져 있어서 정말 동일 인물이 맞나 의심이 들 정도다.

'이 용마력 파동을 보면 다른 누군가일 수가 없지만… 아니, 생각해 보면 220년이나 지났는데 성격이 그대로인 레이거스 쪽이 비정상인가?'

문득 알마릭이 손을 들어 왼쪽 눈을 매만졌다. 그곳에는 눈 대신 흉측한 흉터만이 자리하고 있었다.

아젤은 그 흉터가 언제 생긴 것인지 알고 있었다. 바로 자신이 입힌 상처였으니까.

"뒷방 늙은이 노릇을 하느라 은거한 채로 유유자적하다 보니 이리되더군. 눈도 하나밖에 안 남았고 해서 얌전히 독서에 취미를 붙였지."

"…너와 독서라니 정말 안 어울리는 조합인데."

"나도 그렇게 생각한다. 하지만 어차피 할 일도 없다 보니 안 움직이고 정신을 즐겁게 할 수 있는 취미를 찾게 되더군."

"크로이스 영감님이 숨통이 끊어진 걸 확인했다고 했는데……."

"실제로 그랬다. 하지만 왕이 예비한 마법의 의식이 나를 되살렸지. 그 영감은 내 심장을 꿰뚫은 걸로 만족하지 말고 내 육체를 완전히 소멸시켰어야 했어."

"유감스럽게도 영감님이 오래전에 고인이 되셨는지라 투덜거릴 수가 없군."

말은 그렇게 했지만 아젤은 당시 크로이스 니델 공작이 그럴 수 있는 상황이 아니었음을 알고 있었다.

알마릭을 쓰러뜨린 시점에서 그 역시 중상을 입었다. 적의 잔존병력이 알마릭의 시신을 확보하겠다고 결사의 각오로 덤벼드는 통에 살아서 빠져나오는 것이 고작이었다.

문득 알마릭이 쓴웃음을 지었다.

"하지만 내가 이런 식으로 가면을 벗게 될 줄은 몰랐다. 좀 더 나중의 일이라고 생각하고 있었는데 네가 그 아이를 데려 가는 통에……."

"무슨 뜻이지?"

"비탄의 잔."

"음?"

"그 아이에게 들었겠지만, 우리 넷의 용마기는 위대한 어둠에 속해 있어서 설령 주인을 잃더라도 어둠의 설원으로 돌아오게 되어 있다. 그리고… 나는 이 용마기들의 위치를 파악할 수 있지."

"우리가 추적당한 게 그래서였나……."

아젤이 신음을 삼켰다. 도대체 무슨 수로 추적해 오나 싶었는데 그런 수를 쓰고 있을 줄이야.

하지만 뭔가 이상하다.

라우라에게 들은 대로라면 위대한 어둠을 주관하는 것은 아인세라 왕비였다. 그런데 용마장군의 용마기를 추적하는 능력을 가진 것이 아인세라 왕비가 아니라 용마왕 숭배자들에게조차 정체를 감추고 있던 알마릭이라니?

'지금 주력으로 활동하는 젊은 세대에게 중요한 사실들을 안 가르쳐 주는 것도 그렇고, 도대체 이놈들 사이에 무슨 문제가 있는 거지?

그저 파벌 간의 알력이라고 보기에는 문제가 너무 커 보인다. 그보다 더 중요한 사정이 있는 것 같았다.

　알마릭이 물었다.

　"왜 이런 상황이 되었는데도 칼로스는 모습을 드러내지 않는 것인가?"

　"…또 그 소리로군. 너희는 도대체 뭘 근거로 칼로스가 살아 있다고 여기는 거지?"

　"시치미를 떼는 건지 아니면 정말로 모르고 있는 건지 알 수가 없군. 아젤, 넌 예전부터 본심을 감추는 연기가 뛰어났지. 하지만 이렇게 되도록 여전히 모습을 드러내지 않는 것을 보면 진짜로 그렇게 믿고 있는지도 모르겠다는 생각이 들어."

　"적어도 너희는 칼로스가 살아 있다고 확신한다는 것만은 알겠다."

　"근거를 말해주지 못할 것도 없다."

　"뭐?"

　의아해하는 아젤에게 알마릭이 말했다.

　"왕이 계시를 내렸다."

　"하. 굉장히 신학적인 헛소리를 늘어놓는군? 내가 아는 알마릭은 이런 놈이 아니었는데?"

　"하지만 사실이다. 왕의 부활은 가까워졌으며 그 의지는 즉 위대한 어둠과 함께 있었다. 원래는 왕이 부활하기 전에 우리 네 명 모두가 이 시대에 부활해서 기틀을 마련하고 있어야 했지."

아테인은 자신만이 아니라 네 용마장군 모두를 되살리려고 했다. 그들의 용마기가 보존된 것도 그 일환이다.

죽었을 때 육신이 보존되어 있었던 자는 상대적으로 빠른 시간 안에 부활할 수 있었다. 알마릭은 50여 년 전에 다시 부활했다. 그리고 깨어나자마자 전달된 아테인의 계시에 따라서 정체를 감추었다.

"우리를 적대하는 자들 중에 위대한 어둠을 엿볼 수 있는 자가 있기 때문이다."

알마릭은 오메가에 대해서 알고 있었다. 어떻게 그러한 존재가 있을 수 있는지, 그리고 정확히 누구인지는 모르나 아테인이 의도하지 않은 존재가 위대한 어둠을 엿보면서 정보를 훔쳐내고 있다는 사실을 알았기에 철저하게 스스로를 감추었다.

"원래는 나와 비슷한 시기에 아운소르가 부활했어야 했다. 하지만 그러지 못했지."

이것은 알마릭에게 상당히 큰 충격을 안겨준 사건이었다.

누군가 아테인이 오랜 시간 공들여 준비한 거대한 이적에 개입, 그 의도를 헝클어뜨렸다.

믿을 수 없는 일이다. 아테인은 최초의 마법사이며 마법의 상식을 초월한 자. 전투적인 측면에서는 그와 필적한다는 평가를 받았던 발타자크나 아운소르조차도 진정한 마법사로서의 지혜는 감히 그의 발끝에도 미치지 못함을 인정했었다.

그런데 도대체 누가 아테인의 안배에 훼방을 놓을 수 있단 말인가?

아젤이 물었다.

"그게 칼로스란 소린가?"

"그렇다. 우리는 오랜 세월에 걸쳐서 인간들에게서 힘과 지식을 빼앗아 왔다. 그러기 위해서 모든 가능성을 살피고 있었지."

어둠의 설원에서는 용마전쟁 이후 세상에 드러난 모든 고위 마법사, 고위 스피릿 오더 수련자, 고위 용령기 수련자의 존재를 파악하고 있었다. 그리고 어떻게든 기회를 만들어 그들을 제거함으로써 인류의 힘을 차근차근 약화시켜 온 것이다.

"대부분은 내가 아직 부활하기 전의 일이기는 하지만… 책을 읽듯이 위대한 어둠에 새겨진 기록을 열람해 보니 진정 무서워할 만한 인물은 나타나지 않았더군. 다들 고만고만한 수준이었어. 내가 기록을 보고 놀란 것은 대암흑을 종결시킨 바이언 정도였다."

그 말에 왠지 유렌이 움찔했다. 하지만 다들 알마릭에게 집중하느라 그런 기색을 눈치채지 못하고 넘어갔다.

"인간의 편에서 왕의 안배를 헝클어뜨릴 수 있는 자는 단

한 명, 칼로스 리제스터뿐이었다."

"그것참… 왠지 그 녀석이라면 충분히 그럴 수 있었을 거라는 생각이 안 드는 것은 아니지만."

"끝까지 말해줄 생각이 없나 보군. 여기서 너를 끝장내야 그놈의 낯짝을 볼 수 있을까?"

"시험해 보시지."

아젤과 알마릭 사이에 흉흉한 살기가 피어오르기 시작했다.

알마릭이 말했다.

"골골거리고 있는 너를 보고 있자니 그때가 생각나는군."

"언제를 말하는 거지?"

"네게 이 눈을 잃었을 때……."

알마릭이 왼쪽 눈이 있던 자리에 새겨진 흉터를 쓸며 말했다.

아젤은 그가 말하고자 하는 바를 알아들었다.

당시 알마릭은 아젤과 맞붙어서 한쪽 눈을 잃고 중상을 입은 채로 쫓겼다. 그리고 부상을 제대로 회복하지 못한 몸으로 크로이스 니델 공작과 맞붙어서 결국 최후를 맞이했다.

그리고 220년이 지난 지금, 아젤은 제대로 싸울 수도 없는 몸으로 알마릭과 맞서야 했다. 알마릭 입장에서는 과거의 일이 떠오를 수밖에 없었다.

"뒷맛이 찜찜하기는 하겠지만… 그래도 결판을 내야만 하겠지. 난 레이거스만큼 바보는 아니다."

〈이거, 본인이 뻔히 듣고 있는데 그런 소리를 하다니.〉

그때 먼 곳에서 불길한 울림이 담긴 불사체의 목소리가 들려왔다.

2

저편의 산 능선이 폭발하면서 쏘아진 화살처럼 하늘로 솟구치는 이가 있었다. 새카만 갑옷으로 전신을 두른 3미터의 거구, 불사체가 된 레이거스였다.

쿠쿠쿵!

단숨에 수백 미터를 날아온 그는 감속하지도 않고 그대로 지면에 충돌했다. 지면이 폭발하면서 주변이 뒤흔들렸다. 피와 살로 이루어진 존재라면 산산조각 났어야 할 것 같은 충격이지만 레이거스는 멀쩡하게 흙먼지를 헤치고 걸어 나온다.

그의 모습을 본 아젤 일행은 숨을 삼켰다.

'최악이다.'

카이렌이 식은땀을 흘렸다. 레이거스가 오기 전에 저지선을 돌파해서 달아나야 했다. 그런데 알마릭의 존재 때문에 모든 게 엉망진창이 되고 말았다.

〈언제까지 입으로만 떠들 생각이야? 말보다 칼이 앞섰던 놈이 뒷방 늙은이 생활을 오래 하더니 아주 느긋해졌군.〉

"한 번 죽었다 살아나고 보니 그런 것도 나쁘지 않더군. 어쨌든 잔소리하지 않아도 슬슬 싸울 생각이었다. 대화만으로는 필요한 사실을 알아낼 수 없을 것 같으니."

알마릭이 검을 들었다. 용마기 폭풍의 비명이었다. 아까전에 폭풍을 일으키고, 갈라 버린 것도 저 용마기의 힘일 것이다.

그 검은 일반적인 장검의 한 배 반 정도 큰 기형적인 사이즈였다. 레이거스만큼은 아니지만 알마릭 역시 2미터를 넘는거구에 바위 같은 근육질의 몸을 지녔기에 딱 균형이 맞아 보인다.

그 검의 칼날은 제퍼스 알마릭이 쓰는 용마기 폭풍우의 칼날과 마찬가지로 유리처럼 투명했다. 그 안에서는 청백색 스파크가 소리 없이 춤추면서 주변을 비추었다.

레이거스가 이죽거렸다.

〈솜씨가 녹슬어서 단칼에 쓰러진다거나 하는 건 아니겠지?〉

"그 주둥이를 닥치게 해줘야겠군."

〈해보시지.〉

레이거스는 어깨를 으쓱하며 물러났다.

그 앞을 카이렌이 가로막고 유렌의 마력이 압박한다.

라우라는 키르엔과 니베리스와, 레티시아는 제퍼스와 대치 중이었기에 쉽사리 발을 뺄 수 없었다. 다행히 그전에 제퍼스를 지원하던 마법사 중 상당수를 처리했기에 카이렌과 유렌은 레이거스와 대적할 수 있었다.

하지만 레이거스가 고개를 갸웃한다.

〈굳이 지금 나와 싸울 생각인가?〉

"아젤에게 더 이상의 부담을 지게 할 수는 없다."

카이렌이 단호하게 말했다. 그러자 레이거스가 해골을 들썩이며 웃었다.

〈재미있는 농담을 하는군. 설마 내가 저 친구들의 대결에 끼어들 거라고 생각하는 건가?〉

"…그럴 생각이 없다는 거냐? 아니, 그보다는 아예 둘이 싸우는 것을 구경만 하겠다는 소리로 들리는데?"

〈그렇다만?〉

"진심으로 하는 말인가?"

〈사나이의 일대일 대결에 끼어든다니 그런 촌스러운 짓은 못하지.〉

"그렇게 말하니 우리가 무지 촌스러운 놈이 되는 기분인데……."

〈아, 나한테 여럿이서 덤비는 건 괜찮다. 좀 투덜거릴지는 몰라도 비난할 생각은 없으니까 마음대로 해라.〉

"뭐?"

〈강자와 일대일로 자웅을 겨루는 것도 좋지만 혈혈단신으로 다수의 적과 싸워 격파하는 것도 좋지. 얼마나 호쾌하고

사나이다운 일이냐? 그러니 나한테 여럿이서 달려드는 것은 얼마든지 환영이다.〉

"……."

카이렌은 할 말을 잃었다. 이 자식, 용마전쟁 때도 앞뒤 가리지 않고 함정으로 뛰어들었다가 합공당해서 죽었다고 들었는데 어쩌면 이리도 사고방식이 한결같은가?

동시에 열이 확 오른다.

'무시하는 것도 정도가 있지!'

아무리 레이거스가 용마전쟁의 전설로 남은 거물이라 하나 카이렌 역시 루레인 왕국의 살아 있는 전설로 명성을 떨쳤다. 그동안 감히 그를 무시하는 자가 아무도 없었거늘 대놓고 피라미 취급을 하다니!

레이거스가 말했다.

〈덤빌 테냐? 그게 뭘 의미하는지 알면서도?〉

그 말에 카이렌은 퍼뜩 정신을 차렸다.

레이거스의 도발은, 덤비면 죽는다는 의미가 아니다.

'이놈에게 돌진하는 순간… 이 대치 상태가 깨진다.'

지금 전장에는 아젤과 알마릭을 중심으로 한 기묘한 대치가 이루어져 있었다.

일행은 물론이고 수호그림자들조차도 싸움을 멈추고 용마왕 숭배자들을 견제한다. 하지만 카이렌이 레이거스와 맞붙는다면 그 순간 정지했던 전장이 움직이기 시작할 것이다.

그것이 과연 일행에게 득이 될까, 실이 될까?

카이렌이 고민할 때 알마릭이 말했다.

"잠깐의 여흥이다. 인내심을 발휘해 보도록. 어차피 나와 레이거스가 여기 온 이상 시간을 끄는 게 너희에게도 나쁘지만은 않을 텐데?"

그 말대로였다. 가장 두려워하던 적의 전력이 이미 도착한 지금 앞으로 누가 더 오든 그 이상의 문제가 되지 않는다. 오히려 지금 이 시간 동안에도 수호그림자들이 하나둘씩 더 나타나고 있으니 아군에 유리하게 적용할 수도 있었다.

알마릭이 한걸음 앞으로 나섰다.

"자, 그럼 아젤. 가볍게 인사부터 나눠보도록 하지."

쾅!

직후 아젤과 알마릭 사이에서 두 개의 인영이 출현하며 폭음이 울려 퍼졌다.

분신이다. 아젤과 마찬가지로 알마릭도 실체 있는 분신을 만들어서 격돌했다.

그리고…….

"도대체 몇 개체나 되는 거지?"

카이렌이 숨을 삼켰다.

그뿐만이 아니라 다들 눈앞에서 벌어지는 광경에 할 말을 잃었다.

흩어지는 섬광 사이에서 아젤과 알마릭이 격돌한다.

한 곳에서가 아니다. 여기서 격돌한다 싶으면 저기서, 그리고 또 그 옆에서도 동시다발적으로 격돌하면서 폭음이 울려 퍼진다.

용령기에서는 인카네이션, 그리고 아젤은 그림자의 춤이라 부르는 절정의 기예가 펼쳐졌다. 마력으로 이루어져서 자유자재로 속성을 변화시키는, 그러나 실체를 가져서 마치 본신처럼 공방을 펼칠 수 있는 분신들이 공간을 뛰어넘듯이 에너지화와 실체화를 반복하면서 격전을 벌인다.

실로 농담 같은 광경이다. 이것이 일대일 대결이라는 점을 누가 믿을 수 있겠는가?

용마전쟁 때도 이 정도로 분신을 다룰 수 있는 것은 아젤과 알마릭뿐이었다. 연합군 최고의 기교파로 불렸던 크로이스니델도, 아니, 용마왕 아테인조차도 분신을 다루는 데 있어서는 이 둘을 따라오지 못했다.

문득 알마릭이 말했다.

"역시 수에서는 뒤지는군. 당장 누워야 할 몸 상태로도 이 정도인가?"

분신의 수는 아젤이 앞섰다.

하나둘씩 늘어나던 알마릭의 분신은 열여섯 개체에서 더 늘어나지 않았다. 그에 비해 아젤의 분신은 계속해서 늘어나면서 알마릭의 분신을 합공한다.

"큭……."

아젤이 식은땀을 흘렸다.

본체는 한 발짝도 움직이지 않고 용마검과 분신만으로 싸우는데도 격통이 몰려든다. 심장이 뛰고, 혈맥이 진동하면서 마력을 증폭하는 반동조차 견디기 어려울 정도로 몸 상태가 엉망이었다.

'안 돼. 아직 저놈은 시작도 안 했는데……'

남들이 보기에는 경천동지할 대결로 보이지만, 알마릭과 아젤 입장에서는 가벼운 인사나 다름없는 탐색전이다. 분신으로 기교만을 겨루는 지금은 대등하게 맞설 수 있지만 알마릭이 본신으로 직접 나선다면 도저히 감당할 수 없다.

그리고 그때가 오기까지는 그리 오래 걸리지 않았다.

"내가 기억하는 것보다 더 실력이 늘었군. 하긴, 너는 예전에도 경이로울 정도로 발전이 빠른 인간이었지."

분신만의 대결에서는 알마릭이 밀린다. 아젤이 더 많은 수를 전술적으로 제어해서 그의 분신을 하나하나 격파해 나가고 있었다.

결국 알마릭이 움직였다.

앗 하는 순간 순동법으로 아젤에게 달려들며 검을 휘두른다.

우르르릉……!

그 공격을 아젤의 분신이 받아내는 순간, 투명한 검신 안쪽에서 천둥소리가 울려 퍼진다. 소리 없이 춤추던 뇌광이 시야를 불대울 듯 눈부시게 타올랐다.

꽈과광!

벼락이 터져 나오면서 아젤의 분신을 찢어발겼다.

아젤은 이 공격을 예측하고 있었기에 분신을 구성하는 마
력을 뇌격으로 바꿔서 받아넘겼다. 그러나…….

"초보적인 실수를 하는구나."

싸늘한 목소리가 울리며 아젤의 분신, 정확히는 분신을 이
루었던 뇌격의 마력이 알마릭에게 먹혔다.

"큭……!"

아젤이 신음했다.

폭풍의 비명은 뇌격을 지배한다. 순수하게 뇌격에 대한 지
배력만을 따지면 하늘을 가르는 검보다 더 우위에 있다고 봐
도 과언은 아니다.

게다가 지금 아젤의 상태는 정상이 아니며 하늘을 가르는
검도 아직 완전치 않다. 뇌격에 대한 장악력은 다투는 것조차
불가능했다.

"제, 젠장……!"

눈앞이 아찔해진 아젤이 한쪽 무릎을 꿇었다. 자신이 제어
하던 마력 일부가 통째로 적에게 뜯겨져 나간 반동, 그것만으
로도 균형을 유지할 수가 없었다.

그리고 집중력이 흐트러진 틈을 타서 알마릭이 거침없이
아젤 앞으로 파고들었다.

"시시하구나. 이렇게 끝날 셈인가?"

뇌격을 휘감은 검이 아젤의 목을 쳤다.

너무 순식간이라 누가 끼어들 틈도 없었다. 일행 모두가 소스라치게 놀라서 비명을 지르려는 순간이었다.

빛이 폭발했다.

뇌격이 아니다. 휘몰아치는 빛의 격류가 확산되면서 그 속에서 알마릭이 튕겨 나온다. 그가 사납게 웃었다.

"과연. 아무리 죽어가고 있다고 해도 이 정도는 해줘야지."

후퇴하는 그의 몸에는, 조금 전까지 휘감고 있던 뇌격이 흔적도 없이 사라져 있었다.

빛이 흩어지며 아젤의 모습이 드러났다. 식은땀을 흘리면서 말했다.

"걸렸다 싶었는데……."

"아무리 그래도 네가 그 정도로 맥없이 당할 거라고 기대할 정도로 뻔뻔하지는 않다."

아젤은 일부러 허점을 연기하며 알마릭을 함정으로 끌어들였다.

알마릭이 일격을 날리는 순간, 그 앞에 또 다른 분신이 출현해서 공격을 대신 맞았다. 동시에 아젤이 준비한 기술이 파괴되는 분신을 통해 구현되었다.

'벼락을 먹어치우는 자.'

알마릭이 발하던 뇌격이 일거에 분신으로 빨려 들어가더니 섬광으로 변환되어서 폭발했다.

아젤이 아니고서는 흉내도 낼 수 없는 기가 막힌 기술이다. 분신으로 하여금 이런 고도의 한 수를 쓰게 하다니.

하지만 알마릭은 경계를 늦추지 않고 있었다. 아젤이 파둔 함정조차도 그에게 흠집 하나 내지 못하고 스러졌다.

"그럼 인사는 이쯤 해두고, 본격적으로 해볼까?"

그렇게 말하는 그의 용암석 같은 뿔이 뇌격을 발한다. 그 뇌격이 용마기가 발하는 뇌격과 연동되면서 그대로 날아가 버릴 듯한 광풍이 주변에 휘몰아쳤다.

콰콰콰콰콰!

폭풍과 뇌격이 동시에 아젤을 위협했다

알마릭의 분신이 전부 뇌격으로 화해서 질주한다. 그러자 수에서 유리한 아젤의 분신들이 밀리기 시작했다.

"유감스럽구나. 그런 마력으로는 나와 분신전도 제대로 펼칠 수 없다. 수가 많아봤자 잡병일 뿐!"

알마릭이 단언했다.

그의 용마력은 용마전쟁 때와 비교해도 손색이 없다. 이 자리의 그 누구도 감히 비교대상이 되지 못할 정도로 압도적이다.

그에 비해 아젤의 마력은 용마전쟁 때에 크게 못 미쳤다. 온전한 상태였다면 출력만은 비등한 수준까지 올랐겠지만 지금 몸 상태로는 제 실력의 반도 발휘할 수 없다.

아젤의 분신이 하나하나 격파당한다. 수는 많지만 하나하나의 전력은 알마릭의 분신이 훨씬 강했다.

'하늘을 가르는 검, 버텨다오⋯⋯!'

심지어 하늘을 가르는 검조차도 제 상태가 아니었다.

본래부터 용검을 그릇으로 삼지 않으면 초래하는 것조차 불가능한 상태였다. 그런데 레이거스와의 격전에서 초래 한계까지 혹사한 뒤 제대로 용마력을 보충하지 못했다. 주인인 아젤의 상태가 엉망이었기 때문이다.

결국 분신들의 방어가 뚫리고, 빛으로 화한 하늘을 가르는 검마저도 폭풍의 비명이 발하는 폭풍과 뇌격에 압도당한다.

"크악⋯⋯!"

아젤이 피를 토하며 쓰러졌다.

"아젤!"

카이렌이 달려들었다. 최후의 일격을 가하려던 알마릭과 검을 맞부딪친다.

알마릭이 웃음을 터뜨렸다.

"용기가 가상하구나."

카이렌을 튕겨낸 그가 오연하게 선언했다.

"아군은 들어라! 아무도 끼어들지 마라. 재활훈련으로는 딱 좋은 상대가 될 것 같으니."

"이 자식, 죽었다 살아난 놈이 기고만장하구나!"

"용마기도 없는 애송이들이 다발로 덤빈다 한들 두려워할 이유가 없다. 어디 직성이 풀릴 때까지 덤벼보아라."

그런 그의 뒤쪽에서 환상처럼 한 사람이 나타났다. 기척을 죽인 채 접근해 온 레티시아가 십자창을 찔렀다.

"강자의 오만은 사양하지 않고 받아주는 주의다."

하지만 알마릭은 이미 그녀의 접근을 간파하고 있었다. 뇌격을 두른 분신이 날아드는 창을 막아내고 대꾸한다.

"좋은 자세다. 주저함이 없어서 마음에 드는구나."

그 옆에서 또 다른 분신이 나타나서 공격을 가한다. 레티시아가 기겁하는 순간 섬광이 날아들어서 폭발했다.

콰콰쾅!

"나한테 목숨빚 하나 진 것 같은데?"

유렌이었다. 씩 웃는 그에게 레티시아가 코웃음을 쳤다.

"아직 내가 지운 빚이 꽤 많이 남았을 텐데? 이걸로는 그동안 쌓인 이자도 못 갚는다."

"인색하기는."

장난스럽게 웃는 유렌의 얼굴을 본 알마릭의 표정이 묘해졌다.

"흠. 네가 그 칼로스의 후예임을 자처하며 배신했다던 애송이로군. 정말로 칼로스와 닮았는데? 인간이 선조를 닮는 일이야 흔하지만 다른 놈도 아니고 그놈과 닮은 얼굴을 보니 묘한 기분이야."

"오, 전설의 용마장군께서 그리 말해주시니 영광이군요. 답례로 저도 뒷일 따위는 생각하지 않기로 하죠."

"무슨 뜻인가?"

"이런 뜻입니다."

믿을 수 없을 정도로 불길한 마력 파동이 퍼져 나가면서 유렌의 갈색 머리칼이 격하게 휘날렸다. 청회색 눈동자가 붉게 물들고 등 뒤에 검은 연기가 모여들어 악귀의 형상을 이룬다.

마족을 불러들인 것이다. 정말로 뒷일 따위는 생각하지 않는 행동이었다.

알마릭의 눈이 이채를 발했다.

"재미있구나. 따로 준비를 갖추고 의식을 치르는 것도 아니라 전투 중에 그런 짓을 하다니 놀라운 일이야."

유렌은 말 대신 마법으로 화답했다. 기하급수적으로 폭증한 마력이 강맹한 저주의 폭염을 토해냈다.

화아아아악!

일거에 주변을 불태우는 폭염이었지만 알마릭에게는 닿지도 않는다. 그가 불러일으킨 광풍이 저주와 열기를 완벽하게 차단하고, 분신이 유렌을 노렸다.

유렌은 기다렸다는 듯 준비했던 마법을 쏘아냈지만…….

"마법 그 자체는 아주 제법이다만, 그걸 사용하는 기량은 아직 멀었다."

그 마법이 어이없게 알마릭의 분신을 통과해 버린다.

유렌이 눈을 부릅떴다. 이 현상이 뭘 의미하는지 이미 아젤을 통해서 알고 있었다.

'젠장! 수가 읽힌 건가!'

유렌은 알마릭이 분신으로 공격해 올 것을 기다렸다가 섬광을 쏘았다. 그런데 알마릭은 기다렸다는 듯 분신을 구성하는 마력을 빛으로 바꿔서 그것을 흘려보내고는 다시 실체화하는 게 아닌가?

미처 다음 마법을 준비할 새도 없이 분신의 검이 유렌을 내려친다.

레티시아가 끼어들 틈도 없는 상황이었다. 유렌도 자신이 죽는다고 확신했다.

우우웅……!

그런데 다음 순간, 풍경이 바뀌었다.

한 박자 늦게 유렌은 알마릭의 분신이 등을 돌리고 있다는 사실을 깨달았다. 거의 반사적으로 거기에다 대고 공격을 가한다.

퍼어엉!

폭음이 울리며 알마릭의 분신이 부서졌다.

그 너머에서 알마릭이 말한다.

"이제야 각오를 굳힌 모양이구나."

"…네, 어르신."

라우라였다. 그녀가 공간왜곡장을 펼쳐서 유렌을 구한 것이다.

"우리는 적이니까요."

"그렇다."

고개를 끄덕인 알마릭이 말을 이었다.

"그러니 젖 먹던 힘까지 끄집어내서 덤벼라. 어차피 죽을 거라면 후회는 남기지 말아야 하지 않겠느냐?"

오만하게 말한 알마릭이 폭풍 같은 공세를 펼쳤다.

3

폭풍이 휘몰아치고 뇌격이 울부짖는 가운데, 무수한 분신이 실체와 허상을 넘나들며 일행을 몰아친다.

분명 네 명이 한 명을 상대하고 있었다.

그런데 실제로는 하나의 실체와 열여섯의 분신이 일행들을 몰아친다. 아젤과 겨룰 때는 실체의 분신만으로 겨루었지만 거기에 허상의 분신을 더하니 그 수가 셀 수 없을 정도로 많았다.

폭풍의 비명과 수십 번이나 격돌한 끝에, 카이렌의 용검이 부러졌다.

뇌격의 칼날이 레티시아의 복부를 관통했다.

휘몰아치는 광풍이 유렌을 암벽에 처박았다.

그리고…….

"여기까지군."

마지막으로 라우라가 무릎을 꿇었다.

"하악, 하아… 아…….."

숨을 몰아쉬는 라우라의 앞에서 비탄의 잔이 빛의 포말이 되어 흩어진다. 그리고 그녀의 몸이 쓰러졌다.

비탄의 잔으로 할 수 있는 모든 기술을 펼쳤다. 그녀가 아니었다면 훨씬 빨리 결판이 났으리라.

그러나 도저히 상대가 되지 않는다. 네 명이서 전력을 다해 연계를 펼쳤건만 알마릭의 털끝 하나 상하게 하지 못하고 무참하게 패배했다.

용마왕 숭배자들도 할 말을 잃었다. 니베리스와 키르엔도 완전히 압도당해서 그 광경을 지켜보고 있었다.

'이것이 용마장군의 힘이란 말인가?'

레이거스가 전력을 발휘해서 아젤과 자웅을 결했을 때도 그랬지만, 그야말로 격이 다른 힘이다. 그들이 전설로 남은 이유를 뼈저리게 실감할 수 있었다.

왜 아운소르의 일족이 추악한 비술에 손을 대서라도 뛰어난 후계자를 만들고자 했는지 알 것 같았다.

니베리스와 키르엔, 제퍼스는 분명 고귀한 혈통에 걸맞은 빼어난 잠재력의 소유자들이다. 타고난 용마력만 해도 다른 이들보다 확연히 우위였다.

그러나… 시조인 용마장군들 앞에서는 초라할 뿐이다.

용마장군이 이토록 어마어마한 존재임을 알기에, 그저 자연스럽게 태어나는 존재만으로 만족할 수 없어서 금단의 비술에 손을 댔다면 그건 오히려 당연한 행동일지도 모른다. 그런 생각마저 들었다.

문득 레이거스가 말했다.

〈우리 애들이 쓸데없는 짓을 안 했다면 제법 무서운 적이었을지도 모르는 녀석들이다.〉

"나도 같은 평가다. 특히 이자는, 이런 실력으로 용마기가 없다는 게 안쓰러울 정도군."

쓴웃음을 짓는 알마릭의 눈길은 피투성이가 되어 쓰러진 카이렌에게 향해 있었다. 일행 중 가장 선전한 것은 라우라였지만 순수한 기량만을 따졌을 때 알마릭이 아깝다고 생각한 것은 카이렌뿐이었다.

"아까운 재능이다. 과연 우리 애들이 주의 대상으로 올려둘 만해."

그때였다.

「안 돼…….」

「놔두지 않아…….」

「뜻대로…….」

「두지 않아……!」

전투를 관망하던 수호그림자들이 달려들었다.

동시에 정지되었던 전장이 다시 움직인다. 용마왕 숭배자들이 수호그림자들을 가로막으며 격전을 펼쳤다.

그래도 수호그림자들은 전황이 어떻게 되든 상관없이 알마릭에게 달려들었다.

문득 알마릭이 말했다.

"가련한 망자들이로군. 하지만 이제 와서 뭘 할 수 있겠느냐?"

수호그림자들은 알마릭의 근처에도 오지 못했다. 그를 휘감은 폭풍과 뇌운의 힘이 접근하는 족족 그들을 날려 버린다.

그 앞에서 아젤이 일어난다.

더 이상 마력을 운용해서 염동력을 일으킬 수조차 없어서 용검을 지팡이 삼는 그를 보며 알마릭이 애석해했다.

"죽어도 서서 죽겠다는 거냐?"

"글쎄……."

아젤이 피식 웃었다.

"그냥… 누워 있기 싫더군……."

"좋은 기개다. 우리의 숙적 아젤, 네가 이룬 위업을 인정하고 예우하마. 너와 동료들이 죽은 후에 사자를 모독하는 어떤 행위도 하지 않을 것을 약속하지."

"하하하… 고마워서, 눈물이… 나는데……?"

그런 아젤의 곁을 수호그림자들이 에워싼다. 결사의, 아니, 이미 죽어버린 망령들이 끝없이 되새기는 증오를 초월한 결의가 전해지고 있었다.

그것을 접한 알마릭은 경이를 느꼈다.

"우리를 향한 증오보다도 더 소중한 것이 있단 말인가?"

지난 50여 년간, 그는 정체를 감춘 채 위대한 어둠을 통해 수호그림자들을 보아왔다.

그들은 용마왕 숭배자들이 낳은 증오의 화신이었다. 야심과 악의로 세상을 뒤틀어놓은 결과 그들이 대적자로서 나타났다.

늘 그들은 증오와 살의에 따라 움직였다.

대화도, 타협도 없이 그저 용마왕 숭배자들을 파멸시키기만을 원했다. 그것 말고는 더 이상 아무것도 바라지 않는, 그야말로 증오로 이루어진 망령이었다.

그러나 지금 이 순간, 그들은 증오를 초월해서 아젤을 지키고자 하고 있었다. 알마릭은 그 이유를 묻지 않을 수 없었다.

"어째서냐? 왜 너희를 존재하게 하는 원동력조차 넘어서서 아젤을 지키는 것을 우선시하지?"

「희망…….」

"희망이라고?"

질 나쁜 농담을 들은 기분이다. 그저 상대의 파멸만을 바라고 폭주하는 존재들이 희망을 논하다니?

「모두 없어지고…….」

「빼앗기고…….」

「그래도 등불 하나가 남아…….」

"의외로 시인들이었군. 아젤이 너희의 희망이라. 역시 너희를 만든 것은 칼로스인가? 하지만 그렇다면 어째서 이렇게 되도록……."

그때였다.

먼 곳에서 뻗어 나온 살기가 감각을 자극했다. 그리고…….

보이지 않는 뭔가가 그의 방어를 꿰뚫었다.

"저격? 대체 어디서?"

알마릭이 놀랐다. 직전에 아슬아슬하게 피하긴 했지만 갑옷의 어깨 보호대 부분이 찢겨져 나가 있었다. 부서져서 날아간 것도 아니고 마치 맹수가 종잇장을 할퀸 것처럼 찢어진 흔적이 났다.

그 역시 시선감지 기술을 사용한다. 누군가 자신을 저격하고자 겨냥하고 있었다면 못 알아차렸을 리가 없다. 설령 시선을 감추는 고도의 은닉 기술을 사용한다 한들 공격을 위해 살기를 개방한 순간에도 못 알아차렸을 리가 없는데…….

의아해하는 그에게 또 한 발의 저격이 날아들었다.

이번에는 피한다. 뇌격을 넓게 흩뿌려서 공격을 감지하고 전광석화처럼 반응했다.

그래도 아슬아슬했다. 소리보다도 몇 배는 빠르게 날아드는 저격은, 흩뿌려 둔 뇌격에 닿기 전까지는 전혀 그 존재를 알아차릴 수가 없었다.

"이건 설마……."

알마릭은 이 공격을 알고 있었다. 그의 시선이 자연스럽게 아젤에게 향했다.

과거에 기척도, 실체를 파악할 어떤 단서도 주지 않고 날아드는 투명한 마력의 화살을 쏘아내는 활이 있었다. 어떤 마법으로도 재현할 수 없는 악몽 같은 저격수를 탄생시킨 그 활은 바로…….

아젤도 놀라서 중얼거렸다.

"…명왕(冥王)의 사수……?"

현계의 존재는 볼 수 없는, 명계로부터 날아드는 화살을 쏘아낸다고 일컬어졌던 용마기.

역사에서는 잊혔지만, 수많은 용마왕군의 장수들을 쓰러뜨리고 용마장군 발타자크에게 죽음을 각오하게 했던 철혈의 여기사 엘레오름의 용마기다. 그녀는 절대적으로 열세였던 아군을 구하기 위해 발타자크와 자웅을 겨루었고 양자 모두가 사경을 헤매는 중상을 입었다.

결국 그녀는 회복하지 못하고 사망했으며 그 용마기는 한 사람에게 계승되었다.

훗날 용마왕 아테인을 쓰러뜨린 영웅, 아젤 카르자크에게.

"음……!"

소리보다도 몇 배나 빠른 마법의 화살이 계속해서 날아들어서 알마릭의 방어를 관통한다. 어쩔 수 없이 후퇴하는 알마릭에게 수호그림자들이 앞뒤 가리지 않고 달려들었다.

알마릭이 말했다.

"레이거스."

〈뭘 말하고 싶은지는 알겠는데…….〉

레이거스가 난감한 기색을 드러냈다. 의아해하던 알마릭
은, 레이거스의 마력이 급속도로 쪼그라들고 있는 것을 보고
는 깜짝 놀랐다.

"얼마 전의 그놈인가?"

〈그런 것 같군.〉

먼 곳에서 발세르가 불가사의한 힘을 가진 눈으로 레이거
스를 보고 있었다.

알마릭이 혀를 찼다.

"수호그림자의 중추가 오고 있는 거군. 하지만 이놈들에게
명왕의 사수가 있다는 정보는 없었는데…….

수호그림자들이 격랑이 되어 알마릭과 레이거스를 몰아쳤
다.

그들은 물리적 구속을 초월한다. 서로 겹쳐지기도 하고 지
나치기도 하면서 모여든 결과, 사방팔방 아무것도 보이지 않
을 정도로 압도적인 숫자가 뇌격에 불타든 폭풍에 찢기든 상
관하지 않고 몰아친다.

명왕의 사수로 행해지는 저격이 움직임의 맥을 끊는 가운
데, 전황을 완전히 무시한 채 한곳에 집결한 수천의 수호그림

자가 자폭공세를 펼친다. 천하의 알마릭과 레이거스조차도 밀려날 수밖에 없었다.

그리고…….

퍼퍼펑! 콰콰콰쾅!

전장 곳곳에서 폭발이 치솟았다.

진한 용마력의 향취가 섞인 마력 파동이 퍼져 나가면서, 마치 어린아이 주먹만 한 황금빛의 마력집결체가 부유한다. 그것이 용마왕 숭배자들이 전개해 둔 마법과 부딪칠 때마다 강렬한 마력 반발 현상이 일어나면서 마법사들이 쓰러져 갔다.

아젤이 아연해하며 중얼거렸다.

"…증오의 상자?"

용마왕 아테인의 마법으로 사랑하는 사람들을, 사랑했던 터전을, 그리고 사랑했던 고향마저도 잃은 남자가 있었다.

복수심을 사르며 용마왕군과 맞서 싸우던 그의 이름은 지스.

인간의 한계를 초월하기 위해 기꺼이 용살의 의식을 치른 그는 자신이 마법을 증오한다는 사실을 깨달았다. 최초의 용마족이며 모든 마법의 시조인 용마왕 아테인에 대한 증오가, 그런 초월적인 파괴를 일으킨 마법에 대한 증오로 화해서 하나의 용마기를 만들어냈다.

이름하여 증오의 상자.

이 용마기는 제한된 영역 안에서는 적의 마법을 차단하고 아군만이 마음껏 마법을 쓸 수 있게 하는 반칙적인 상황을 만들어낼 수 있었다. 그러나 조심스럽게 그를 활용하던 연합군이 승부수를 던졌을 때, 알마릭과 레이거스가 몸을 돌보지 않고 맹공을 펼친 결과 증오로 얼룩진 그의 인생은 끝났다.

"내 육신이 죽을지언정 내 증오는 죽지 않는다."

지스는 그런 유언을 남기고 아젤에게 용마기를 계승해 주었다. 그리고 증오의 상자는 아젤이 발타자크와 아테인을 쓰러뜨릴 때 결정적인 역할을 함으로써 지스가 꿈꿨던 복수를 이뤄냈다.

"…그런 이름이었던 것 같군요."

문득 아젤의 곁에서 날카로운 여성의 목소리가 들려왔다.

기척도 없이 옆으로 다가온 것은 금발을 늘어뜨린 차가운 인상의 여성이었다. 30대 중후반으로 보이는 그녀가 아젤을 보며 말했다.

"저는 한 번도 불러보지 못했지만, 이제 아젤 님 당신께서 필요할 때마다 그 이름을 부르게 되겠지요."

"당신은……?"

"예언지킴이 이오타입니다. 말을 아껴두세요. 곧 모두가 도착합니다."

모두라니 누구를 말하는 것일까?

그 답은 곧 알 수 있었다.

4

폭발과 굉음을 뚫고 몇 명의 인간이 차례차례 모습을 드러내었다.

항상 감고 있던 눈을 부릅뜨고 레이거스를 노려보는 발세르가 나타났다.

왠지 멋쩍은 웃음을 지은 채로 자레스가 나타났다.

그리고 아젤은 모르는 이들이 그 뒤를 따른다.

양 갈래로 묶은 금발에 주근깨가 있는 평범한 소녀의 용모를 지닌 오메가가 부끄러운 듯 몸을 배배 꼬면서 나타났다.

사나운 얼굴의 용마인 노인이 헛기침을 하며 나타났다.

인자한 웃음을 지은 중년 여인이 걸어왔다.

비쩍 마르고 색이 다 바라고 너덜너덜해진 법의(法衣)를 입은 남자가 성표를 쥔 채로 걸어왔다.

야수처럼 날카로운 눈매를 가진 청년이 나타났다.

"오랜만이네요, 아젤 님. 아, 이렇게 부르려니 뭔가 어색하네."

마지막으로 항상 가면을 쓴 것처럼 웃고 있는 소년, 레논이 나타났다.

하지만 그 웃음은 평소와 달랐다. 부끄러운 듯 웃고 있는 레논의 얼굴은 가면이 아니라 살아 있는 사람의 표정이었다.

〈흠. 심정이야 이해하겠지만 싸우는 우리는 죽을 맛이니 적당히 하고 끝내지?〉

상공을 날며 마법을 난사하고 있던 불사체, 세타가 말했다.

그만이 아니었다. 지난 수십 년 동안 예언지킴이들과 함께 대륙 곳곳에서 용마왕 숭배자들과 싸워온 불사체들이 전장을 누비고 있었다.

레논이 말했다.

"그러지요. 하지만 잠시만… 적어도 이분에게 우리가 스스로를 고백할 시간은 허락해 주세요."

〈그런 억지도 이걸로 마지막일 테니, 기꺼이.〉

세타는 우아하게 몸을 숙여 보인 다음 전장으로 날아갔다.

아젤은 멍하니 자신을 둘러싼 예언지킴이들을 바라보았다.

자신이 바로 이들이 기다려온 예언의 사람이다.

그 사실은 이미 알고 있었다. 하지만 그게 정확히 무슨 의미인지, 이들이 왜 이곳에 나타났는지는 전혀 알 수가 없었다.

예언지킴이들이 서로를 바라보았다. 어색하게 머뭇거리던 그들 중에 자레스가 헛기침을 하더니 앞으로 나선다.

"크흠. 일단……."

아젤에게는 최악의 인상을 남긴 그는, 이전과는 달리 더없이 정중하고 기품 있는 태도로 말했다.

"이전의 무례를 사죄드립니다. 아젤 카르자크, 제 위대한 시조님이시여."

"…뭐?"

아젤은 순간 자신이 뭘 잘못 들은 줄 알았다. 하지만 자레스는 더없는 경의와 애정을 담은 눈으로 아젤을 바라보며 말했다.

"리에사 지방이 함락될 때 홀로 사흘밤낮 동안 싸워서 마을을 지킨 당신에게 목숨을 걸고 물 한 잔을 가져다준 처녀가 있었지요. 카트린 아이사."

아젤이 눈을 크게 떴다. 분명 그런 일이 있었다. 리에사 지방의 영주 가문 아이사 자작가의 둘째 딸이라고 스스로를 밝혔던 긍지 높고 용감했던 처녀.

자레스가 말했다.

"저는 그분의 후손입니다. 정확히는, 그분과 당신이 보낸 하룻밤으로 잉태된 자식이 자라서 가문을 잇고, 후손을 낳고… 그렇게 대를 이어간 끝에 제가 태어났습니다."

"그런……."

아젤은 아연해졌다.

그런 시대였다. 올지 안 올지 모르는 내일보다는 그 순간의 열정에 충실하던 그때, 아젤은 많은 여성과 하룻밤의 사랑을 나누었다.

공식적으로 아젤의 자식은 존재하지 않는다. 많은 양자를 들였지만 그중에 진짜 아젤의 혈통은 아무도 없었다.

하지만 아젤 본인조차도 모르는 후손들이 있었다.

"할머니가 그랬고 그분의 자식이 그랬듯이, 저도 당신의 후손인 것을 자랑스럽게 생각합니다. 당신의 자손으로 태어났기에 모든 것을 버리고 증오의 업을 지면서도… 최후의 희망을 위한 열쇠를 보관하고 있다가 당신께 돌려드릴 수 있었습니다."

자레스는 아젤의 손을 잡고 손등에 입을 맞추었다. 순간 둘 사이에 빛이 일어나면서 아젤의 몸속으로 무언가가 스며들어왔다.

용마기였다.

'지룡의 사슬?'

그것은 아젤이 용마전쟁 때 사용했던 열두 용마기 중 하나였다.

놀란 아젤 앞에서 자레스가 정중하게 고개 숙여 예를 표했다. 그리고 아젤이 뭐라고 하기 전에 뒤로 물러나는 그와 자리를 바꾸듯이 이오타가 다가와 입을 열었다.

"데르센 지방의 오크 산적들에게 붙잡혀서 노리개 취급을 당하며 하루하루 죽어가고 있던 에린이라는 소녀가 있었지요."

일개 기사였던 시절, 아젤은 계속해서 본거지를 바꾸며 스스로를 지킬 힘이 없는 마을들만을 약탈하던 도적단을 쫓아서 궤멸시켰다. 그리고 그들의 노예로 착취당하던 이들을 해방했을 때, 그중에는 눈물을 흘리며 아젤에게 매달린 소녀가 있었다.

"그분은 오로지 당신의 아이를 갖고 싶어 했습니다. 그렇게 태어난 아이는 자랑스러운 조상에 대한 이야기를 들으며 대를 이어가서 제가 태어났습니다. 당신의 자손으로 태어나 이 역할을 맡을 수 있었던 것을 다행이라 여깁니다. 이제 당신의 것을 돌려드리겠습니다."

용마기 증오의 상자가 아젤에게 돌아왔다.

아젤은 홀린 듯이 그들을 바라보았다. 급박하기 짝이 없는 상황이건만 현실감이 들지 않는다.

반쯤 넋이 나간 아젤에게 예언지킴이들은 하나하나 자신의 조상에 대해 고백했다.

누군가는 남편을 잃고 복수하고자 칼을 들었던 여걸이었다.

누군가는 흑마법의 실험체가 되어 괴물로 변할 운명에서 구원받은 여성이었다.

그리고 또 누군가는…….

"우리는 모두 당신의 자손들입니다."

그들은 모두 아젤에게 은혜를 입고 반해서 사랑을 나누었던 여성들의 후손이었다.

세상에 알려지지 않은, 사생아의 자손들이었지만 그들은 분명 아젤의 핏줄이었다. 아젤의 후손이면서, 동시에 용마왕 숭배자들에게 모든 것을 잃고 씻을 수 없는 원한을 품어 수호 그림자가 될 조건을 갖추었기에 그들은 가장 중요한 역할을 수행할 수 있었다.

언젠가 다시 깨어날 아젤을 위해, 그의 용마기를 무사히 보관하는 그릇의 역할을.

"…아무래도 당신에게는 나쁜 남자의 매력이 있었던 것 같습니다."

웃으며 말하는 발세르는 레이거스를 압박하느라 아젤을 돌아보지 않았다.

"우리의 할머니들은 당신의 아이를 가졌으면서도 당신께 알리지 않았지요. 그저 그의 아이를 갖고 싶었을 뿐이라거나, 세상을 위해 큰일을 할 사람에게 부담을 주기 싫다면서. 세상 사람들이 알면 참 바보 같다고 손가락질했겠죠?"

"……."

그렇게 말하니 아젤이 사방팔방에 아이를 만들어놓고 하나도 책임지지 않은 나쁜 놈이 되고 말았다.

'아니, 그건, 그러니까…….'

급박하기 짝이 없는 상황인데도 아젤은 뭐라고 형용할 수 없는 기분에 사로잡혔다. 뭔가 변명하고 싶은데 그랬다가는 최악의 인간쓰레기 낙인이 찍힐 것만 같다.

"아마 우리 말고도 더 많은 자손이 있었을 겁니다. 하지만 지금은 우리뿐이군요."

그리고 발세르는 뒤로 물러나서 아젤의 어깨에 손을 짚었다. 빛이 일어나며 그가 보관하고 있던 용마기가 아젤에게 전해졌다.

"열두 개를 다 보존하지 못한 것은 죄송스럽게 생각합니다. 하지만 이 정도만 해도 할 만큼은 했다 싶군요. 고마워해 주시지요."

마지막으로 레논이 아젤 앞에 섰다.

"음. 발세르 말도 틀리지는 않는데… 그래도 감사하고 있어요. 변호해 드릴 여지가 아주 없는 것도 아니고."

무슨 뜻이냐고 묻고 싶다. 하지만 목소리가 잘 안 나와서 입만 뻐끔거리는 아젤에게 레논이 장난스럽게 말했다.

"라룬 지방에서 만난 리자라는 소녀를 기억하세요?"

물론 기억하고 있었다.

지방 영주의 딸이었던 그녀는 용마왕군의 후방 약탈 부대에 능욕당하고 자살한 언니의 복수를 하겠다고 남은 돈을 전부 털어서 용병들을 고용했다. 그러나 용병들은 인적이 드문 곳에 가자마자 태도를 바꾸어 그녀를 덮친 뒤 암흑가에 노예로 팔아넘길 음모를 꾸몄다.

술집에서 초인적인 청각으로 이들이 수군거리는 이야기를 들은 아젤은 은밀히 그들의 뒤를 쫓아 사건이 벌어지기 전에 일망타진하고 리자를 구해주었다. 그리고 눈물을 뚝뚝 흘리는 리자를 보다 못해 결국 칼로스와 둘이서 그녀의 복수를 해주기에 이르렀는데, 당시에 칼로스가 했던 말은 아직도 잊을 수 없다.

"아니, 같이 개고생했는데 왜 너만 좋은 일을……."

복수가 끝난 후, 리자는 아젤하고만 은밀하게 좋은 시간을 보냈던 것이다. 이유는 천성이 삐딱한 칼로스가 냉소적이고 잔인한 말을 아무렇지도 않게 해대는 통에 리자가 그를 무서워했기 때문이지만, 지금 와서는 상관없는 일이다.

레논이 말을 이었다.

"그분은 당신의 아이를 잉태했지만 전쟁통에는 찾아갈 방법이 없었지요."

그건 아젤의 아이를 가졌던 여성들이 공통적으로 부딪친 벽이었을 것이다.

"전쟁이 끝났을 때는 아직 아이가 어려서 먼 길을 갈 만한 사정이 못되었고요."

리자는 아젤에게 자신이 당신의 아이를 낳았다고 알리고 뒷일을 부탁하고 싶었다. 하지만 아이가 머나먼 카르자크 후작령까지의 여행을 할 수 있을 정도로 성장할 때까지는 기다릴 수밖에 없었다.

"그런데 당신께서는 용마전쟁이 끝나고 2년이 지났을 때, 실종되셨어요."

"……."

그게 가장 큰 문제였다.

전쟁통에는 찾아갈 엄두를 못 냈고, 전쟁이 끝난 뒤에는 찾아보려고 했더니 실종되었더라…….

아젤 입장에서는 그녀들이 찾아와서 자식을 낳았다고 하면 당연히 책임졌을 것이다. 하지만 아테인의 저주 때문에 그럴 수가 없었다.

"하지만 당신의 양자들이 장성하기 전까지 카르자크 후작가의 대소사를 결정했던 대마법사 칼로스 님께서 그녀를 알아보고, 그녀가 데리고 온 아이를 당신의 자식으로 인정했습니다. 그래서 그분은 가문의 일원이 되었지요."

리자도 지방 영주의 딸이었지만 용마전쟁으로 인해 모든 것을 잃은 몸이었다. 아들과 함께 카르자크 후작가의 일원이 되어 말년까지 그곳에 머물렀다.

외부로 잘 알려지진 않았지만, 레논이 계승한 선조의 기억에 따르면 카르자크 후작가에는 그런 사례가 많았다.

"그런데 리자의 아들이 장성하여 얻은 자식은 그와 사이가 나빴어요. 그래서 카르자크 후작가의 일원으로 살아가길 거부하고 세상으로 나갔지요."

그런 경우는 비단 그만이 아니었다. 칼로스가 비교적 교통

정리를 잘해주기는 했지만 중추가 되어야 할 아젤이 사망이나 다름없는 실종 처리가 되었고, 양자가 워낙 많아서 후계 구도를 둘러싸고 많은 혼란이 있었다. 카르자크 후작령 안에서 한자리씩 차지한 이들이 있는가 하면 새로운 가능성을 찾아서 바깥세상으로 떠난 자도 수두룩했다.

그런 사정 때문에 용마왕 숭배자들이 카르자크 후작가를 말살시켰음에도 아젤의 혈통은 살아남아 이 자리에 있을 수 있었다.

발세르가 빙긋 웃으며 덧붙였다.

"실은 제 조상님도 그랬습니다."

"으……."

아젤은 순간 그를 한 대 때리고 싶어졌다. 사람을 인간쓰레기로 만들어놓고는 뒤늦게 그런 사실을 밝히다니.

예언지킴이들이 웃었다. 모두들 비로소 짐을 내려놓은 듯 후련한 기색이었다.

"어쨌든 감사하고 있어요."

레논은 장난스럽게 웃고 있었다. 지금까지와 달리 정말 그 나이대 소년 같은 웃음이었다.

"어차피 모든 것을 잃고 끝장난 인생이었지요. 이럴 거면 왜 우리 기억은 빼앗아간 것인지 모르겠다고 투덜거린 적도 많았는데… 이제는 알 것 같네요."

잃어버렸던 모든 기억, 아니, 거기에 더해서 조상들의 기억까지 돌아온 지금은 알 것 같다.

수호그림자의 창시자는 예언지킴이가 적들의 수중에 넘어갈 경우를 우려하고 있었다.

아테인의 후예들이라면 수호그림자의 시스템조차도 해석해서 그들의 기억을 빼앗을 수 있을지도 모른다. 그러니 오로지 그들에게 사명과 무지만을 남겨놓는 것이 진실을 지키는 방법이다.

그 방법이 옳았는지 아니면 걱정이 지나쳤던 것인지는 모른다.

하지만 레논은 그의 선택을 원망하지 않았다. 어쨌거나 지금까지 몇몇 예언지킴이가 적에게 당하기도 했지만 결국 그들은 아무것도 알아내지 못했고, 이제 자신들의 존재 의미를 달성하는 날이 왔다.

이야기를 마친 레논이 환하게 웃었다.

"뒷일은 맡기겠습니다. 부디 예언을 이루어주시길."

레논이 보관하고 있던 용마기가 아젤에게 계승되었다.

'아……'

아홉 개의 용마기를 계승한 아젤의 눈앞이 흐려졌다. 아젤은 이것이 자연스러운 현상이 아님을 깨달았다. 레논이 뭔가 수를 써서 그의 의식을 잠재운 것이다.

"그리고 이건 투정일지도 모르겠지만… 작은 부탁 하나만 더 할게요."

비틀거리는 그에게 레논이 말했다.

"우리를 잊지 말아주세요."

"잠깐……."

아젤은 손을 들어 레논을 붙잡으려고 했다.

하지만 레논은 그의 손길을 피해서 몸을 돌린다. 자리를 지키고 있던 예언지킴이들이 하나하나 그에게 예를 표하고 멀어져 갔다.

'기다려……'

아젤은 그들을 붙잡고 싶었지만 더 이상 의식을 유지할 수 없었다.

천지를 뒤흔드는 폭발과 굉음이 점차 흐릿해져 가면서 그의 의식이 어둠으로 떨어졌다.

"…우리를 잊지 말아주세요."

레논의 마지막 말이 귓가를 맴돌다가 스러져 갔다.

CHAPTER **32**
이어받은 결의

魔展
龍劍

1

꿈을 꾸었다.

한 번도 가본 적 없는 곳에서, 자신이 알고 있지만 너무나도 낯선 모습을 한 이를 만나는 꿈을.

수면에 반사된 빛이 벽면을 따라 춤추는 공간이었다. 본래대로라면 한 점의 빛도 없어야 할 지하 공동이지만 그 한가운데서 일어난 마법의 빛이 신비로운 광경을 만들어내고 있다.

〈마침내 여기에 도달했군, 아젤.〉

누구보다도 잘 아는 인물의, 그러나 너무나도 낯선 목소리가 아젤에게 말을 걸어온다.

스산한 목소리다. 마치 컴컴한 어둠 밑바닥에서 쥐어짜낸 듯한, 듣는 것만으로도 수명이 줄어들 것 같은 느낌을 주는 목소리. 불사체의 목소리와도 닮았지만 좀 더 근본적으로 산자의 공포감을 자극하는 목소리였다.

아젤은 목소리의 주인을 바라보았다.

공동 한구석에 물이 고여 있었다. 그리고 그 위로 여름날 반딧불 같은 빛의 파편들이 춤춘다. 너무나도 흐릿해서 당장에라도 어둠에 먹혀 버릴 것 같은, 그러나 계속해서 분화하며 존재를 유지하는 아름다운 빛무리.

그 한가운데 어둠에 휘감긴 실루엣이 있었다.

주변에 빛의 파편들이 춤추고 있는데도 얼굴이 보이지 않는다. 낡아빠진 후드가 드리운 어둠 때문이 아니다. 그가 휘감은 불길한 힘 때문일 것이다.

너덜너덜한 로브로 전신을 감싸고 있는 그의 가슴에는 뭔가가 깊숙이 꽂혀 있었다. 끝이 둥글게 말리고 투명한 보석이 박힌 나무 지팡이가 그의 가슴을 관통한 채 조용히 어둠을 피워 올린다.

그리고 그의 등 뒤에는 은으로 만든 직사각형의 기둥이 서 있었다. 검은 사슬이 그와 은기둥을 묶어두고 있었으며 표면을 타고 마치 문자처럼 보이는 어둠을 피워 올리는 모습은 기괴하기 짝이 없었다.

아젤이 그를 불렀다.

"칼로스……."

수호그림자를 창시한 마법사, 그는 아젤의 친우인 칼로스였다.

칼로스가 웃었다. 생전과는 전혀 다른, 기괴한 웃음소리가 울려 퍼졌다.

〈이런 모습이 되어도 나를 알아봐주다니. 감격했어.〉

"지금 내가 보고 있는 게 현실의 네가 아니라는 것도 알겠어."

〈그래, 이것은 그들에게 남겨둔 나의 메시지야.〉

"내가 깨어난 곳에 남겨둔 사념체와 같은 건가?"

〈하지만 더 중요한 메시지를 전하기 위해 창조되었지. 그리고 이 사념체와 나눈 대화는 현실의 내게도 전달될 거야.〉

"어떤 메시지 말이지?"

〈나는 영봉(靈峰) 라우스에 있다.〉

라우스는 대륙에서 가장 높은 산이었다. 대륙 동북부의 아티산 산맥의 일부이며, 이 산맥은 어둠의 산맥과 마경 아발탄 사이에 가로막힌 천혜의 장벽이라고 할 수 있다.

〈나를 만나러 와라, 아젤. 최후의 열쇠는 내가 갖고 있으니…….〉

"묻고 싶은 것이 산더미 같은데… 그럴 시간은 없겠지?"

〈그래, 나는 이 사념체에 많은 시간을 허용하지 않았어.〉

"그 몰골을 보니 적어도 네가 산 몸으로 긴 세월을 버텨온 게 아니라는 것만은 알겠어. 하지만 그놈들의 추측이 맞을 줄은 몰랐군. 그런 몸으로 수호그림자를 만들고, 아테인이 예비한 용마장군 놈들의 부활을 막은 건가?"

〈사실 거기까지 할 생각은 없었는데…….〉

칼로스가 키득거리며 웃었다.

〈말년에 생각지도 못한 일을 겪게 되어서 말이야. 아젤, 네가 죽은 후로 세상은 두 번쯤 아주 큰 위기를 겪었어.〉

"제국이 무너진 것?"

〈그런 세속적인 문제를 이야기하는 게 아니야. 물론 그것은 아주 큰일이었지만 어차피 내가 역사의 전면에서 물러난 후의 일이고.〉

제국이 분열한 것은 공식적으로는 칼로스가 사망했다고 알려진 후의 일이다.

〈인류의 존재 그 자체에 적대적인 재앙들이 나타났었지. 더 우스운 것은, 그놈들이 풀려난 것이 아테인이 죽었기 때문이었다는 거고.〉

"무슨 뜻이야?"

〈아테인이 인류를 멸망시킬지도 모르는 재앙들과 싸워서 그들을 봉인해 두었다는 뜻이야. 예전에 말한 대로 아테인과 용마장군 놈들은 한때는 세상을 구원한 영웅들이었다는 거지.〉

"음……."

아젤이 눈살을 찌푸렸다. 칼로스가 아테인의 과거 행적을 조사하면서 밝혀낸 사실이지만 예나 지금이나 받아들이기 어려웠다.

〈그 두 번을, 어떻게든 막아내기는 했는데 이 모양 이 꼴이 되어버렸어. 그래서 이후에 일어난 일들은 막을 수가 없었지.〉

"그게 네가 공식적으로 죽었다고 기록된 때의 일인가?"

〈맞아. 뭐 비공식적으로는 안 죽었냐 하면 그것도 아니고.〉

칼로스가 어깨를 으쓱했다.

아젤이 물었다.

"그럼……"

〈아, 이제 정말 시간이 안 남았군. 나머지 이야기는 네가 내 본신을 직접 찾아왔을 때 하지. 기다리고 있겠어.〉

그 말을 끝으로 주변 광경이 흐릿해져간다.

이윽고 꿈이 끝나고, 아젤의 의식이 현실로 부상했다.

2

짹짹, 짹짹짹…….

눈을 떴을 때는 숲의 우거진 나무들 사이로 햇살이 들이치는 가운데 새들이 지저귀는 소리가 울리고 있었다. 참으로 고전적인 상황이다. 아젤은 그렇게 생각하며 몸을 일으켰다.

그리고 깜짝 놀랐다.

'몸이……'

반쯤 시체나 다름없었던 몸이 날아갈 듯이 가벼웠다. 잠시 전신의 영맥을 따라서 마력을 순환해 본 아젤은 자신의 몸이 완전히 회복했다는 사실을 깨달았다.

아니, 그냥 회복한 것으로 끝난 게 아니다.

'용마력이 훨씬 짙어졌어.'

육체는 다치기 전보다 더욱 강건해졌으며, 전신 마력은 거의 완전히 용마력으로 변해 있었다.

또한 열 개의 용마기가 자신의 존재를 어필해 온다.

달의 검

폭풍용의 날개

증오의 상자

명왕의 사수

지룡의 사슬

여명수호대

불굴의 성채

울부짖는 불새

격랑의 주인

마지막으로… 하늘을 가르는 검이, 더 이상 용검을 그릇으로 쓰지 않아도 초래할 수 있는 완전한 상태로 회복되어 있었다.

문득 아젤은 주변에서 불길한 마력 파동을 감지하고 고개를 돌렸다. 그곳에는 예언지킴이와 함께하던 불사체 마법사, 세타가 있었다.

〈깨어나셨군요. 영웅 아젤 카르자크.〉

"너는… 세타였던가?"

〈그렇습니다.〉

"당신이 나를……."

거기까지 말하던 아젤은 주변에서 다른 동료들의 기척을 감지하고 주변을 돌아보았다.

숲속 공터에 만신창이가 된 카이렌과 라우라, 유렌과 레티시아가 눕혀져 있었다.

"이런……."

〈응급처치를 해두기는 했지만 다들 좋은 상태는 아닙니다.〉

"불사체가 산 자의 목숨을 구하기 위해 응급처치를 하다니 농담 같은 소리군."

〈아무래도 그런 일은 서투릅니다. 게다가… 제가 마법을 쓸 수 있는 시간이 얼마 남지 않았는지라.〉

그 말에 아젤은 세타를 유심히 바라보았다. 그리고 그가 정말로 좋지 않은 상태임을 알아차렸다.

'불사체를 유지하는 마력이 점점 흩어지고 있다.'

햇살에 노출되었기 때문만은 아니다. 세타는 다른 불사체와는 다른 특수성을 가졌고 고위 마법사이기도 한 만큼 햇빛이 치명적으로 작용하진 않으리라.

지금 세타의 상태는 마치 수명이 다해 죽어가는 사람을 보는 것 같았다. 아젤은 그 이유도 알 수 있었다.

"당신은 예언지킴이들과 존재가 연결되어 있었던 건가."

〈맞습니다. 우리들 '잠들지 못하는 수호자들'은 예언지킴이에게 선택받아서 그들로 인해 존재하는 자들입니다.〉

그러니 예언지킴이들이 사라진 지금, 그가 존재를 유지하지 못하는 것은 당연한 귀결이었다.

아젤이 물었다.

"예언지킴이들… 그들은 어떻게 되었지?"

〈모두 죽었겠지요.〉

"……."

〈예상하셨으리라 생각합니다만.〉

"알고는 있었지만……."

예언지킴이가 된 시점부터 그들은 더 이상 성장하지도, 노화하지도 않고 오로지 살해당할 때만 죽는 존재가 되었다.

레논에게 그 사실을 들었을 때는 말도 안 되는 소리라고 생각했다. 하지만 이제는 이유를 안다.

그들은 한 번 죽음에 도달함으로써 세계를 변혁시킨 대마법, 수호그림자의 일부가 되었다.

칼로스는 그들이 아젤의 핏줄이라는 점을 이용해서 살아 있는 용마기 보관함으로 만들었다. 그들의 목숨은 그들이 보관하는 용마기와, 아젤의 핏줄로 연결된 심오한 마법에 의해서 성장도 노화도 없이 유지될 수 있었다.

그러니 용마기를 아젤에게 전달한 시점에서 그들의 수명은 끝났다.

사명을 다한 그들은 죽기 전, 아직 잔존해 있는 힘을 이용해서 아젤을 피신시키기 위해 싸웠다. 그리고 전멸했으리라.

'칼로스, 너는 도대체 왜 그런 방법을 선택한 거지?'

아젤은 이해할 수가 없었다.

수호그림자를 칼로스가 만들었다는 것도, 예언지킴이들이 무엇을 위해 존재하고 있었는지도 알았다. 하지만 어째서 예언지킴이 같은 불행한 존재를 만들어가면서 용마기를 전한 것인지는 알 수가 없었다.

잠들기 전, 아젤은 하늘을 가르는 검을 제외한 열두 용마기를 전부 칼로스에게 계승해 주었다.

당연히 칼로스가 새로운 주인을 찾아 계승해 줬을 거라고, 하지만 후대로 전해지지 못하고 스러졌을 것이라고 여겼다. 용마왕 숭배자들이 인간 세상에서 용마기 보유자들을 말살하고 그에 대한 전승을 끊었으니 그렇게 생각할 수밖에 없었다.

그런데 설마 이런 식으로 자신의 용마기를 보존해 두었을 줄이야…….

'걸리는 게 한두 가지가 아니지만… 칼로스를 만나야만 알수 있겠군.'

잠시 아젤을 바라보던 세타가 말했다.

〈당신들의 목적지가 아발탄 숲이라고 알았기에 이곳으로 왔습니다.〉

"…여기가 아발탄 숲이라고?"

〈외곽이지요.〉

"시간이 얼마나 흘렀기에…….'

〈그렇게 많은 시간이 흐르지는 않았습니다. 하지만 대륙 곳곳에 흩어져 있던 수호그림자들이 모조리 모였으니까요. 그들 중 200명 정도가 당신들의 운반조 역할을 해주었습니다.〉

세타는 여기까지 온 과정을 설명했다.

지면을 미끄러지듯이 움직여서 이동 시의 진동이 없는 수호그림자들이 일행을 들어서 옮기면서 호위했다. 그리고 세타가 일행을 가사 상태로 만든 다음, 생명력을 조금씩 불어넣어주면서 여기까지 숨을 붙여놓았다.

아젤이 고개를 숙였다.

"고맙다."

〈그러실 필요 없습니다.〉

세타가 고개를 저었다. 그리고 말했다.

〈아젤 카르자크, 저를 포함한 '잠들지 못하는 수호자들'은 예언지킴이들과 달리 당신의 후손은 아닙니다.〉

"그렇군."

〈하지만… 당신을 희망으로 여기는 마음만은 똑같습니다. 부디 예언을 이루어주시길.〉

"반드시 해내겠다."

아젤은 망설임없이 대답했다.

세타는 꺼지기 직전의 촛불과도 같은 상태였다. 불사체가 되어 영혼을 혹사한 그가 평온을 얻을 수 있을지는 모르겠지만… 그에게는 일말의 망설임도 없는 결의를 보여주고 싶었다.

세타가 만족스럽게 웃었다.

〈후후. 감사합니다. 당신이 이제부터 그놈들에게 파멸을 안겨주는 것을 지켜보고 싶지만… 여기까지군요.〉

불사체로서의 그를 유지하고 있던 어둠의 마력이 빠져나가고, 더 이상 의지가 깃들지 않은 해골이 땅으로 무너져 내렸다.

아젤은 잠시 그 자리를 응시하다가 동료들에게로 다가갔다.

3

"으윽……."

카이렌은 머리가 부서질 것 같은 두통을 느끼며 눈을 떴다.

깨어나자마자 본 것은 뭔가를 우걱우걱 먹으면서 자신에게 생명력을 불어넣고 있는 유렌이었다. 카이렌이 눈살을 찌푸렸다.

"뭔가 굉장히… 상황이 다행스러우면서도 불쾌하군."

"애써 살려놓으니까 하시는 말씀이 그겁니까? 식사 중에도 쉬지도 못하고 생명력을 주입해 드렸더니만."

유렌이 투덜거렸다. 카이렌이 대꾸했다.

"그 점은 감사하겠지만… 으윽."

몸을 일으키려던 그는 몰려오는 통증에 신음하며 다시 누워야 했다. 유렌이 고개를 저었다.

"얌전히 누워 계세요. 진짜 엉망진창이니까."

"음. 그런 것 같군. 상황을 좀 설명해 줄 수 있겠나?"

"여기가 아발탄 숲입니다."

"…뭐?"

카이렌이 깜짝 놀랐다. 유렌은 자기도 믿기 어렵다는 투로 말해주었다.

"깊이 들어오진 않았고 외곽이긴 하지만요. 아젤이 말하기로는 수호그림자들이 우리를 옮겨줬다는군요."

"뭐가 어떻게 된 건지 모르겠군……."

"우리 모두 그래요."

"다들 살아는 있는 것 같으니 다행이다."

"공작님이 제일 늦게 깨어나셨어요."

아젤은 가장 먼저 라우라와 유렌의 의식을 깨운 다음, 주변을 떠도는 수호그림자들에게 부탁해서 작은 짐승들을 잡아왔다. 흑마법을 다루는 두 사람은 생명력 갈취를 통해서 스스로를 회복할 수 있기 때문이다.

어느 정도 상태를 회복한 두 사람이 각각 레티시아와 카이렌을 붙잡고 치료해서 의식을 회복하기에 이르렀다.

카이렌이 물었다.

"아젤은?"

"짐승이라도 좀 잡아오겠다면서 갔습니다."

"음?"

카이렌이 이해할 수 없다는 표정을 지었다. 마지막으로 기억하는 아젤의 상태는 엉망진창이었다. 그런데 뭔가를 잡으러 가다니?

"혹시 내가 수면기에 빠져서 엄청 오랫동안 자고 있었나? 한 한 달쯤 지났다던가?"

용마족은 중상을 입으면 회복을 위해서 수면기에 빠지는 경우가 있다. 그래서 떠올린 가능성이었지만 유렌은 부정했다.

"아뇨. 이틀밖에 안 지났다는데요?"

"…그럼 뭐가 어떻게 된 건가?"

"예언지킴이들이 아젤의 용마기를 보관하고 있었대요. 그걸 넘겨받고 나니 멀쩡한 상태로 회복되었다는데… 제가 보기에는 멀쩡한 정도가 아니라 전보다 더 강해진 것 같던데."

"지금 내가 꿈을 꾸고 있는 건 아니겠지? 뭔가 상황을 따라갈 수가 없는데?"

"현실입니다."

"으음."

"깨어나실 정도는 됐으니까 전 마음 놓고 식사 좀 하고 다시 치료해 드리랍니다. 아젤이 모두가 깨어나면 자세한 사정을 설명해 줬으니까 일단은 기다려 보자고요."

"알겠다. 후우……."

카이렌이 한숨을 쉬었다.

4

얼마 후에 아젤이 짐승들을 잡아서 돌아왔다. 그리고 그동안의 사정을 자세히 설명해 주었다.

예언지킴이의 정체와 그들의 사명, 그리고 최후를 들은 일행은 할 말을 잃었다.

"그러니까……."

침묵을 깨고 레티시아가 손가락으로 아젤을 가리켰다.

"아젤, 당신의 문란하기 짝이 없는 여성 편력이 우리를 구원했다 이건가?"

"…으음. 유감스럽게도 틀린 말이라고 반박할 수는 없군."

"정말이지……."

레티시아가 눈살을 찌푸렸다.

"이런 남자였을 줄은 몰랐군. 전설의 영웅님이라고 해서 약간이지만 동경심을 품었던 나 자신이 한심해."

"……."

아젤이 벌레 씹은 표정을 지었다. 변명하고 싶은 마음이 굴뚝같지만 변명했다가는 인간쓰레기가 될 것 같은 기분이라 속으로 삼킬 뿐이다.

라우라도 싸늘한 눈으로 바라보며 한마디 했다.

"저질."

구구절절 비난하는 것보다도 훨씬 강력한 한마디다.

"으……."

아젤 입장에서야 올지 안 올지도 모르는 미래보다는 현재에 충실하는 게 당연했던 시대에, 서로 눈 맞아서 사랑을 나눈 것뿐이지만…….

'그렇게 말하면 진짜 막장이 되는 거지. 젠장.'

자각이 있고 자존심이 있어서 그런 식으로 자신을 변호하고 나설 수가 없었다. 사실 변호를 하든 말든 뭐가 달라지나 싶지만 아젤 본인에게는 중요했다.

분위기가 싸늘해지자 카이렌이 중재에 나섰다.

"자자, 다들 그쯤 해두지. 덕분에 목숨을 구했지 않나?"

"가재는 게 편이라 이건가? 하긴 당신도 대귀족이었으니 문란함에 대한 감각이 평민과는 다르겠군. 여자라면 닥치는 대로 건드려서 사생아를 산더미처럼 만드는 것이 대귀족의 상식이지?"

"아니, 난 애는 없다. 그건 확실해."

카이렌의 말에 레티시아의 시선이 싸늘해졌다.

"애는 안 생기게 조심했지만 이성 관계는 문란하시다 이건가?"

"그게 어째서 그런 식으로 해석되는 건가? 나를 아젤하고 똑같이 취급하지 마라."

"…공작님, 저를 변호하시는 게 아니라 매장시킬 심산이셨군요."

아젤이 투덜거렸다.

장난스러운 눈으로 아젤을 보던 카이렌이 문득 표정을 굳혔다.

"하지만 설마 예언지킴이 녀석들이 그런 사정을 안고 있었을 줄이야……."

지금까지 예언지킴이는 믿을 수 있는 동지가 아니라 속을 알 수 없는 짜증나는 녀석들이었다. 그들이 아젤이 예언의 사람인지 확인해 보겠다고 한 행동들이 일으킨 반감이 너무 컸다.

하지만 그들의 사정을 알고 나니 그런 감정이 눈 녹듯이 사라진다.

"지금도 그들의 행동을 좋아할 수는 없지만… 이해할 수는 있을 것 같다."

라우라와 레티시아도 동감이었다.

용마왕 숭배자들에게 모든 것을 잃고, 예언지킴이가 된 후로는 생전의 기억조차 빼앗긴 채 오로지 증오와 사명감만으로 긴긴 세월 동안 싸워온 자들.

분명 그들도 힘들고 지쳐 있었으리라. 대암흑 이후 수십 년 동안이나, 예언이라는 등불에 의지해서 절망의 안개 속을 헤매는 기분이 아니었을까. 그들이 아젤이 예언의 사람인지 확인하기 위해 무슨 짓이든 하려고 했던 것도, 그리고 그 사실을 확신했을 때 기꺼이 미래를 맡기고 희생한 것도 당연한 일이었으리라.

"솔직히 아직도 잘 실감이 가지 않지만……."

문득 아젤이 말했다.

"미래의 후손들에게 정말로 많은 빚을 졌습니다."

저주를 이겨내기 위해 잠들어 있는 동안, 세상은 너무나도 많이 변했다.

더 좋은 세상을 만들고 싶었다. 세상에 만연한 절망을 몰아내고 사람들이 희망차게 웃을 수 있는 그런 미래를 개척하겠다는 일념으로 수없는 동료의 시체를 넘어가며 싸웠다.

하지만… 그때 완전히 끝장내지 못한 과거의 망령들이 세상을 뒤틀어놓고 있었다.

예언지킴이는 아젤 자신에게서 비롯되었으며, 그리고 아젤이 끝내지 못한 일들 때문에 고통받은 후손들이다. 그런 그들이 기꺼이 자신을 믿고 미래를 맡겼다는 사실은 아젤의 가슴에 결코 지워지지 않는 결의로 남을 것이다.

'무슨 일이 있어도 반드시……'

아젤은 자신을 바라보던 아홉 명의 얼굴을 떠올리며 각오를 세웠다.

'너희가 맡긴 뜻을 이루겠다.'

5

아발탄 숲은 용이 도대체 몇 마리나 살고 있는지 파악도 되지 않았을 정도고, 마물과 마수가 끝도 없이 넘쳐나는 곳이다. 얼마나 넘쳐나는지 이 광활한 숲에서 자기 영역을 확보하지 못한 놈들이 이에로스 왕국의 국경 지대에서 난동을 부리는 경우가 드물지 않았다.

"조금만 안쪽으로 들어가도 위험이 즐비해. 물론 내가 기억하고 있는 것과는 다르긴 하겠지만 여전히 마경이고, 용마왕 숭배자 놈들도 피할 정도니……"

그리고 일행은 가장 깊숙한 곳까지 들어가야 한다.

숲이라고 부르니 별로 넓은 느낌이 아니지만 아발탄 숲은 정말 광활해서 총면적은 이에로스 왕국과 필적하는 수준이었다. 해안선을 타고 북상하면 나오는 아티산 산맥까지 합치면 정말로 어마어마한 넓이의 땅이 인간의 발길이 닿지 않는 불모지로 남아 있는 셈이다.

아젤에게 아발탄 숲에 대해서 들은 카이렌이 말했다.

"비탄의 잔이 우리 수중에 있는 한 놈들의 추적을 피할 수 없겠지."

"그렇다고 비탄의 잔을 포기할 수도 없지요."

아젤이 말했다.

비탄의 잔은 포기하기에는 너무 강력한 병기다. 비탄의 잔의 유무에 따라서 라우라의 전력이 몇 배는 달라진다고 해도 과언이 아니다.

그리고 또 중요한 문제가 있으니, 비탄의 잔을 포기한다면 적들에게로 돌아가 버린다는 것이다.

"봉인해서 감추는 방법이 있긴 하지만, 아테인의 마법으로 보존된 물건이다 보니……."

아젤이 슬쩍 라우라와 유렌의 눈치를 살폈다. 둘 다 자기 실력에 높은 자부심을 지닌 고위 마법사다 보니 말하기가 조심스럽다.

물론 라우라도, 유렌도 아젤이 무슨 말을 하려는지 모르지 않았다. 라우라가 고개를 저었다.

"못해."

유렌도 어깨를 으쓱했다.

"저 용마기를 보존해 두고 있는 방식조차도 파악하지 못했는지라……."

그 말에 카이렌이 눈살을 찌푸렸다.

"결국 장단점을 모두 끌어안고 갈 수밖에 없군. 그나마 다행인 것은 이곳에는 공허의 길이 설치되어 있지 않다는 것인데……."

"아테인도 아발탄을 이곳의 패자로 존중했으니까요."

"하지만 그 아발탄이 우리에게 호의적이라는 보장은 없다는 것 아닌가? 놈들이 개의치 않고 추적해 온다면?"

"220년 전의 일이니까 그동안 사정이 얼마나 변했을지는 알 수 없지만, 일단 정황상 아발탄이 살아 있고 그 지배력이 여전히 공고하다고 보았을 때……."

아젤은 그렇게 가정하고 자신의 생각을 이야기했다.

"가장 먼저 해야 할 일은 위험을 무릅쓰고 숲 깊숙한 곳으로 들어가야 한다는 겁니다."

"용과 마물과 마수들이 득시글거리는 곳으로? 어째서인가?"

"이곳이 마경 아발탄이라고 불리고 있기는 한데… 아발탄이 이 드넓은 땅 전부에서 일어나는 일을 다 신경 쓰고 사는 것은 아닙니다. 인간들이 이곳을 개척해서 자기들 영토로 삼겠다, 그럴 경우에는 절대적인 지배자로서의 권리를 행사하겠지만 그 외에는 상당히 느슨하게 놔두는 편이죠."

"말하자면 영주들이 자기 영지에 여러 개의 마을이 있을 경우, 상소가 올라오는 건이 아니면 대충 경비대와 자경단이 알아서 하게 놔두는 것과 비슷한가?"

"그보다 좀 더 넓게 보면 됩니다. 그러니까 아발탄이 왕이고, 그가 다스리는 직할령이 있고 그 밑의 영주들이 자기 세력을 갖고 아웅다웅하고 있는 상태죠."

"흠. 상당히 무질서한 상태라는 소리 아닌가?"

"그 사이사이에 상당한 수의 용이 끼어 있어서 용들은 피해서 세력 다툼이 일어난다는 점이 더 그렇습니다."

"어떤어떤 세력이 있지?"

"그건 저도 모릅니다. 220년이나 지났는데 그대로일 것 같지도 않고요. 다만 세력의 우두머리 중에서 용마족이나 용마인이 있는 것은 확실하죠."

"여기에 용마족이나 용마인이 많나?"

"아마 300명은 훨씬 넘을걸요?"

"음……."

카이렌이 침음했다. 그들만 해도 실로 무시무시한 전력 아닌가?

아젤이 말했다.

"인간도 상당히 많습니다. 그 외에는 다른 데서는 보기 힘든 울프노이드나……."

"울프노이드라면 라이칸스롭을 말하는 건가?"

"아뇨. 라이칸스롭은 전설에나 있는 저주받은 존재고요."

"둘의 차이가 뭔가?"

"라이칸스롭이라는 것은 인간이 저주를 받아서 짐승과 인간이 뒤섞인 형태로 변하는 거고, 울프노이드는 그냥 늑대인간 형태의 종족입니다. 뭐, 칼로스는 라이칸스롭의 전승 자체가 인간에게는 거의 실체가 알려지지 않은 울프노이드에 대한 목격담이 변질된 결과라고 보고 있긴 했지만… 그건 지금은 상관없는 이야기고요."

"흠……."

"이곳은 인간에게 밀려서 살 곳을 잃은 희귀한 존재들이 자리 잡은 곳이기도 합니다. 이 안은 약육강식의 법칙으로 굴러가기는 하지만 세계의 패권을 쥔 인간에게 말살당하는 것만은 막겠다……. 아발탄은 그런 의도로 이곳을 지배해서 인간들이 마경으로 부르게 만든 거라고 하더군요."

"아발탄에게 직접 들은 건가?"

"네, 오래전 일이지만……."

아젤이 쓴웃음을 지었다. 그때 일은 지금도 아주 인상 깊은 기억으로 남아 있었다. 칼로스도 벌린 입을 다물지 못할 정도로 아발탄은 경이로운 존재였으니까.

"용이 그런 이야기를 했다니, 정말이지 믿기 어려운 이야기군……."

카이렌이 고개를 절레절레 저었다. 그에게 있어 용은 대화가 불가능한, 생물의 형상을 한 재해 같은 존재였다.

"하지만 당장 눈앞에 더 믿기 어려운 존재도 있으니 그러려니 해야겠지."

그 말에 아젤이 씩 웃는 순간이었다.

라우라가 말했다.

"믿기 어려울 정도로, 저질."

"……."

아젤의 웃음이 애처롭게 변했다. 아젤은 억지로 상큼한 미소를 만들어 보이며 말했다.

"어, 어쨌든… 이야기가 다른 곳으로 샜군요."

아젤은 최대한 빨리 마경의 깊은 곳까지 가야 하는 이유를 설명했다.

조금 전에 설명한 대로 이곳은 아발탄을 절대적인 왕으로 인정하는, 하지만 그가 워낙 자유방임주의라서 항시 약육강식의 법칙으로 아웅다웅하는 여러 세력이 존재하고 있다. 이들과의 충돌을 두려워해서 외부에서 몸을 사리고 있다가는 적들이 추적해 올 것이다.

"대군을 끌고 오지 않고 소수… 예를 들면 레이거스와 알마릭 둘이서만 오는 경우도 생각해 볼 수 있죠. 둘 다 이곳에 대해서 잘 알고 있느니만큼, 아발탄이 직접적으로 통치하는 구역이 아니라면 기꺼이 우리에게 싸움을 걸어올 겁니다."

"확신할 수 있나?"

"전에도 그랬거든요."

"음?"

"그때는 아테인도 여기 있었죠."

"뭐라고?"

그 말에 다들 깜짝 놀라서 아젤을 바라보았다. 아젤이 어깨를 피식 웃었다.

"제 스승 중에 하나인 레슈를 만난 곳도 여기였습니다. 당시에 어떤 세력에도 속하지 않고 홀로 살아가고 있던 레슈가 아테인에게 싸움을 걸어서 난리도 아니었어요."

그 싸움에서 패배해서 사경을 헤매던 레슈를 구하기 위해서 아젤이 개입, 아테인에게 중상을 입힌 바 있었다.

아젤이 말했다.

"그러니까 느긋하게 한곳에 머물러서는 안 됩니다. 다들 어느 정도 몸이 회복되고 나면, 그때는 단숨에 이동할 방법이 있으니 그때까지는 조심스럽게 안으로 가보죠. 저들도 있으니……."

아젤이 나무들 사이로 희끗희끗하게 보였다가 사라졌다 하는 수호그림자들을 보며 말했다.

6

어둠의 설원은 난리가 났다.

아젤 카르자크가 본인인 것으로 밝혀진 것에 이어서 용마장군 알마릭이 정체를 밝히고 나타났다.

이 일은 레이거스가 불사체로 화해 일어난 것보다 훨씬 큰 파장을 불러 일으켰다. 어둠의 설원의 권력구도에 폭풍이 휘몰아칠 조짐이 보였다.

알마릭 일족의 충격은 이만저만이 아니었다.

알마릭은 자신의 일족들에게조차 스스로가 부활했음을 알리지 않았다. 부활한 뒤에는 누구에게도 정체를 밝히지 않고 은거자 노릇을 하고 있었다.

이것은 아무리 봐도 말도 안 되는 일이다.

아무리 용마장군이라고 하나, 부활했을 때 그의 곁에는 아무도 없었다. 그런데 어떻게 용마궁의 심처에 은거지를 마련하고 은거할 수 있었단 말인가?

거기에도 이유가 있었다.

"오랜만이오, 알마릭 공."

아인세라 왕비가 알마릭을 찾아와서 말했다.

인간적인 감성을 잃어버린 그녀는 자신의 방에서 나오는 일이 거의 없다. 또한 그녀의 지위를 생각하면 알마릭이 그녀를 찾아가야 했다.

하지만 아무리 그런 사정이 있다 해도 중상을 입은 알마릭을 찾아오라고 할 수는 없었다. 그렇기에 위대한 어둠을 이용, 분신을 보내어 그와 대화를 나누었다.

알마릭이 침상에 누운 채로 빙긋 웃었다.

"몸이 불편하여 침상에서 배알하는 무례를 용서하시길."

"괘념치 않소. 나 또한 실체가 아니니."

"감사합니다. 그때의 일, 이제는 기억나십니까?"

"어렴풋이. 지워 버려야 한다고 생각해서 지워 버려서 그런가, 완전히 돌아오지는 않는구려."

알마릭의 은거를 위한 편의를 봐준 것은 아인세라였다. 하지만 그녀는 알마릭이 자신의 일족에게 정체를 밝히고 그들의 병력을 끌어가기 전까지 그 사실을 까맣게 잊고 있었다.

스스로 기억을 지웠기 때문이다.

자아가 있는 존재는 기억에 대한 집착이 강하게 마련이다. 기억을 지운다는 것은 그 자체로 어마어마한 공포를 동반하는 일이라 목숨을 위협 당하는 것만큼이나 강렬한 반발심을 불러일으킨다.

그러나 아인세라는 알마릭을 통해 사정을 알고, 기꺼이 그렇게 했다.

"……."

알마릭은 잠시 그녀를 바라보았다.

그녀는 이미 아인세라라고 부르기도 힘든 존재다. 과거 아인세라였던, 하지만 위대한 어둠의 중추로 기능하느라 개인으로서의 자신을 잃어버린 존재.

마음을 잃은 아인세라는 알마릭의 시선에 담긴 감정을 읽지 못했다. 다른 자라면, 위대한 어둠에 속한 자라면 정보로서 그것을 파악할 수 있었겠지만 알마릭은 그녀의 통제에서 벗어난 존재다.

'내가 그녀를 가련하다고 생각하는 날이 오다니…….'

과거에 알마릭은 아인세라와 별로 사이가 좋지 않았다.

딱히 그녀를 싫어했던 것은 아니다. 과거의 알마릭은 지금과는 달리 야성 그 자체를 형상화시켜 둔 듯한 남자였다. 태생부터 고귀해서 얌전을 뺐던 아인세라는 그를 꺼려했고, 그러다 보니 알마릭도 그녀를 좋게 보지 않았다.

지금의 그녀는 알마릭에게 한 점의 거부감도 보이지 않는다.

알마릭이 변해서는 아니다. 분명 한 번 죽었다 살아나고, 정체를 감춘 채로 은거하는 늙은이 노릇을 하는 동안 알마릭은 스스로도 놀랄 정도로 성격이 크게 변했다. 예전보다 훨씬 차분하고 지적인 인상을 풍기게 되어서 레이거스가 진짜 알마릭이 맞냐고 의심했을 정도였다.

하지만 아인세라가 과거와는 다른 태도를 보이는 것은, 그저 그녀의 자아가 희박해졌기 때문이다. 개인의 정체성이 마모되어 가는 상황을, 처음부터 알면서도 지금의 역할을 받아들인 아인세라를 알마릭은 가련하다 여겼다.

아인세라가 말했다.

"그대가 나서고도 그들을 잡지 못할 줄은 몰랐소."

"뜨끔하군요. 너무 방심했지요."

알마릭이 쓴웃음을 지었다.

죽었다 살아난 반동일까, 아니면 그저 오랜 숙적에 대한 감회 때문이었을까.

어느 쪽이든 이제는 레이거스를 바보 같은 놈이라고 비난하지도 못하게 되었다. 그 역시 감정에 사로잡혀서 있는 대로여유를 부리다가 덜미를 잡혔으니…….

아젤을 무사히 탈출시키려는 수호그림자의 의지는 무시무시했다.

자신들의 육신으로 보관해 오던 용마기를 아젤에게 돌려준 예언지킴이들에게는 그곳이 최후의 전장이었다. 최후의 싸움에 임하는 그들은 알마릭과 레이거스를 몰아붙이는 막강함을 발휘했다.

"이걸로 분명해졌습니다. 수호그림자를 만든 자는 칼로스리제스터입니다."

알마릭은 예언지킴이들과의 싸움을 통해서 확신을 얻었다.

그들과 아젤 사이에 얽힌 사정은 모른다. 그러나…….

"그들을 통해서 구현된 마법은… 분명 칼로스의 것이었습니다."

아마도 그들이 수호그림자라는, 세계를 변혁시킨 대마법으로 칼로스와 연결되어 있기 때문이었으리라.

예언지킴이들은 전원이 전투에 능한 자는 아니었다. 발세르나 이오타처럼 강력한 이들이 있는가 하면 자레스보다도 전투능력이 떨어지는 이도 있었기에, 그들은 전장에서는 어디까지나 잠들지 못하는 수호자들의 존재를 유지하고 수호그림자를 통솔하는 역할을 맡고 있었다.

하지만 천천히 육신이 빛이 되어 붕괴되어 가는 그들을 통해서 온갖 위협적인 마법이 구현되었다.

수호그림자들의 움직임과 연계되는 그 마법은 그야말로 경천동지할 수준이었다. 예언지킴이들이 전멸했을 때는 알마릭이 중상, 불사체인 레이거스는 반파(半破)당했고 그곳에 있던 용마왕 숭배자들의 7할이 전사하는 막대한 피해를 입었다.

그런 피해를 입고도 아젤 일행은 놓쳐 버렸고, 그곳에 모여들었던 수호그림자도 태반이 존재를 유지한 채로 물러났다.

아인세라가 여전히 무심한 어조로 말했다.

"그러나 아젤 카르자크가 생존해 있다고 해도 그 힘은 한계가 있을 터. 왕의 안배로 부활한 두 용마장군께서는 충분히 그를 막을 수 있지 않소?"

이미 레이거스는 일대일로 아젤과 싸워서 승리하지 않았

던가?

그러나 알마릭은 고개를 저었다.

"낙관할 수 없습니다. 아젤은 정말 무슨 일을 할지 예측할 수 없는 존재입니다. 그리고 배후에 칼로스가 있는 게 분명해진 이상 더더욱 그렇지요. 수호그림자라는 조직… 아니, 우리에 대한 억지력을 만들어낸 것만 봐도 무서워할 이유는 충분합니다."

"동의하오."

아인세라도 고개를 끄덕였다.

"하나 이미 계획은 움직이기 시작했소. 인간 세상으로 혼란과 죽음이 번져 가고 있으니… 왕께서 돌아오신다면 비원을 이룰 수 있을 것이오."

"그렇겠지요."

하지만 알마릭은 다른 생각을 하고 있었다.

'왕의 진의는 무엇일까?'

아테인의 안배로 죽음에서 부활한 그였지만 아테인의 의도를 다 알고 있는 것은 아니었다.

용마장군 때, 패배를 예견하고 용마궁과 위대한 어둠을 비롯한 숱한 안배들을 남겨둔 아테인이 품고 있던 생각은 도대체 무엇이었는가? 한 가지 분명한 것은…….

"왕이 돌아올 때가 되면 맹약을 나눈 새로운 동지가 우리에게 올 테니, 그때는 좀 더 많은 것을 알 수 있겠지요."

레이거스는 용마궁의 지하 깊숙한 곳, 일명 무저갱이라 불리는 구역에 와 있었다.

대륙 전체에, 용마왕 숭배자들을 매개로 삼아서 전개된 위대한 어둠.

이곳이 바로 그 중추였다. 마법으로 정제한 어둠의 정수가 고이는 이곳은 레이거스에게도 아주 친숙한 느낌을 주었다. 한 번 죽었다가 부활한 지금, 그의 존재는 위대한 어둠에 근원을 두고 있기 때문이다.

〈여기는 계단 때문에 영 오기가 짜증난단 말이지.〉

무저갱은 원통형의 거대한 공동이다. 이곳에는 벽을 따라 나선형으로 설치된 의자만이 유일하게 발 딛을 수 있는 받침대 역할을 한다. 그런데 3미터가 넘는 거구의 레이거스에게는 이 계단이 너무 좁아서 아예 벽에 달라붙은 채로 걷는 묘기를 선보이고 있었다.

그 곁에 유령처럼 하얀 소녀의 실루엣이 떠다닌다. 케이알리아였다.

―저게 왕이에요?

케이알리아가 무저갱의 중심부를 보며 물었다.

조명이라고는 하나도 없는 공간에 마법으로 정제된 어둠

이 고이고 있으니 아무것도 보이지 않는다. 그러나 레이거스와 케이알리아는 어둠 속에 있는 형상을 보고 있었다.

시간을 거스르듯이 서서히 복원되어 가고 있는 용마왕 아테인의 육체다.

어둠의 설원에서 관측하고 기록한 바에 따르면 처음에는 골격이, 그다음에는 내장기관이, 그다음에는 근육과 신경이, 그리고 마지막으로 거죽이 덧입혀지고 있다고 한다. 지금은 손끝과 발끝으로부터 거죽이 입혀지기 시작해서 몸까지 올라와 있었다.

그 과정을 생각해 보면 확실히 부활이 멀지 않은 느낌이다. 하지만 케이알리아가 고개를 갸웃했다.

─알마릭 공도 이런 과정을 거쳐서 부활한 건가요?

〈그건 모르지. 본인이 어떻게 부활했는지 기억 못하니까.〉

─그럼 오빠도 모르고요?

〈난 그냥 긴 잠을 자고 일어났더니 이런 몸이 되어 있더라는 느낌?〉

─흠…….

〈너는 어땠지?〉

─나는 매번 똑같아요.

〈음?〉

─아, 이번에는 좀 달랐을라나. 이번에는 흩어졌다가 재조립되니 이런 모습이 되었더라… 는 느낌이네요.

〈이번에는, 이라니? 무슨 뜻이지?〉

—내가 왕과 혼인하기 전에 어떤 존재였는지 알잖아요?

〈적어도 지금 같은 모습은 아니었지. 아, 생전을 기준으로.〉

—그건 이미 지금이 아닌데요. 어쨌든 '나'를 이루는 요소들이 산산이 흩어졌다가 재조립되죠. 다만 그렇게 재조립된 것은 부서지기 전과는 조금씩 달라서 '나'라는 것을 자각하기까지는 시간과 계기, 두 가지 요소가 필요하고.

〈흠. 심오하군.〉

—왕이 내게 청혼한 이유가 그거였으니까요. 서로 이익이 되는 거래였지만.

〈…둘이 혼인한 이유가 그거였어?〉

—우리 일족은 율법이 까다로웠거든요. 서로 부부지연을 맺는 정도는 되어야 비술의 알맹이를 거래할 수 있었지요.

〈의외로 삭막한 관계였군?〉

—우리 중에 사랑에 눈멀어서 난 이 사람 아니면 안 돼! 한 건 아인세라 언니뿐이었어요. 의외로 불같은 사랑을 하는 사람이었지요.

〈별로 사랑과는 관계없어 보이는 성품이었는데…….〉

—왕으로부터 위대한 어둠을 계승했을 때… 자기가 어떻게 될지 충분히 설명을 들어서 알고 있었을 거예요. 왕은 어떤 문제가 일어날지 감추고 떠넘기는 사람이 아니었으니

까요.

〈…….〉

—난 그 언니가 싫지만 그런 점은 좀 부럽다고 생각해요.

〈…그랬군.〉

케이알리아가 어둠 속으로 날아올라서 무저갱에서 복원되고 있는 아테인의 육체에 다가갔다. 그리고 천천히 살펴보더니 말했다.

—하지만 이상해요.

〈뭐가?〉

—왕은 왜 굳이 이런 이상한 방법으로 부활하려고 한 걸까요?

〈음?〉

—내 비술을 쓸 수 있는 사람이니 단순히 부활하려면 훨씬 쉽고 빠르게 할 수 있었을 텐데… 어째서?

케이알리아는 정말 이해할 수 없다는 듯 중얼거렸다.

8

아발탄 숲은 정말 넓었다. 가도가도 끝이 없이 나무들의 바다가 이어지고 군데군데 완만하게 솟아 있는 산들이 시야를 차단한다.

그리고 과연 마경이라 불릴 만큼 위험한 곳이기도 했다.

일행은 고작 하루 이동하는 동안 많은 적과 싸웠다. 때로는 마수와, 때로는 우두머리에게 통솔되는 마물과, 그리고······.

"우와, 에틴이라니, 말로만 들었지 직접 보는 것은 처음인데!"

유렌이 경악했다.

흉측한 두 개의 머리를 가진 거인이 일행을 공격해 오고 있었다. 키가 10미터에 가까운 거인이라 한 걸음 내딛을 때마다 대지가 쿵쿵거리며 울린다. 오우거보다도 더 상위의 거인족이라 불리는 에틴이었다.

"이것들 짜증나는군."

레티시아가 투덜거렸다.

곳곳에서 오크 궁수들이 쏘아대는 화살이 날아들고 있었다. 하지만 이 화살이 날아드는 궤도가 비정상적이다. 배후에 마법사가 있어서 화살이 나무들 사이로 휘어지며 날아들도록 조절하고 있었다.

숲 속에서는 정말 무시무시한 적이다. 그러나 일행에게는 닿지 않는다.

—불굴의 성채!

주변을 투명한 빛의 파문이 에워싸고 있었다. 이 파문에 닿는 족족 화살들이 튕겨나간다.

심지어 이 파문은 에틴의 공격조차도 튕겨냈다.

그워어어어!

에틴의 덩치가 워낙 커서 무기는 아무것도 없다. 그러나 신체 비율을 보면 팔이 비정상적으로 길고 손끝이 바위처럼 단단한 재질로 이루어져 있었다.

그것을 크게 휘두르는 것만으로도 공성추를 능가하는 위력이 나온다.

쿠우우웅!

그러나 빛의 파문은 그 충격을 가뿐하게 막아냈다. 에틴의 보폭이 워낙 넓어서 도저히 뿌리치지 못하는 상황이지만 일행은 이제 아주 느긋하게 관전하고 있었다.

아젤이 말했다.

"이쯤 했으면 역량의 차이를 알 법도 한데… 귀찮지만 우두머리를 잡아야겠군요."

"귀찮지만, 인가?"

카이렌이 실소하며 물었다. 아젤이 대답했다.

"고맙게도 재활훈련 상대가 되어주고 있는데 함부로 죽이고 싶진 않습니다. 우리가 이들의 영역을 침범한 게 사실이니 되도록 온건하게 넘어가야지요."

지금 일행을 보호하고 있는 빛의 파문은 아젤의 용마기 '불굴의 성채'다. 이 용마기는 그 이름처럼 막강한 방어능력을 자랑했다.

아젤이 하고자 했으면 수호그림자들에게 명령을 내려서 대응할 수도 있었으리라. 하지만 되도록 싸움을 피하고 싶은 생각에 방어에만 전념했는데, 적은 포기하지 않았다. 결국 아젤이 새로운 용마기를 초래했다.

―용마기 초래! 여명수호대!

허공에서 반짝이는 빛의 포말들이 나타나더니 사람의 실루엣으로 화했다. 새하얀 빛으로 그려지긴 했지만 아젤을 연상시키는 실루엣이었다.

카이렌이 놀랐다.

"분신이 아니군?"

"용마기입니다. 저와 감각과 사고, 마력까지도 공유하면서 독자적으로 전투수행이 가능한 병력이죠. 그리고… 모두 힘을 빌려주시지요."

"무슨 뜻인가?"

"저한테 협력해서 여명수호대에 힘을 보태주겠다, 그것만 선언해 주시면 됩니다."

아젤은 비밀을 감춘 얼굴로 웃고 있었다. 모두들 의아해하면서 그 말에 따랐다. 그러자…….

"어?"

그들 옆에서 그들을 닮은 빛의 실루엣이 나타났다.

아젤이 말했다.

"최대 숫자는 여덟인데 우리 수가 부족하니까, 나머지는 저로 채우죠."

그러자 아젤을 닮은 실루엣이 셋 더 늘어나서 총 여덟 개체가 되었다.

그들이 불굴의 성채 밖으로 뛰쳐나간다. 그리고 전투를 개시했다.

"뭐야?"

라우라가 경악했다.

숲이라서 시야가 제약되지만 그녀와 유렌은 상공에 마법의 눈을 띄워두고 상황을 입체적으로 살피고 있었다. 그래서 전황을 똑똑히 볼 수 있었는데…….

"우리의 능력을 쓰고 있잖아?"

유렌도 믿을 수 없다는 듯 중얼거렸다.

아젤이 용마기 여명수호대로 만들어낸 빛의 실루엣 여덟 개체는 일행과 똑같은 스타일로 싸우고 있었다. 검술도, 마법도 각자의 능력을 고스란히 복제해 놓은 것 같다. 레티시아를 닮은 개체는 냉기를 다루는 능력까지 쓰고 있었다.

순식간에 적들이 쓰러지기 시작했다.

여명수호대의 전투력이 워낙 압도적이라 다들 목숨은 붙은 채로 제압당한다. 심지어 에틴조차도 라우라와 유렌을 닮은 개체가 마법으로 간단히 제압해 버렸다.

카이렌이 아연해하며 물었다.

"이건 설마 우리 능력을… 아니, 우리 자신을 고스란히 복제한 건가?"

"고스란히는 아니지만, 맞습니다."

용마기 여명수호대는 사용자 본인과, 거기에 협력하겠다고 선언한 자들의 능력을 복제한 병사를 최대 여덟 개까지 만들 수 있었다. 전사든 마법사든 상관없다. 본인의 특성을 고스란히 모방한다.

"하지만 한계가 있지요. 일단 용마기를 비롯한 도구의 힘은 복제할 수 없습니다. 그리고 사고능력까지도 연동해서 총체적인 기량을 빌려 쓰는 것인지라 본인이 그 자리에 있어야 합니다. 각 개체의 능력도 한계가 명확해서, 우리 본인보다는 마력도 떨어지죠."

아젤 일행은 모두 마력이 웬만한 용마족보다 월등히 강하다. 여명수호대는 그보다는 떨어지는 능력을 지녔다.

그렇다고는 해도 하나하나가 발휘하는 마력이 용마족에 필적한다. 이런 존재들을 여덟이나 만들어낼 수 있다니 실로 무시무시한 용마기였다.

라우라가 말했다.

"발타자크를 쓰러뜨릴 때 썼던 용마기……."

"맞아. 발타자크에게 죽은 바난 백작의 용마기였지."

바난 백작은 온화하고 말수가 적은 마법사였다. 하지만 속으로는 격렬한 원한과 각오의 불길을 품은 남자이기도 했다. 용마전쟁에서 가족과 수많은 동료를 잃은 그가 품은, 동료들을 향한 그리움과 그들에게서 이어받은 결의가 여명수호대라는 용마기를 탄생시켰다.

그는 그것으로 전장에서 막강한 힘을 발휘했으나, 전략적으로 불리한 상황에서 홀로 발타자크를 막다가 회복 불가능한 중태에 빠졌다. 그리고 자신의 용마기를 써줄 사람으로 아젤을 선택해서 계승시키고 눈을 감았다.

훗날 아젤은 이 용마기로 동료들을 구현, 압도적인 물량 공세를 펼치는 발타자크를 쓰러뜨렸다.

카이렌은 놀람을 감추지 못했다.

"정말이지 굉장하군. 아무리 봐도 기록이 자네의 위업을 너무 축소시켰는데? 이토록 경이로운 능력이라니……."

"으음. 그 이야기는 부끄러우니까 하지 말지요."

아젤이 쓴웃음을 지었다.

9

그렇게 아젤 일행은 싸움을 거듭하면서 앞으로 나아갔다.

아젤을 제외한 일행들은 영 상태가 좋지 않았지만, 예언지킴이들로부터 아홉 개의 용마기를 되돌려 받은 아젤의 전투 능력은 압도적이었다. 어떤 적이 와도 최대한 피를 덜 보면서 나아가는 말도 안 되는 짓을 저지르고 있었다.

아발탄 숲의 주민들은 술렁였다.

"외곽의 녀석들은 손도 댈 수 없을 정도로 막강한 외부인들이 나타났다."

"이상한 놈들이다. 이쪽에서 싸움을 걸어도 살생을 피하고 그저 나아가기만 한다."

"모욕으로 받아들일 일인가? 아니면……."

시간이 지나면서 아젤 일행에 대한 소문이 그들 사이에 퍼져 나갔다. 그들은 서로 대립하는 관계지만 동시에 외적에 대해서는 힘을 합쳐 대항하는 공동체이기도 했다. 아젤 일행 같은 외부의 존재를 서로에게 알리는 것은 당연한 일이었다.

그것은 아젤이 노리는 바이기도 했다.

일행은 하고자 하면 얼마든지 은밀하게 이동할 수도 있었다. 아젤 자신도 은닉술에는 자신이 있었고, 고위 마법사가 둘이나 있으니 지금까지 치른 싸움 중에 9할은 피해갈 수도 있었을 것이다.

하지만 아젤은 일부러 모습을 드러낸 채로 싸움을 계속했다.

그 의도가 상대에게 전해진 것은, 아발탄 숲에 들어온 지 사흘째 되는 날 아침이었다.

아젤 일행은 숲 저편에서 두 사람이 다가오는 것을 감지했다.

동시에 그들은 모두 긴장했다.

'강하다!'

상대는 일부러 자신의 존재를 알렸다. 멀리서 전해져 오는 기세만으로도 상대가 얕볼 수 없는 강자임을 알 수 있었다.

카이렌이 입술을 핥았다.

"이번에는 쉬운 상대가 아닌 것 같군."

지난 사흘간, 일행은 이미 용마인이나 용마족 실력자들도 만났다.

그들이 오크 같은 마물이나 마수들을 이끌고 있는 것은 일행에게는 정말 괴상한 일로 보였다. 하지만 이곳에서는 당연한 일인 모양이었다.

아젤은 그들 모두를 격파했다. 그리고 자신이 굳이 왜 존재를 드러내면서 계속 싸움을 벌이는지 그 의도를 일행에게 설명했다.

"숲을 떠들썩하게 만들고 있다는 외부인들이 너희냐?"

저음의 목소리로 물은 것은 헝클어진 백발에 검푸른 눈동자와 뿔, 용마석을 가진 중년의 용마인이었다. 바위 같은 근육으로 이루어진 거구에 위압적인 인상을 지닌 그의 옆에는 긴 금발을 늘어뜨린, 젊고 아름다운 용마족 여성이 호기심 어린 눈으로 일행을 바라보고 있었다.

아젤이 나섰다.

"여기 녀석들이 무작정 공격을 가해오는 통에 스스로를 지켰을 뿐이다."

"말은 잘하는군. 일부러 소동을 일으킨 주제에."

"무슨 근거로 그렇게 말하는 거지? 공격해 온 것은 이 숲의 녀석들 쪽인데."

"명분은 그렇겠지. 그러나… 인간이기는 하지만 우리 숲의 용사들만큼이나 강한 것 같은데 굳이 모습을 감추지도 않고, 도망치지도 않아서 주변을 도발한 것을 어쩔 수 없었다는 일이라고 믿어주길 바라나?"

"우리 일행은 나 빼고는 다 부상자들이라서 거동이 불편하거든."

그 말에 용마인 남자가 코웃음을 쳤다.

"뭐 좋아. 꿍꿍이속이 뭐건 간에 그런 건 상관없다."

"할 말이 있으면 일단 그럴 만한 힘이 있는지 증명하고 하라는 거겠지?"

"잘 알고 있군. 다 알고 저지른 짓 아닌가? 그래도 단 한 명도 죽이지 않은 놀라운 솜씨에 대한 경의로, 나하고 싸워서 힘을 증명하기만 한다면 원하는 대로 하게 해주지."

"내가 뭘 원하는지 아나?"

"아발탄 님을 뵙고 싶다, 그거 아닌가?"

"말이 통하는군. 좋아."

아젤이 씩 웃었다.

용마인 남자가 말했다.

"나는 아발탄 님의 용사 하반."

"기사 아젤 제스트링어다."

"…아젤?"

그 말에 반응한 것은 하반이 아니라 금발의 용마족 여성이었다.

하지만 하반은 그녀가 말을 잇기를 기다리지 않았다. 용마력의 파동이 폭풍처럼 퍼져 나간다.

─용혼(龍魂) 개방!

그것을 본 아젤이 깜짝 놀랐다.

"뭐지?"

상대의 기세를 보고 용마기 보유자일 것이라고 생각했다. 그런데 용마기를 초래하는 게 아니라 이상한 기술을 쓰다니?

하반의 몸을 투명한 빛의 용이 휘감고 있었다. 반투명한 청백색 빛으로 이루어진 용의 형상이 으르렁거리고 있는데 마치 진짜 생명이 깃든 것처럼 강렬한 의지가 느껴진다.

아젤이 물었다.

"생전 처음 보는 기술이군. 뭔지 이름이라도 알려줄 수 있겠나?"

"내 안에 잠든 용의 힘으로 각성한 영혼의 맹우, 용혼이다."

"그 설명만으로는 뭔지 전혀 감이 안 오는데……."

"더 말해줄 의무는 없다. 이제 스스로를 증명할 시간이다."

하반은 그렇게 단언하고는 검을 뽑아 들었다. 일방적인 장검보다 두 배는 더 큰 육중한 검이었다.

"막무가내 전투광은 별로 좋아하지 않는데. 어쩔 수 없나."

아젤이 코웃음을 쳤다. 다음 순간 검도 뽑아 들지 않은 그에게 하반이 뛰어들면서 검을 휘둘렀다.

하지만 충돌음이 울리지 않는다. 아젤이 둘로 분화, 분신이 맨손으로 하반의 검면을 짚고 옆으로 걷어내는 게 아닌가? 그리고 그 뒤쪽의 본신에게서 용마력의 파동이 폭발했다.

─용마검 초래! 달의 검!

허공에서 가느다란 빛줄기가 나타나더니 완만하게 휘어진 검의 형상을 이루었다. 마치 밤하늘의 달을 깎아서 검으로 만들어둔 것 같은 질감의 검이었다.

그것을 본 하반이 날카롭게 웃었다.

"역시 용마기 보유자인가!"

"나는 그쪽도 그런 줄 알았는데 말이지."

아젤이 대꾸하면서 순동법으로 사라졌다. 그 순간 하반도 순동법으로 몸을 날린다.

파지지직!

붉은 검과 달빛의 검이 부딪치면서 격렬한 스파크가 튀었다. 반발력이 서로를 튕겨내려고 하지만 둘 다 물러나지 않는다.

그러다가 어느 순간, 하반을 휘감은 빛의 용이 움직인다. 아젤의 옆으로 목을 죽 뻗더니 입에서 섬광을 토해내는 게 아닌가?

"호오! 이런 식으로 쓰나?"

폭음이 울리며 아젤과 하반이 서로 반대편으로 물러났다.

물러나는 하반에게 아젤이 뛰어든다. 서로 반발력으로 물러나는 그 순간을 노리는 기습은 본신이 아니라 분신이다. 분신의 공격을 받아낸 하반이 중얼거렸다.

"인간 주제에 인카네이션을 능수능란하게 쓰다니……."

인카네이션은 용령기에서도 최고의 절예로 일컬어지는 기술 중에 하나다. 적성도 맞아야 하고 기술도 높은 경지에 이르러야 하기에 쓰는 이가 정말로 드물었다.

아발탄 숲의 용사 중에도 인카네이션을 구사하는 자가 있었기에 당황해서 허둥거리지는 않았다. 그러나 둘이 되었다 셋이 되었다 다시 하나가 되면서 몰아치는 아젤의 공세에 정신없이 밀려난다.

그것을 보던 용마족 여성이 외쳤다.

"여보! 그 인간은……!"

"이건 전사의 긍지를 건 대결이다! 끼어들지 마!"

하반이 고집스럽게 외쳤다.

아젤 일행은 깜짝 놀랐다. 둘이 부부였단 말인가?

용마족 여성이 뾰로통해져서 투덜거렸다.

"고집불통 같으니."

카이렌이 그녀에게 물었다.

"일대일로 싸우게 내버려 둘 생각인가?"

"음? 그야 그쪽에서도 끼어들지 않았으니까. 왜? 동료를 도울 생각이야?"

그녀가 고개를 갸웃했다. 카이렌이 고개를 저었다.

"그럴 생각은 없다. 그리고 그럴 필요도 없다고 본다만."

"건방진 소리라고 하고 싶지만……."

문득 그녀가 쓴웃음을 지었다.

"정말 그럴 것 같다는 게 문제네. 내가 싸울 걸 그랬어."

그러는 동안에도 둘의 싸움은 격화되었다. 무시무시한 속도로 주변을 질주, 중간중간에 순동법으로 어지럽게 위치를 바꾸면서 격돌한다. 둘이 격돌할 때마다 아름드리나무들이 부러져 나가고 충격파가 주변을 휩쓸었다.

그 싸움을 지켜보던 카이렌은 놀람을 감출 수 없었다.

하반은 용마인이면서도 용마력이 웬만한 용마족을 능가하는 수준이었다. 게다가 기술 역시 카이렌이 만전의 상태로 싸운다고 해도 승리를 장담할 수 없는 수준이다.

'저건 도대체 뭔지 모르겠는데…….'

하반의 몸을 휘감은 빛의 용은 갑옷이자 무기 역할을 하고 있었다. 사방에서 나타났다 사라졌다 하는 아젤의 공격이 빛의 용에게 막히고, 꼬리를 휘둘러 공격을 가해오질 않나, 입에서 위력적인 섬광까지 뿜어댄다.

'저것도 용마기인가? 하지만 아젤이 놀라는 걸 보면 아닌 것 같은데?'

빛의 용과 이체동심의 연계를 펼치는데도 하반이 밀린다. 그의 특기는 힘을 실은 강격이었는데 아젤은 그가 기세를 올리지 못하도록 공격의 맥을 끊어버리면서 몰아붙이고 있었다.

분신이 워낙 변화무쌍하게 늘어났다 줄어들었다 하면서 감각을 혼란시키니 하반은 장점을 발휘하지 못하고 계속해서 밀렸다. 문득 그가 머리끝까지 화가 치밀어서 외쳤다.

"젠장! 이런 악랄한 무기라니!"

그는 뒤늦게 달의 검의 능력이 무엇인지 깨달았다. 아젤이 미소 짓는다.

"눈치채는 게 너무 느리군. 무식하게 힘에만 의존하니 그런 거야."

용마기 달의 검.

그것은 아젤이 최초로 보유한 용마기다. 즉 세 번째 스승 리글렌이 계승해 준 용마기가 바로 이것이었다.

리글렌의 용마기는 두 자루의 검이 한 세트를 이루는 특이한 경우였다. 원래의 이름은 태양과 달의 검. 달의 검은 주변의 마력을 장악해서 흡수하고 태양의 검은 그것을 몇 배로 증폭해서 방출한다.

하지만 리글렌은 아젤을 살리고자 달의 검만을 계승해 주었다.

두 개를 합쳐 하나를 이루는 용마기 중에 하나만을 계승했으니 그 성능이 완전하지 못한 것은 당연했다. 아젤은 여러 차례 용살의 의식을 치러서 반편이가 된 달의 검을 한 개분으로 성장시킨 후에야 그것을 초래할 수 있게 되었다.

그렇게 복원된 달의 검은, 이전에 두 자루가 한 쌍을 이룰 때보다 마력을 장악하고 흡수하는 능력이 훨씬 강력해졌다.

"제, 젠장!"

하반은 어이가 없었다.

마력을 다루는 자라면 주변의 마력을 장악해서 흡수하는 것은 다들 어느 정도 할 수 있는 일이다. 하지만 상대방의 몸에 닿지도 않고 체내의 마력까지 야금야금 흡수해 가는 용마기가 있을 줄이야?

게다가 이쪽에서 마력을 헛되이 방출하면 기다렸다는 듯 냉큼 삼켜 버린다. 이러다 보니 이제까지 경험한 전투보다 몇 배로 마력이 극심하게 소모되고 있었다.

결국 하반은 아껴두었던 승부수를 띄우기로 결심했다.

"맹우여! 그 힘을 아낌없이 분출하라!"

빛의 용이 불꽃처럼 타올랐다.

이제까지 아젤에게 공격의 맥이 번번이 끊기는 바람에 큰 기술은 쓰지 못했다. 하지만 이것은 빛의 용에 비장된 능력이다. 그 힘을 발현하는 즉시 그의 용마력이 몇 배로 폭증했다.

아젤의 눈이 빛났다.

"뒷일은 생각하지 않겠다 이건가?"

아젤은 하반이 무슨 짓을 했는지 꿰뚫어 보았다.

지금까지의 싸움으로 확신했다. 저 빛의 용은 용마기와 비슷한 존재다. 용마력으로 이루어졌으며 구현하는 데도 주인의 용마력을 필요로 한다.

하반은 빛의 용이 실체를 유지하기 위한 용마력을 한꺼번에 연소시킴으로써 일순간 몇 배의 힘을 얻고 있었다. 아젤이 자신의 그릇을 넘어서는 힘을 끌어내서 다룰 때와 비슷한 방식이었다. 다만 이 경우는 주체가 하반이 아니라 빛의 용일 뿐이다.

"간다!"

하반의 움직임이 급가속했다. 이제까지와는 힘과 속도 모두 격이 다르다!

아젤이 그의 움직임을 막기 위해 검을 찌르는 순간, 그의 모습이 사라졌다.

투아아앙!

아젤이 검을 찌르는 것보다 빠르게 공격권에서 빠져나간 것이다. 그리고 아젤이 찌른 검을 되돌리기도 전에 다시 땅을 박차고 뛰어 들어온다. 무시무시한 속도였다.

"끝내주마!"

이 싸움이 시작된 이후 한 번도 할 수 없었던, 혼신의 힘을 실어 날리는 강격이 아젤을 맹습했다. 자세가 흐트러진 아젤로서는 도저히 피할 수 없는 공격이었다.

하반은 그렇게 확신했다.

그러나 그의 검격이 최고 속도에 도달하는 순간, 상상도 못한 일이 벌어졌다.

'이럴 수가!'

아젤이 그보다 빠르게 가속하면서 그의 품 안으로 뛰어 들어온 것이다. 도중에 칼에 맞고 두 동강 날 수도 있다는 점을 생각하면 완전히 미친 짓이었다.

하지만 아젤은 거침없이 가속하면서 하반을 지나쳤다. 둘이 교차하는 순간에 살짝 몸을 짚고 지나가는 것만으로도 하반의 균형이 극적으로 무너졌다.

"크악!"

하반이 검을 휘두르던 자세 그대로 호쾌하게 회전하면서 허공을 날더니 땅에 처박혔다. 주변의 아름드리나무가 분질러져 나가면서 요란한 소리가 울려 퍼졌다.

아젤이 그를 돌아보며 물었다.

"더 할 텐가?"

대답은 잠시 후에 들려왔다.

"…제기랄! 졌다!"

하반이 씩씩거리며 일어났다.

완패였다. 이쪽은 거침없이 살수를 펼쳤는데 아젤은 그의 목숨을 배려하기까지 했으니 실력 차가 현격함을 인정할 수밖에 없었다.

그런 그에게 금발의 용마족 여성이 다가가며 말했다.

"바보 같으니. 상대가 누군지도 모르고 멧돼지처럼 돌격하니 그런 꼴을 당하는 거야."

"흥. 일대일의 싸움이 시작된 후에 타인에게 조언을 받는 좀스러운 짓을 할 것 같냐?"

하반이 벌떡 일어났다. 보통 사람이라면 몸이 박살 났을 충격이지만 그는 어디 부러진 곳 하나 없어 보였다.

용마족 여성이 이마를 짚었다.

"내가 어쩌다 이런 남자한테 넘어갔는지."

"부부끼리 대화 중인데 미안하지만……."

그때 아젤이 쓴웃음을 지으며 끼어들었다.

"이제 아발탄을 만나게 해줄 수 있겠나?"

"이쪽에서 낸 시험에 통과했으니 그리해야지. 하지만 당신이라면 이런 번거로운 일을 거칠 필요 없지 않았어? 용마왕 아테인을 쓰러뜨린 영웅 아젤."

"날 알고 있나?"

"역시 본인이구나. 믿기 어렵지만, 진짜인가 보네."

"…찍어본 거였나."

그녀의 반응에 아젤이 쓴웃음을 지었다. 그녀가 생긋 웃었다.

"이야기는 많이 들었거든. 나는 미르넬이라고 해."

"그렇군. 근데 워낙 시간이 많이 흘러서 아발탄이나 아니면 당시부터 살아 있는 누군가를 만나기 전에는 내가 누구라고 증명할 수도 없었고, 또 외곽에는 그럴 만한 사람이 없던데? 다짜고짜 싸움부터 걸어와서……."

"다들 외부인들에게 별로 감정이 좋지 않은 편이지. 어쨌든 당신의 말이 맞긴 해. 외곽은 하네롯사 님과 리벤탄 님의 관할인데 그분들은 당신을 모를 거고……."

"나도 그 둘은 누구인지 모르겠어."

"리벤탄 님은 당신이 왔다 갔을 때도 계셨지."

"그런데 나를 모른다고?"

아젤이 고개를 갸웃했다. 아발탄을 만나기 위해 이곳을 찾아왔을 당시에는 광활한 숲 전체가 떠들썩해질 정도로 소란을 피웠고 여기서 두 달가량 머물면서 굵직한 세력을 이끄는 자들과는 전부 안면을 텄었다.

미르넬이 빙긋 웃으며 말했다.

"리벤탄 님은 100년 전에 지혜를 획득한 용이시니까."

그 말에 아젤은 경악했다.

"아발탄 말고도 지혜를 획득한 용이 나타났단 말인가?"

언젠가는 일어날 수 있는 일이었다. 하지만 그 일이 정말로 일어났다는 사실에는 경악하지 않을 수 없었다.

그때였다.

"어? 지혜를 획득한 게 르쿤다가 아니라 리벤탄이야?"

그 말에 모두의 시선이 그 말을 한 사람, 유렌에게로 향했다. 미르넬과 하반의 눈이 경계심으로 물들었다. 미르넬이 물었다.

"어떻게 르쿤다라는 이름을 알고 있지? 그것도 그가 지혜를 획득하기 직전까지 갔던 용이라는 것까지?"

"아, 그게… 나한테 그런 정보를 알려주는 누군가가 있어서?"

유렌이 어색하게 웃으면서 말했다. 간밤에 꿈속에서 인도자가 알려준 정보라서 무의식중에 반응한 것뿐인데 미르넬과 하반의 반응이 굉장히 심각하다. 미르넬이 숨 막힐 듯한 위압감을 뿜어내었다.

"장난하자는 건가?"

"잠깐."

아젤이 그녀를 막았다.

"저 녀석의 동료로서 말하지. 저 녀석은 진짜로 그런 능력의 소유자다."

"그 말을 믿으라고?"

"안 믿어주면 어쩔 수 없지만… 뭐 하여간 그래. 꿈에서 이상한 정보를 받는 녀석이라."

아젤은 어깨를 으쓱하고는 말했다.

"어쨌든 아발탄에게로 안내해줘."

"음……."

미르넬은 미심쩍다는 표정으로 아젤을 쏘아보다가 한숨을
쉬었다.

"그렇게 하지."

10

아젤 일행은 요 사흘간의 격전이 거짓말이었던 것처럼 아
무런 제지도 받지 않고 숲의 중심부로 향했다. 미르넬이 물었
다.

"주변에 숨어 있는 저것들은 뭐지?"

처음에 아젤 일행에게 다가갔을 때는 수호그림자들이 완
전히 모습을 감추고 있어서 몰랐다. 하지만 이동하다 보니 잠
깐씩 나무들 사이로 모습을 드러내는 그들이 신경 쓰이기 시
작했다.

아젤이 대답했다.

"수호그림자라고 하지. 내게 위험이 닥치지 않으면 누군가
를 적대하지 않을 테니 걱정하지 마."

"신경 쓰인다면?"

"그럼 어쩔 수 없지. 아발탄이 네 판단에 따라서 나를 배제

할 권한도 주었나?"

그 말에 미르넬이 새침한 표정을 지었다. 하반이 머리를 긁적였다.

"아발탄 님께서도 그렇고, 다른 어르신들도 그렇고 어째 상황을 뻔히 알면서도 우리를 사자로 보내신 것인지도 모르겠군."

"그런 것 같아. 하여튼 심술궂은 노인네들."

미르넬도 동의했다. 두 사람을 사자로 보내면서 다들 뭔가 꿍꿍이속이 있는 웃음을 짓고 있었는데 그게 이런 뜻이었던가?

아젤이 쓴웃음을 지었다.

"아마 그럴걸. 아발탄은 마법도 통달했는데 우리의 존재를 알지 못했을 것 같지는 않아."

아발탄이라면 마법의 눈으로 아젤을 확인하는 것 정도는 일도 아니었을 것이다. 이곳에 와서 자신들을 보는 시선은 직접적인 관측이든 마법에 의한 것이든 워낙 많았기 때문에 그중에 어느 것이었을지는 알 수 없지만…….

문득 미르넬이 물었다.

"그런데 당신은 왜 그분을 뵙고자 하는 거지?"

"정체 모를 누군가의 안배 때문에?"

"무슨 소리지?"

"그걸 당신에게 설명하기는 좀 어려울 것 같은데… 아발탄 본인에게 사정을 들어야 하는 처지라서."

아젤이 쓴웃음을 지었다.

처음에 이곳에 오고자 마음먹었을 때는 그렇게 중대한 목적을 품고 있지는 않았다. 어디까지나 과거의 자신을 아는 누군가를 만나서 그동안의 일들에 대해서 들으려고 했을 뿐이다.

하지만 오는 동안에 유렌을 이끄는 인도자의 안배가 이곳에 중대한 용건을 만들어주었다. 문제는 그 용건이 무엇인지는 아발탄을 만나기 전에는 알 수 없다는 점이다.

"그런데……."

문득 카이렌이 하반을 보며 물었다.

"당신이 아젤하고 싸울 때 쓴 그 용혼이라는 것은 뭐지?"

"우리의 비술을 외부인에게 말해달라는 건가?"

"아, 생각해 보니 실례였군. 미안하다."

요즘 아젤이 아낌없이 밑천을 털어주고, 레티시아와도 서슴없이 기술 교류를 하는데 익숙해져 있다 보니 전통적인 무인의 사고방식을 고려하는 것을 잊었다. 카이렌이 선선히 사과했다.

하반이 피식 웃었다.

"예의를 아는 자로군. 이 건에 대해서는 어르신들의 윤허가 없으면 외부인들에게 함부로 말할 수 없으니 더 언급하지 말아줬으면 좋겠다."

"주의하지."

위협적인 태도였지만 카이렌은 자기가 먼저 실수했다는 것을 알기에 반감을 보이지 않고 받아들였다.

문득 미르넬이 커다란 바위가 있는 샘에 이르러 발걸음을 멈추었다.

"치료해 줄 사람을 불렀으니 기다려. 부상자들 데리고 느릿느릿하게 이동하다가는 며칠은 걸릴 테니."

"치료해 줄 사람? 여기도 치유술사가 있나?"

아젤이 의아해하며 물었다. 당연하지만 220여 년 전에 왔을 때는 없었다. 당시에는 신전의 사제들만이 치유술을 쓸 수 있었고, 이곳에는 사제가 없었으니까.

미르넬이 고개를 저었다.

"아니. 유감스럽게도 없어. 하지만 치료하는 능력을 가진 사람은 있지."

"그런 능력의 용마기인가?"

아발탄에게 인정받은 용사들 중에는 용마기 보유자도 몇 있었다. 220년이 지난 지금은 어떤지 알 수 없고 하반처럼 용마기 대신에 용혼이라는 생소한 기술을 쓰는 자도 있지만……

'이 미르넬이라는 여자도 같은 기술을 쓰는 것 같은데……'

외모로 보건데 미르넬의 연령은 카이렌과 비슷할 것이다.

이 정도 나이면 어려서부터 꾸준히 용령기를 연마했을 경우 용마기를 만들어냈을 수도 있다.

하지만 아젤은 그녀가 역시 용혼 사용자이리라 추정했다. 몸에서 흘러나오는 기세가 하반과 비슷한 느낌을 주었기 때문이다.

곧 저편에서 누군가 다가오는 기척이 느껴졌다. 아젤은 대번에 그가 용마족이라는 사실을 알아차렸고, 동시에 이상함을 느꼈다.

'내가 아는 인물인가?'

용마력의 느낌이 낯설지 않았기 때문이다.

'하긴, 예전에 왔을 때 나를 본 자들 중에 생존자도 꽤 있을 테니…….'

그렇게 생각하던 아젤은, 곧 자기 앞에 나타난 인물을 보고는 의아해했다. 상대가 자신을 보며 유령이라도 본 것처럼 놀라고 있었기 때문이다.

기품 있는 중년의 용마족 남자였다. 단정한 검은 머리칼에 턱수염을 멋스럽게 길렀고 눈동자는 붉은색이었다. 검은 유리공예품 같은 두 개의 뿔은 하늘을 향해 구불거리며 돋아나 있었으며 손등에는 눈동자와 같은 붉은 용마석이 보였다.

"어째서 그대가……."

그렇게 말하는 상대를 의아해하며 바라보던 아젤은, 곧 그의 정체를 깨닫고 눈을 크게 떴다.

"설마 당신… 허당왕자인가?"

그 말에 상대가 쓴웃음을 지었다. 놀랍기도 하고, 반갑기도 하고, 달갑지 않기도 한, 복잡하기 짝이 없는 감정을 드러내며 말한다.

"그 모욕적인 별명, 정말 오랜만에 들어보는군."

그는 용마왕 아테인의 아들이며 니베리스의 부친이기도 한 사이베인이었다.

『용마검전』 7권에 계속…

The Record of Dragon's Return

재중 귀환록

푸른 하늘 장편 소설

FUSION FANTASTIC STORY

『현중 귀환록』, 『바벨의 탑』의
푸른 하늘 신작!
이계를 평정한 위대한 영웅이 돌아왔다!

어느 날 갑자기 찾아온 부모님의 죽음.
그리고 여동생과의 생이별.
모든 것을 감당하기에 재중은 너무 어렸다.
삶에 지쳐 모든 것을 포기할 때, 이계에서 찾아온 유혹.

"여동생을 찾을 힘을 주겠어요.
…대신 나를 도와주세요."

자랑스러운 오빠가 되기 위해!
행복한 삶을 위해!

위대한 영웅의
평범한(?) 현대 적응이 시작된다!

Book Publishing CHUNGEORAM

유행이 아닌 자유추구 -
WWW. chungeoram.com

용마검전
FANTASY FRONTIER SPIRIT
김재한 판타지 장편 소설

「폭염의 용제」, 「성운을 먹는 자」의 작가 김재한!
또다시 새로운 신화를 완성하다!

『용마검전』

사악한 용마족의 왕 아테인을 쓰러뜨리고
용마전쟁을 끝낸 용사 아젤!

그러나 그 대가로 받은 것은 죽음에 이르는 저주.
아젤은 저주를 풀기 위해 기나긴 잠에 빠져든다.

그로부터 220년 후……

긴 잠에서 깨어난 아젤이 본 것은
인간과 용마족이 더불어 살아가는 새로운 세상이었다.

Book Publishing CHUNGEORAM

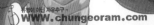